闇に消えた男

フリーライター・新城誠の事件簿

深木章子

角川文庫
24398

目　次

登場人物

新城《しんじょう》 誠《まこと》　フリーライター。「消人屋敷の事件」に関わりがある。
中島《なかじま》好美《このみ》　出版大手の文芸評論社編集者
稲見《いなみ》駿一《しゅんいち》　ノンフィクション作家。三ヵ月ほど前から行方不明に。
稲見《いなみ》日奈子《ひなこ》　駿一の妻
稲見《いなみ》志津子《しづこ》　駿一の母
粂川《くめかわ》義則《よしのり》　明日の日本社編集長。稲見とペアで好企画を発表。
玖珂《くが》佐登子《さとこ》　駿一の元愛人
塩田《しおだ》隆文《たかふみ》　駿一の同級生
久住《くすみ》利夫《としお》　久住産婦人科医院院長
木谷《きたに》嗣弘《つぐひろ》　木谷家当主
木谷《きたに》百合枝《ゆりえ》　嗣弘の母
木谷《きたに》祥子《しょうこ》　嗣弘の妻
小島《こじま》旬子《じゅんこ》　祥子の姉
勝俣《かつまた》　祥子の元夫

第一章　消えた作家

1

「今晩、一緒に飯をどう？」

新城《しんじょう》からメールが入ったのは、そろそろ某作家の新作長編のチェックにも倦《う》み、胃袋が騒ぎ始めた午後六時過ぎのことだった。

読みかけの原稿に意識を残しつつ、冷蔵庫の在庫を洗い出す。さて晩ご飯は何にしようか。思い悩むのは毎度のことだけれど、新城と外食。そうとなれば話は違う。がぜんシャキッとしたことはいうまでもない。

ところで今日はどこで食べるか？　素早く頭を切り替えたあのときが、いま振り返れば新城と私のあらたな冒険の始まりだった。

新城誠《まこと》は私の目下の恋人で、つき合い始めて二年になる。これまでにつき合ったどの男とも共通点はない。喩《たと》えていえば、極太のウールでざっくりと編んだプルオーバー。洒落者《しゃれもの》からはほど遠いけれど、無粋ではない。磊落《らいらく》な印象とは裏腹に、意外と神経が細やかで清潔好きでもある。

ジャーナリストとしては――知的なタイプかどうかはともかく――雑学の知識が豊富で頭の回転も速い。おまけに人当たりがいいから、依頼があればなんでもござれのフリーライターには打ってつけだ。いまのところは雑誌のルポや単発の記事が中心で、順風満帆とはいい難いながらも、本人に不満はないらしい。

新城と私の出会いは、ひょんなことから私が彼の弟の失踪《しっそう》事件に関わったことに端を発している。

東京からだと車で五時間あまり。Q半島は軽磐岬《かるいわ》の突端、海面にそそり立つ絶壁の上にひっそりとその姿を見せる日影荘《ひかげ》。共同ペンネームによる覆面作家として華々しいデビューを飾った新城の弟は、そこで創作活動に専念しているはずだった。

「消人屋敷《しょうじん》」と呼ばれるこの旧武家屋敷で起きた奇っ怪な人間消失事件は、私の人生の中でも生涯忘れられない出来事のひとつだ。

不幸にもその事件は悲惨な結末を迎えたけれど、世の中、何がどう転ぶか分からない。図らずも共闘を余儀なくされた結果、新城と私が結ばれたことは最大の幸運だったといっていい。以来、私たちは一定の距離を保ちつつ理想の関係を続けてきた。

今年で三十七歳になる新城は、独立心が旺盛《おうせい》で他者の干渉を極端に嫌う。自由気ままなひとり暮らしが心底性に合っているらしい。

そして、たとえ恋人であっても他人の領域に足を踏み入れることをよしとしない気質はこの私にもある。自分の生活は自分だけのものだ。その傾向は四十を迎えてからいっそう顕著になっていて、私たちが長続きしている理由もそこにあるといっていい。

とはいっても、互いに多忙な身だ。あえてセーブするまでもなく、顔を合わせる機会はせいぜい月に五、六回。ふだんはどうしても電話やメールが中心になる。

フリーライターの新城にはそもそも勤務時間という観念がない。取材相手の都合で休日に予定が入ることが多いけれど、一応は大手出版社の文芸評論社《ぶんげいひょうろんしゃ》、それも編集者のこちらは平日は動きがとれない。この業界は夜型人間が多いし、そうでなくても締め切り間近ともなれば定時に帰ることなど夢のまた夢だ。

というわけで、会うのはどうしても週末のそれも夕方以降になる。必然的に私の家で過ごす頻度が高い。

新城が住む賃貸マンションは、男のひとり住まいにしてはきちんとしているものの、ワンルームだから手狭なことは否めない。ローンで買った私のマンションの方が間数があるし、なんといっても食事を作るのは私だ。

新城も料理はするけれど、レパートリーが広いとはいいがたい。典型的な男の料理で味付けもシンプルだ。やはり私の口に合うのは、長年食べつけた自分の手料理というわけで、だったら自分のキッチンの方が使いやすい。

先週はめずらしくふたりとも時間に余裕があって、土曜の午後から日曜の夕方まで、丸々一日以上をがっちり共有したばかりだった。

それだけに、想定外の誘いに内心にんまりする一方で、まだ火曜日なのにあの男がなんとなく私に会いたいはずがない。これには何かわけがある。直感が働いたのは当然というものだ。

そうとなれば、万難を排してでも時間は作る。チャンスの神様には前髪しかないという。肝に銘じるべき格言だ。

そこで午後七時半、私たちは新橋《しんばし》の焼き鳥屋で向かい合っていた。

焼き鳥屋といっても、カウンター席に肘《ひじ》と肘を突き合わせた常連客がひしめく街中の店舗ではない。シティホテルの地下一階、それも人目や人耳を気にせずにくつろげるゆったりとしたテーブル席だ。

この店のコースは、淡白なささ身に始まって、肝やねぎまや団子などひと通りの串焼《くしや》きが続いたあと、あっさりとしながらも濃厚な手羽の塩焼きで締めになる。どれを食べてもおいしい。

途中で出てくる胡瓜《きゅうり》のぬか漬けと鶏《とり》がらのスープがこれまた絶品で、頼めばお茶漬けもあるけれど、ふたりともご飯は食べない。鶏肉はダイエットに最適なうえに値段もリーズナブルなので、この店は大のお気に入りだ。

三月とはいっても、このところうすら寒い日が続いている。手始めのビールのあとは熱燗《あつかん》にした。

私はどちらかといえばアルコールより煙草だけれど、最近は禁煙の店が増えている。

しばらく我慢するしかない。

けれど、今日の目玉はお酒でもなければ焼き鳥でもなかった。

「実は今日、好美《このみ》が好きそうな話が舞い込んだもんでね。きみの意見を聞きたいと思ってさ」

とりあえず乾杯。ビールに口をつけるのを待ちかねたように、新城が切り出した。

「私が好きそうな話って何？」

返事をする前に、

「稲見駿一《いなみしゆんいち》というノンフィクション作家がいるだろ？」

さっさと話し始める。

よけいな前置きは省く。それが新城のやり方だ。時間の節約だけではない。相手を自分のペースに引きずり込む彼一流のテクニックでもある。

それはともかく、稲見駿一という作家はまるで聞き覚えがない。

私は小説畑の人間だから、ノンフィクションは専門外だ。そうはいっても、一応は業界人である以上、ある程度知名度があれば名前くらいは知っているはずで、それから察するに、作家は作家でもあまり売れていないに違いない。

案の定、

「稲見駿一？　知らないな」

私が首をかしげると、

「知らないか――。ま、そうかもな」

新城はあっさり納得した。

「大学の先輩でね、俺より十学年上だったかな？　その道ではもうベテランで、何冊も本を出している」

「たとえばなんて本？」

作家の名前は知らなくても、タイトルは聞いたことがあるかもしれない。

けれど新城はブリブリと首を振った。

「たぶん、絶対知らないな」

「どんな内容なの？」

「親が服役中の子供の成長過程を追ったり、オレオレ詐欺で全財産を巻き上げられた年寄りのその後に密着取材したり、最近だと解離性同一性障害――いわゆる多重人格者の内面に迫るルポとか、けっこういい仕事はしてるんだけどね」

「要するに、売れないってことね？」

「早くいえばそうなる。実際に読んだ読者の評価は高いんだけどね。だからって広く話題になるほどじゃないんだな」

「それでもいい本を出していれば、自然と口コミで広まるんじゃないの？」

「それが凝り性だから寡作だし、いかんせん地味だからなぁ」

残念そうな口ぶりだ。

確かに、地道な勉強と取材で一冊の本を仕上げるノンフィクションは、誠実に向き合えば向き合うほど深みに嵌《は》まりやすい。場合によっては、袋小路《ふくろこうじ》に入り込む危険もある。ここまでやればいいという一線があるわけではないから、つぎ込んだ労力に比して報われることが少ない世界かもしれない。

けれど、そのノンフィクション作家の話と今日の新城の用件の接点が見えない。

「それで、あなたはその人と親しいの？」

私の質問に、新城はかすかに眉《まゆ》を寄せた。

「特に親しい、ってわけではないけどね。なんせ狭い業界だから、向こうは先輩だという意識があるんだろうな。仲間うちの会合や飲み会に誘ってくれるし、ちょっとした仕事を回してもらったこともある」

「そうだったの」

「俺たちの仕事は基本的にバラバラだけど、やっぱり横のつながりもあるからさ」

ま、それはそうだろう。

「で、その人がどうかしたわけ？」

「うん、それなんだけどね」

新城の顔が引き締まった。

「べつに彼の仕事がどうこうという話じゃない。実は今日、彼の奥さんから電話があってね。三ヵ月ほど前――正確にいうと去年の十二月十七日からなんだが、稲見さんの行方が分からないというんだな」

それはまた驚きだ。またしても作家が行方不明に――?

私が好きそうな話とは、そういうことだったのか。

「いったい、どういうことなの?」

私はじっくりと耳を傾ける態勢に入った。

2

話を聞くと、作家の失踪《しっそう》は失踪でも、稲見駿一のケースは新城の弟とは大幅に異なっていた。

事実は小説より奇なり。それを地でいって、稲見は作家としては地味ながら、なんと大金持ちなのだという。父親は彼がまだ母親のお腹にいるうちに亡くなったというから、母子家庭育ちには違いないものの、稲見家はたいそうな資産家だったらしい。その跡取り息子とあって、生活苦とは無縁だったようだ。

なにしろ父方の祖父母の死後、まだ学生の身でありながら、都内一等地に建つ邸宅のほか、稲見家に高額の収益をもたらす広大な不動産をそっくり相続したのである。

若き億万長者の誕生――。あくせく働く必要のない恵まれた境遇を、自分でもしっかり認識していたのだろう。M大学社会学部を卒業した稲見は、文才に恵まれていたこともあって、迷わずノンフィクション作家の道に進んでいる。

スポーツや囲碁・将棋と違い、文芸の才能は数値や勝敗では測れない。打ち負かすべき相手もともに戦う仲間もおらず、求められるのは当人の能力のみ。クラブや同好会といった団体に所属する必要もない。

つまり志があれば誰でも挑戦できるわけで、逆にいえば、コネや七光りがものをいう余地は少ない。だからだろう。作家志望者の顔触れは多種多様で、小説だけでも百を超える公募新人賞は——百戦錬磨の強者《つわもの》から初めて小説に手を染めた駆け出しまで——老若男女入り乱れての大盛況だ。

もっとも、強気でいられるのもそこまでで、作家への道が容易ではないことはいうまでもない。

みごと栄冠に輝き——あるいは運よく編集者の目に留まって——めでたく作家デビューを果たすのはそのうちのごく一部のみ。そしてその幸運な新人作家の中でも、専業作家として筆一本でやっていける者となるとほんのひと握りというのが現実だ。それ以外の者は、兼業作家としてそれまでどおりの仕事を続けるか、いつかブレイクする日を夢見てアルバイトで食べていくことになる。

そこへいくと、経済的にもきわめて恵まれていた稲見は、大学卒業と同時に欧米諸国漫遊の旅を決行。三年後には、『日本は階級社会なのか』と題する初のルポルタージュを物している。

それもタイトルから窺《うかが》えるとおり、内容は現地での取材に基づく研究報告書で、旅行者目線での緩いリポートとは一線を画している。もともと在学中から探求心が旺盛《おうせい》で、社会問題にも高い関心を寄せていたのである。

それが彼の実質的なデビュー作で、しかも日本では最高峰といわれるノンフィクションの公募文学賞を獲得したのだから、実力のほどは確かだといえるだろう。

それでも、印税だけでは食べていけないのがこのジャンルの宿命だ。

ことに稲見は徹底した完璧《かんぺき》主義者で、一作一作にたっぷり時間をかけるから、新作の刊行は年二冊が限度。その中身も世間受けを狙わず質実剛健一辺倒とくれば、売れ行きは推して知るべしだ。

彼がこれまで専業作家としてやって来られたのも、やはり、働かなくても暮らしていける経済的基盤があってこそだといわざるを得ない。

事実、稲見は二児の父親であるものの、一家の生活費はもっぱら稲見家の不動産収入で賄われているという。一日中仕事や家事に忙殺され、寝る間も惜しんで執筆している兼業作家にしたら、うらやましいの一語だろう。

とまぁ、そこまではいい。問題はその稲見が行方不明になっているという話で、それはまたどういうことなのか？　事件の概要がまるきり摑《つか》めない。

「その日奈子《ひなこ》さんという奥さんだけど、あなたは会ったことがあるの？」

中でも私が引っかかるのはそこだ。稲見とは特に親しい仲でもないというのに、どうして彼の妻から新城に電話があったのだろう？

新城は焼き立てのねぎまを左手でつまみ上げると、ブルンと首を横に振った。

「いや、話をしたのも今日が初めてだ。名前だって知らなかったよ」

「じゃ、その人はなんであなたに電話して来たわけ？」

「それなんだけどね」

竹串《たけぐし》から器用にネギとモモ肉をはずしながら、新城はうなずいた。

「実は彼女、俺のことはまったく知らなかったらしい。そもそも俺は作家じゃないし、大学の後輩っていっても、学年が離れているからな。だけど、〈月刊　明日《あす》の日本〉の粂川《くめかわ》が稲見さん夫婦と親しかったみたいでね。奥さんから、夫の行方を捜したいと相談されたんで、それなら新城に相談するといい、って、俺を推薦したんだそうだ」

「へえ、そうなの」

これはまた意外な話だ。私は驚いた。

〈月刊　明日の日本〉は、準大手の総合出版社・明日の日本社が発行する月刊誌で、その名が示すとおり、明日の日本を見据えたと称するオピニオン誌だ。

編集長は同社のホープ・粂川義則《よしのり》で、執筆者は各界の実力者を含めた幅広い陣容を誇っている。ときには明日を飛び越えて明後日《あさって》に向かっていることもあるものの、基本的には硬派の路線で業界内での評価も高い。

もう十年以上前になるけれど、マイナーながらも世界の先端をいくユニークな研究開発にスポットを当てた企画があって、それを担当したのが条川と稲見のペアだったのだそうだ。それが好評を博し、以来、両者は良好な関係を保っているのだという。新城も稲見の紹介で何度か〈月刊　明日の日本〉の仕事をしているから、その縁で話題が出たのだろうか。

「あなたを推薦したって、まさか人捜しに？」

「ああ」

「だけど、あなたは探偵でもなんでもないじゃないの」

私はあきれたけれど、新城は大まじめだった。

「もちろん、探偵じゃないけどさ」

ふふんと鼻を鳴らす。

「俺には、行方不明になった弟を自力で捜し出した実績があるってことらしい。条川のやつ、あの事件にえらく興味を示していたからな」

「なんだ、そういうことなのね」

私はうなった。

新城が警察の力を借りずに行方不明の弟を捜し出した――。それは事実だけれど、あくまでも結果オーライで、実際のところは不測の事態のオンパレードだった。いま思い出しても鳥肌が立つ。

「警察には届けてないの？」

つい詰問調になった私に、新城はうんざりといった顔を見せた。

「当然、最寄りの警察署に行方不明者届を出してある。だけど犯罪や事故に関わった形跡が見当たらず、自殺をほのめかす遺書もないとなると、本人が自分の意思で姿を消したと見なされるからね。実際には、警察は何もしちゃくれない。せいぜい、疑わしい変死体が見つかったときに連絡が来るくらいだな」

その程度の知識なら私にもある。

「ま、そうよね」

私は首肯した。

「殺人や誘拐、重大な事故など生命が危ぶまれる場合は、特異行方不明者として捜査や捜索の対象になるけれど、それ以外は一般の行方不明者扱いになる。そうなると警察は動かない。事実上放置されてお終《しま》いだ。

「現実問題、行方を知らないのは家族と周辺の人間だけ。当の本人はぴんぴんしているケースがほとんどだからな。それもやむを得ないさ」

「で、稲見さんが自分から姿をくらますような事情があるわけ？」

私が訊《き》くと、

「うん、それなんだけどね」

自分でも釈然としないものがあるのか、新城は少し口ごもった。

「実は、俺も今日、奥さんから聞いて初めて知ったんだけどね。稲見さんという人は仕事と家庭をきっぱり分けているんだな。家では仕事の話はいっさいしないし、パソコンに向かうこともない。仕事部屋として、自宅から歩いて十分くらいのところに1LDKのマンションを借りて、執筆や研究はもっぱらそこでやっているそうだ」

「でも、そういう作家はけっこういるよね。家にいると、人が来たり子供が騒いだりして集中できないからって」

「まぁ、そうなんだけどさ。彼の場合はちょっと極端でね。たとえば新しいテーマに挑戦すると、三日も四日も仕事部屋にこもりっきりだというんだ。しかもそれだけじゃない。必要とあらば、国内・国外を問わずふらりと取材旅行に出ることもザラらしい」

それだけ仕事熱心だというのだろうが、そこまで聞けば、おおよその見当はつく。

「要するに、女がいるわけね」

私は結論を出した。

仕事に集中すると称して三日も四日も自宅に戻らず、自腹で取材旅行に出る。これはもう口実以外の何物でもない。

だとすれば、話はだんぜん分かりやすいけれど、

「ところが、そう単純な話でもないみたいでね」

新城は頭《かぶり》を振った。

「あの人のことだし、もちろん女がいてもおかしくない。だけど奥さんは毎週仕事部屋の掃除をしていたというからな。そこで誰かと住んでいたわけではないと思う」

「うーん、そうかぁ」

「で、今回は新作の構想を練るため信越《しんえつ》方面に行くといっていたんだが、それっきり連絡がないまま音信不通になった」

「信越で何をする予定だったの？」

「それ以上の説明はないのがいつものことだそうだ。ぶらりと出かけてぶらりと帰って来る。当然宿泊先も未定だ。ま、本人にはある程度の目算はあるんだろうが、少なくとも妻に話す気はなかったんだな」

「そういうことね」

「それでも彼女は、以前稲見さんが利用した新潟市内のビジネスホテルに問い合わせをしたというけどね。そこには宿泊していないばかりか、予約も入っていなかったらしい」

「それじゃ、やっぱり女と一緒なんじゃないの？」

やっぱりというより、最初からそうに決まっている。

「まあな。それはあり得る」

新城も同感のようだ。

「だけど俺の勘では、問題はそんなことじゃない。そもそも、あの奥さんはこの俺にも決してすべてを話しちゃいないね。もっと重要なことを隠している。つまり、そこには他人に知られたくないなんらかの事情があると考えた方がいい」

「奥さんは、夫が姿を消した本当の理由を知っているということ?」

「そこまでは分からない。だがまぁ、仮にうすうす察していたとしても、それを警察にも粂川にも黙っていることは確かだな」

新城はここで顔を上げると、真剣な眼差《まなざ》しで見つめてくる。

この件に私を巻き込む気がないなら、最初からこんな話はしないはずだ。

「で、まこっちゃんはどうするつもりなの?」

私の質問に、

「だから、それはきみしだいだ。彼女の依頼を引き受けるかどうか、とりあえず返事は保留にしてある」

新城は宣告すると、こんどは一転、いたずらっ子ばりのウィンクをして見せた。

「好美はこういう話、大好きだろ?」

「ええ。あなたもね」

「正直、俺も嫌いじゃないけどさ。ひとりでやるのは荷が重い。きみがワトソン役を買って出るなら、やってみてもいいぞ」

私だってジャーナリストの端くれだ。こんないい方をされれば、負けじ魂がむらむらと湧き上がる。

「望むところよ。やりましょう」

早くもホームズ気取りの新城に、私は即答した。

3

依頼主の稲見日奈子に会う前に、私たちはまず粂川から稲見夫婦に関する予備知識を仕入れることにした。

私が新城と一緒に行動することは、事前に日奈子の了解を得ているという。半年前の事件でも私が事実上のパートナーだったことに加え、第三者に訊き込みをするにも、名の通った出版社の名前を出すとスムーズにいく。粂川が説得してくれたおかげで、すんなり了承したらしい。

粂川と私は面識こそないけれど、新城からいろいろ聞いているので、気を利かせたようだ。とりあえず感謝すべきだろう。

その粂川は、想像していた以上に如才のない男だった。

打ち合わせ場所として彼が指定したのは、明日の日本社から歩いてほんの二、三分、雑居ビルの一階のうどん屋兼居酒屋である。粂川は独身なので、毎日のようにここで夕食をとるのだという。

今日は平日なうえに時間が早いせいか、店内はガラガラだ。いちばん奥の席で待ち受けていた粂川は、私たちの姿を認めると、

「はーい、新城さん。こちらでーす」

いとも軽やかな声で手を上げた。ラフだけれど崩れ過ぎてはいないTシャツに綿のジャケット、下はあえて着古したデニムパンツというカジュアルないで立ちだ。聞けば、御年三十九歳。たった二学年違いなのに、しゃくなことには私よりずっと若く見える。きっとこの童顔のせいだ。

「初めまして。文芸評論社の中島《なかじま》です」

名刺を差し出すと、

「わぁ、こちらが噂の中島先輩ですか。お目にかかれて光栄です」

大げさに押しいただいてみせる。

「それにしても、新城さん。こんな素敵な女性をいままで紹介してくれなかったとはひどいじゃないですか」

この分だと世渡りも得意そうだ。私は素早く査定した。

見え透いたお世辞に騙《だま》される気はないけれど、この男が有能な編集者であることは実仕事上の付き合いが深いらしい。ということは、条績から折り紙つきだ。稲見駿一とは仕事に関するかぎり妥協をしないのだろう。

川も同じく頭脳明晰《めいせき》で、こと仕事に関するかぎり妥協をしないのだろう。

実際、稲見が姿を消す十日ほど前にも、彼らは某ホテルのラウンジで、新しく連載する企画の打ち合わせをしたらしい。

「そのときの稲見さんだけどね。ふだんと変わった様子はなかったかな？」

「なかったですねぇ。いま思い出しても、失踪《しっそう》を窺《うかが》わせる兆候なんて毛ほどもありませんでした」

私が横にいるせいか、粂川はため口の新城に対してもていねい語で返す。

「念のために訊《き》くけど、その企画ってどんなテーマなの？」

「ひと言でいえば老人問題ですね。それもいわゆる独居老人とか、いま流行《はや》りの高齢者施設の話ではなくて、自宅で家族と同居しているお年寄りが対象です。そういった一見恵まれている老人が受けている家庭内ネグレクトや、外からは見えない隠れた虐待の実態に迫る非常に重たい内容です」

「へえ、おもしろそうな題材だね」

「仰《おっしゃ》るとおりです」

我が意を得たりとばかりに、大きくうなずく。

「いかにも稲見さん好みのテーマで、うまくまとめたらきっと面白いものになると思いますよ。ですが、なにしろ家庭内の話ですからね。当の老人にすれば、年寄り同士の愚痴ならいざ知らず、マスコミ相手に家族の悪口なんかいえるわけがないでしょう？　現実には取材はむずかしいだろうと、ふたりでそんな話をしました」

「なるほどね」

「ですけど、そのときでも稲見さん、仕事が行き詰まってるとか、何かで悩んでるとかいう感じはぜんぜんなかったですよ。むしろ、新しい仕事に向かって意気揚々としてましたね」

よほど確信があるようだ。粂川は断言した。

「だとすると、仕事の面では順風満帆だったわけだ」

「そう思いますね」

「ただな。俺にも経験があるけど、そういう仕事をやっていれば、自分たちに都合の悪いことを書かれた連中の恨みを買うことはあるだろ？　そっちの方面でトラブっていたことはなかったのかな？」

新城の疑問にも、

「いやぁ、それもなかったと思いますよ」

思案げに首をかしげる。

「そんなことがあったら、多少なりとも僕の耳に入って来るはずですけど、てんで噂にもなってませんから」

「うーん、そうか。となると、やっぱり女性関係かな？」

この言葉を待っていたのか、粂川はカクカクと首を振った。

「それはあるかもしれませんね。こんなことをいうのもなんですが、稲見さんは、以前は取材旅行に彼女を同伴していたこともありますから」

「ふうん」

「なので今回、奥さんが真っ先に疑ったのも、取材旅行というのは口実で本当は女と一緒なんじゃないかと。警察への届け出が遅れたのもそのためだったようです」

なるほどね。私はすなおに納得したけれど、新城は違うらしい。

「でもさ。稲見さんに彼女がいるとして、なんでここにきて行方をくらまさなきゃならないの？　以前は取材旅行に彼女を同伴していたんなら、こんどもそうすればよかったじゃないか。その辺りがいまいち分からないな」

真顔で首を捻《ひね》っている。

いわれてみれば、そのとおりだ。

「それは僕に訊かれても困りますけど」

条川はわざとらしく頭を掻《か》いた。

「ただ、稲見さんには逃げ隠れする理由がなくても、女の方にやばい事情があって、ふたりして逃避行におよんだということは考えられませんか？」

「極道の妻に手を出したとか？」

「ええ、まぁ。だとすれば、スマホやメールまで通じないことの説明もつきますよね？　ヤクザ者が相手となると、まかり間違えれば命に関わりますもん」

「で、きみはどう思うの？　彼は自分から失踪したのか、それとも何かの事故や犯罪に巻き込まれたのか？」

新城の問いに、

「それが分からないんですよね」

条川は唐揚げをつまみかけた箸《はし》を休めると、正面から新城に目を合わせた。

「正直、僕だってそれほど稲見さんと親しいわけじゃありません。可愛がっていただいているといっても、あくまでも仕事上のつき合いですから」

「率直なところ、稲見さんの夫婦関係はどうなの？　奥さんとうまくいっていないってことはないのかな？」

「いや、それはないと思いますよ。夫婦喧嘩《げんか》をしたという話も聞きませんから」

「ほう、そうなのか」

「女性関係にしても、以前はその手の店に誘われたこともありましたけどね。歳のせいか、めっきり品行方正になりましたからね」

ここでしめやかにため息を吐く。

「ただ、一ついえるのは、どんな事情があるにせよ、あの稲見さんが仕事上の連絡を怠ることは、ちょっと考えられないんですよ」

「まあな」

「ましてや、何もかもおっぽり出して姿をくらますなんて。なにしろあの人は、こと仕事に関するかぎり超がつくほどまじめですから」

「確かにな。それはいえる」

そこは新城も異論がないらしい。

「となれば、やっぱりなんらかの事件を疑うべきじゃないでしょうか？」

粂川の声にも力がこもる。

その真剣な眼差《まなざ》しを見れば、彼が最悪の事態も念頭に置いていることは明白だ。電話やメールも通じないとなると、これはもう相当危ない状況だと考えざるを得ない。

「事件といい切るところをみると、事故だとは思わないわけだな？」

新城がダメを押した。

「そうです。だって偶然事故に遭ったんなら隠す必要はありませんから。たとえ本人は動けなくても、泊っているホテルから連絡があるとか、転落の痕跡《こんせき》が見つかるとか、何かしら情報が出て来ると思うんですよね」

「じゃあ、きみのいうとおり事故ではなく事件だとして、事件はどこで起きたと思う？」

「うーん、それも皆目見当がつきませんね」

「だいたい、新作の構想を練るための信越方面行きで、彼はどんなことを調べるつもりだったのかな？　新作のテーマはなんだったんだろう？」

「それが残念ながら僕は聞いてないんですよ。そもそもそれは清風《せいふう》出版社の企画で、ウチは関係ありませんから」

「そうか。じゃまぁ、それは清風出版社に訊くとして、彼は本当に信越に行ったのかな？　その点はどう思う？」

それは私も大いに疑問な点だ。

「さぁ、どうでしょう？　なんともいえませんね」

糸川も首を捻るばかりだ。

「でもな。彼がなんらかの事件に巻き込まれたとすれば、そこにはそれだけの理由があるはずだよな？」

「ま、そうですね」

「ぶっちゃけ、金銭トラブルはなかったのかな？」

新城が追及する。

「金銭トラブル――ですか？」

またもや糸川はゆるゆると首を捻った。

「僕は聞いたことがないですね。我々と違ってあの人は金持ちですし」

「金持ちけんかせず、ってか？」

「ええ」

「だけど、金持ちほどカネにシビアだという説もある」

「へぇ、そうなんですか？」

「ああ、そうだ。ケチだから金持ちになったんだからな」

「ふつうならそうかもしれませんが、このケースは違いますよ。稲見家の財産を築いたのは稲見さんのご先祖で、ご本人じゃありません。彼は遺産を継承しただけですから」

「そういや、そうだな」

さすがにそこは認めたものの、新城はまだあきらめきれないらしい。

「じゃあカネ絡みではないとしても、盗作だのパクリだのといった疑惑で揉《も》めていたというのはどうだ？」

未練がましくトラブル説に固執した。

とはいえ、これは充分にあり得る話だといっていい。やっかみや決めつけも含めて、こういった生臭い噂が業界の片隅でくすぶっていることは公然の秘密だ。

もっとも、稲見の場合はその心配もなさそうだ。

「それもまったく心当たりはありませんね」

「ふーん、そうか」

「どうもすみません」

自分の責任でもあるまいに、粂川は神妙に頭を下げた。

新城もダメもとで訊《き》いてみたのだろうが、思い当たることがあるならとっくにしゃべっているはずだ。

「それにしても、こうも手掛かりがないとはね。参ったな」

お手上げといった風情のにわか探偵に、

「でもだからこそ、僕は新城さんに期待してるんです」

粂川はここぞとばかりに力を込めた。

「なんといっても新城さんには、難事件を解決に導いた実績がありますから。今回もまた、鮮やかな手腕を披露してくれるんじゃないかと」

最後はシジミのような目をキラキラさせたところをみると、稲見を案じる気持ちにも増して、好奇心でいっぱいなのだろう。

「そんなに買い被《かぶ》られても困るけどな。稲見さんには世話になってるし、せめてもの恩返しだ。やれるだけのことはやってみるよ」

「ありがとうございます。それでこそ新城さんですよ」

「まずは稲見夫人から話を聞くことだ。方針を決めるのはそれからだが、そちらも情報収集に努めてくれないかな」

粂川におだてられて、まんざらでもないと見える。

新城が高らかに宣言して、とりあえず事前調査は終了した。

4

稲見駿一の邸宅は港区《みなと》西麻布《にしあざぶ》の閑静な住宅街の中ほどにあった。天然石を模したモダンなタイル張りの二階建ては重厚というよりは瀟洒《しょうしゃ》。広いことは広いけれど、豪邸と呼ぶには少々無理がある。

西麻布はいわずと知れた都内有数の高級住宅地で、その昔は大名の下屋敷が広がるお屋敷町だったというが、明治以降は、いわゆる山の手《やまのて》を代表する住宅街の一つとして発展を遂げてきた。

一九六四年の東京オリンピックを契機に雨後の筍《たけのこ》のように建設されたマンションの人気も高く、バブル経済真っ盛りの頃は、2LDKや3LDKといった物件にも、目もくらむような値がついたことは記憶に新しい。

当時の狂奔がすっかり沈静化した現在でも、静かで落着いた住宅地でありながら、他方で六本木《ろっぽんぎ》や広尾《ひろお》、表参道《おもてさんどう》といった商業エリアに隣接する両面性は、大都会独特の異彩を放っている。庶民の羨望《せんぼう》の的だといっても過言ではない。

稲見家はその西麻布一帯の大地主だったというのだから、そんじょそこらの資産家とはレベルが違う。

戦後はその所有地もずいぶんと縮小されたらしいけれど、それでも本家の邸宅ともなればそれなりの格式を備えているはずだ——。勝手な思い込みから、お屋敷風の時代がかった建物を想像していただけに、少々拍子抜けだ。

もっとも考えてみれば、ここは東京のど真ん中だ。もはや昭和はとっくの昔だというのに、瓦《かわら》屋根の純和風家屋が残っているわけもない。おそらく稲見の結婚を機に建て直したのだろう。

ざっと見で計算したところでは、延べ床面積はおよそ二百平方メートル。敷地面積は優に六百平方メートルを超えそうだ。

敷地の一部に車四台を楽に収容できる屋根付きのガレージがあり、現在鎮座しているだ。

のは外車と国産車が一台ずつ。どちらも新車なら一千万円クラスの高級車だ。

それだけでもため息ものだが、鉄製の門扉から垣間見《かいまみ》る庭には、目にも鮮やかな緑の芝生が広がっている。大仰な植木こそないけれど、そこここに季節の草花を配した花壇といい、さりげなく飛石を設置した通路といい、周到に設計されていることは一目瞭然《いちもくりょうぜん》だ。

あらためて来た道を振り返れば、そちらも時代の流れは歴然たるものがある。昔ながらの一戸建て住宅に代わり、大小様々なマンションがこれでもかとばかりコンクリートの鎧《よろい》をまとっている。

どれほどりっぱな家屋敷でも更地に勝る資産価値はない。いざ換金となれば、贅《ぜい》を尽くした建物も手間暇かけて育てた樹木も惜しげもなく取り払われ、売却に備えて寒々とした裸の土地をさらすことになる。

それを思えば——往年の威光は望むべくもないとはいえ——稲見家がいまだにこれだけの体裁を維持しているのはたいしたものだといえるだろう。

「こんなすごい家があっても、男って失踪《しっそう》するものなのかしら？」

俗物そのものの感想が口を衝《つ》いたけれど、

「家がデカいからって、幸せになるわけじゃないからな」

新城は歯牙《しが》にもかけない。

確かに新城ならこの十倍の豪邸でも平気で出て行きそうだ。

門扉の脇のインターフォンを鳴らすと、私たちの到来を待ち受けていたらしい。

「はい。どちら様でしょうか？」

すぐに上品な声で応答があった。

これが稲見日奈子に違いない。

「二時に約束をした新城ですが」

「お待ちしておりました。門の鍵《かぎ》は掛かっておりませんので、どうぞお入りください」

予期していたより丁重な出迎えだ。

「承知しました」

と、私たちが玄関にたどり着く前に、声と同じく品のいい中年女性が姿を現した。

「今日はわざわざご足労いただきまして、ありがとうございます」

ていねいにお辞儀をする。

夫の失踪騒ぎで憔悴《しょうすい》しているのだろう。やや伸び過ぎたパーマショートに、半分剝《は》げかかった淡いピンクのマニキュア。面やつれが痛々しいけれど、シミ一つないすべすべの肌を見れば、本来はおしゃれな女性だと分かる。

シルクカシミヤと思《おぼ》しきアイボリーのツーピースをさっくりと着こなしているところは、いかにもこの邸宅の女主人に似つかわしい優雅さだ。

「条川さんからお聞きになっていると思いますが、こちらが私の助手を務める中島です」

新城の紹介で、

「文芸評論社の中島と申します」

私も一礼した。

着古した黒のアンサンブルニットに、同じく黒のクロップドパンツ。ラフな恰好《かっこう》で来たことを後悔したものの、すぐに気が変わった。

一瞬で芽生えたそこはかとない反感――。

「稲見の家内でございます。このたびはお忙しいところ、ご無理をお願いしまして申しわけございません。どうかよろしくお願いいたします」

過不足のない受け答えではあるけれど、こちらが頭を下げたとたん、氷柱《つらら》のように無慈悲な視線が首筋を刺す。それに気づかないほど私は鈍感ではない。

女が同性に抱く本能的な敵意。明確な理由もなく、ただ相手が女だというだけで敵愾《てきがい》心《しん》を燃やす女がいる。どうやら稲見日奈子もそのタイプらしい。


なので今回、奥さんが真っ先に疑ったのも、取材旅行というのは口実で本当は女と一緒なんじゃないかと。警察への届け出が遅れたのもそのためだったようです。


粂川の言葉が思い出される。

私はふと今回の失踪劇の舞台裏を見た気になった。

新城はと見れば、女同士が放つ白い火花など眼中にないらしい。素知らぬ顔で、目前に広がる緑の庭園に目を凝らしている。

「素晴らしいお庭ですね。花壇と芝生のコントラストが実にみごとです。私はガーデニングが趣味でしてね。こんな機会はめったにありませんので、少し庭を見せていただいてもよろしいですか？」

あげくは耳を疑う言辞を吐く。

新城がガーデニングに興味があるとは知らなかった。それが本当なら不覚だけれど、そもそもこれまで彼が草花に興味を示したことなどあっただろうか？　考えるまでもなく、これは実地調査のための心にもない策略と理解してよさそうだ。

それでも、自慢の庭を褒められて悪い気はしないらしい。

「ええ、どうぞ、どうぞ。ごゆっくりご覧ください」

日奈子は嫣然《えんぜん》と微笑んだ。

あきれる私に向かって、嘘も方便。新城の横顔が語っている。

「それでは、家に上がる前に庭をご案内いたしますね」

いそいそと先導する日奈子に続き、さっそくパンジーやクリスマスローズが咲き誇る庭園巡りが始まった。

間近で見る芝はしっかりとケアを施され、遠目よりさらに美しさが際立っている。その佇《たたず》まいはあたかも主《あるじ》の帰宅を待ち構えているかのようで、日奈子の心意気が窺《うかが》えた。

「稲見さんがご自分で手入れをなさるんですか？」

新城が探りを入れる。

「自分ではやりませんけど、見るのは好きですの」

「やっぱりね」

「なので一年中庭のどこかで花が咲いているように、業者に申しつけていますのよ」

誇らしげにのたまう。

いわれてみれば、なるほど豪語するだけのことはある。周到に設計された花壇は、へたな商業庭園に引けを取らない見応《みごた》えだ。

ひとしきり庭を見て回ってから、

「では、そろそろ戻りましょうか」

日奈子が玄関に向かった。

むろん、これまた並みの住宅とは大違いで、もったいぶるのも無理はない。防犯性を見せつけるかのような重厚なドアを開ければ、そこにはちょっとした旅館ばりの空間が広がっている。

中国製だろうか。どんなことをしても百万円は下らなそうな陶製の大花瓶に、無造作に投げ入れられた百合《ゆり》やバラやラナンキュラス。その色とりどりの切り花を見れば、稲見家の財力を実感せずにはいられない。

これだけの経済的基盤に支えられての作家活動。貧困の実態を暴き不公平な社会を告発するのも、物質的・精神的ゆとりがあってこそなのか？　いやでも考えさせられる。

「どうぞ、こちらへ」

案内された先は玄関脇の応接間だった。

広さはさほどでもないけれど、さながら往年の日本映画を見るようだ。どこか古めかしさの漂う内装といい、どっかりとした木製の応接セットといい、成金趣味とは一線を画すクラシカルな趣がある。

だいたい最近はどこもリビングで客をもてなすのがふつうで、こういう専用の応接間はめずらしい。私はこれで何度目かになるため息を呑《の》み込んだ。

夫妻には子供がふたりいるというが、今日は土曜日だから学校はない。それを別にしても、家政婦がいてもおかしくはないけれど、家の中は森閑として物音一つしない。

「お子さん方はおいくつですか？」

「娘はこの四月に中二になりますけど、息子はまだ小学四年生なんですよ」

「じゃあ、今日は家に？」

試みに尋ねると、案の定だ。

「いえ、ふたりとも忙しくて」

歯切れの悪い言葉が返る。

どうやら子供たちは留守のようだ。おそらくデリケートな話になることを見越し、あらかじめ人払いをしたのが真相だろう。

「いまお茶を淹《い》れますので、少々お待ちくださいね」

その推測を裏づけるかのように、女主人自らいそいそとキッチンに向かう。

「どうかお構いなく」

一応いってはみたけれど、「はい、そうですか」となるはずもない。

紅茶と手製のクッキーのもてなしを受けたあと、ようやく本題に入った。ここまでですでに小一時間が経過している。

この事件は一筋縄ではいかないのではないか？　なんとなくいやな予感がした。

5

日奈子の事情聴取は、けれど期待した以上に有意義なものだった。どれだけ事前に情報を仕入れていても、直接本人と接する臨場感には格別なものがある。

「最初にお断りしておきますが、行方不明者の捜索を引き受けるからには、こちらとしても稲見さんに関わる事柄を仔細《しさい》漏らさず把握する必要があります。ということは、場合によっては、ご一家のプライバシーに土足で立ち入ることになりますが、その点はよろしいですね？」

初《しょ》っ端《ぱな》から新城が釘《くぎ》を刺した。

「もちろんかまいません」

伏し目がちに日奈子が答える。

新城に依頼したのは彼女なのに、これではまるで追及される側だ。私は少なからず違和感を覚えたけれど、新城は構わず尋問を開始した。

「それでは伺いますが、稲見さんは今回、新作の構想を練るために旅行に出られたということですね？」

「さようでございます」

「実際の言葉にすると、いつ、なんといわれたんですか？」

「前の晩、寝室に引き上げるときに、『ああ、そうだ。明日からしばらく信越に行くからな』と」

「理由は聞かれましたか？」

「新作の構想を練るということでした」

「それで奥さんはなんとお答えに？」

「『あ、そうですか』と」

「新作の中身についての説明はありましたか？」

「いえ、ぜんぜん」

「ふだんから、ご夫婦でそういう話はなさらないんですか？」

「そうですね。主人は家では仕事の話をしない主義ですので」

「で、何日くらいの予定だったんでしょうか？」

「それも尋ねておりません」

面目なさそうに肩をすくめる。

けれど、

「ところで、翌日旅行に出るということですが、奥さんにとっては急な話ですよね。旅行支度は奥さんがされたのですか？」

質問が変わると、

「いえ、それも本人が――」

こんどは微妙な間が空いた。

「主人という人は何事にもこだわりが強いんです。今日はどのシャツを着てどんなネクタイを締めるか、ぜんぶ自分で決めないと気が済まない性質《たち》ですから」

妻として忸怩《じくじ》たるものがあるのか、ぎゅっと引き結んだ唇を瘧《おこり》かとばかりに震わせている。

「ところで、ひと口に信越といってもかなり広範囲にわたりますがね。正確な地名は聞いておられないということでしょうか？」

「はい」

「だとしますと、奥さんは新潟市内のビジネスホテルに問い合わせをされたそうですが、それはどういう理由だったんですかね？」

「そこは以前主人が利用したことがありましたので、もしかしたらと思っただけで――。

特に思い当たるフシがあったわけではございません」

「なるほど。そこでもう一度確認なのですが、ご主人はひとりで旅に出られたのか、それとも誰かと一緒だったのか。率直にいって、奥さんはどうお考えなのでしょうか？」

質問はしだいに核心に迫っていく。

「それが私にも分からないんです」

日奈子はぼそりと吐き出した。

その力のない声色からも、彼女の苦悩が窺《うかが》い知れる。私は同情を禁じ得なかったけれど、新城には手加減をする気はないようだ。

「編集者が同行していないことは確かなんですね？」

構わず質問を進めていく。

「それは間違いございません」

日奈子は一転、きっぱりと肯定した。

「確認しましたところ、主人と関わりがある出版社に該当する方はひとりもいませんでしたから」

「ということは、それ以外の誰かと一緒だった可能性はあるわけですね？」

「そうなりましょうか」

「となると、それはどういう人なんでしょうか？」

「私は存じません。そこまで分かっているなら、そもそも主人の捜索をお願いしませんし」

ここでそっと目を伏せる。

見れば、毎晩眠れないのだろう。目の下を覆う痣《あざ》のようなクマが痛々しい。

「では今回は別にして、これまでに稲見さんが誰かを伴って取材旅行に出かけたことはあったんでしょうか？」

新城が質問を変えると、過去の話にはこだわりがないらしい。

「ございました」

日奈子は、こんどはがっちりとうなずきを返した。

「玖珂《くが》佐登子《さとこ》さんといって、もともとはフリーランスで校閲の仕事をしていた人ですけど、いつの間にか主人の助手のような形になりまして。一時期は、当然のように取材旅行にも同行しておりました」

「それはいつ頃のことですか？」

「いつ始まったかということは存じません。ですけど、玖珂さんが主人の仕事場に通うようになりましたのは六、七年前からでしょうか」

「若い方ですか？」

「はい。今年で確か三十一になるはずです」

「それで玖珂さんはいまでも稲見さんの助手を？」

「いいえ、もう完全に関係は切れていると思います。主人がいなくなったとき、直接本人に確かめましたし、ここ三年ほどは仕事場のマンションにも姿を見せておりませんから」

「ということは、その女性はただの助手ではなくて、稲見さんとは男女の間柄だったわけですね？」

日奈子は淡々と答えているけれど、新城は慎重に確認を取る。

夫の不貞行為について被害者である妻に問い質す——。傷口に塩を塗るようなものだから、ふつうなら遠慮したくなるけれど、だからといって避けては通れない。この種のインタビューでは、質問者のちょっとした躊躇《ちゅうちょ》が思わぬ事故につながることがあるのだ。

「はい」

「それがなぜ破局したのかご存じですか？」

「さぁ、そこまでは存じません。先ほどもいいましたように、主人は徹底した秘密主義ですし、私もあえて訊《き》いたりしませんから」

答えながらも、つらそうに下を向く。

私は考え込んだ。

要は、玖珂からほかの女に乗り換えたということだ。そりゃ根が浮気《うわき》なのだから、飽きがくるのは時間の問題だ。二、三年も続けばいい方だろう。

とはいっても、女性関係にだらしがない稲見がここ数年めっきり品行方正になったという条川の言と考え合わせると、まったく別の可能性もないわけではない。

新城もそう思ったようで、

「妙なことを訊くようですが、もしかして稲見さん、その頃から体調の変化などはなかったですか？」

すかさず発想を転換させた。

なんといっても、かれこれ五十の男にとって老化は最大の脅威のはずだ。

けれど、

「いえ、そういうことはございません」

日奈子はぱっきりと首を横に振った。

「ですが、稲見さんの年齢を考えますとね。たとえば更年期障害ということもあり得るのではないですか？　ま、あくまでも可能性の一つですがね」

新城は慎重に言葉を選んでいるけれど、

「更年期障害——ですか？」

日奈子はいぶかしげな声を上げた。

どうやら夫の女性関係にばかりに目がいって、そんなものはまるきり念頭になかったようだ。

「そうです」

ここぞとばかり、新城が語気を強める。

「更年期障害というと、とかく女性の専売特許のように思われがちですが、いまやそれは誤りであることが常識となっています。というのも、実は男性にもLOH症候群と呼ばれる更年期障害があるんですね。原因は加齢による男性ホルモンの分泌の減少で、精力の減退に始まり、不眠や疲労感、筋力や記憶力の低下などさまざまな症状が現れることが知られています。単なる老化現象で片づけられることも多いのですが、問題は、長期間にわたって不調が続いた結果、中にはうつ病を発症するケースがあるということなのです」

さすが雑学に強いだけのことはある。それでも彼にしては控えめない回しだったけれど、うつ病の一語がショックだったらしい。

「主人が自殺したというんですか！」

日奈子は首を絞められた鶴のごとき悲鳴を上げた。

稲見がこのところ女遊びから遠ざかっていたのなら、更年期障害の可能性は充分考えられる。そして更年期障害が原因でうつ病を発症し、そのうつ病が自殺の引き金となることはあり得ない話ではない。

自殺の可能性――。妻が衝撃を受けるのは無理もないだろう。

しかし新城はすましたものだ。

「そんなことはいっていません。ただ、本人の健康状態を含め、あらゆる状況を想定することは人捜しにおける基本中の基本です。そこで再度お訊きしますが、稲見さんにはこのところ、ふさぎ込んでいるとか元気がないとか、なんらかの病気を疑わせる症状はなかったでしょうか？」

面接テストの試験官よろしく淡々と問い掛ける。

その冷静な物言いで、我に返ったようだ。

「最近の話ですか？　いえ、そんな症状はまったくございません」

日奈子はふたたび落着きを取り戻した。

「食欲は旺盛《おうせい》でしたし、いなくなる一ヵ月前に人間ドックを受けたばかりでしたけど、内視鏡やＣＴの結果はもちろん、血液検査の数値も問題はありませんでした」

それが本当なら、彼女は夫の健康管理もおさおさ怠ってはいなかったことになる。

そういえば粂川も同じようなことをいっていた——。私は思い出した。

彼が最後に会った稲見は、行き詰っているどころか、新しい仕事に向かって意気揚々としていたらしい。

「だとすれば、玖珂さんとの破局は体調面とは関係なく、なにかほかの事情があったと考えるべきでしょうね」

相手の返事を逆手に取って、新城は結論づける。

「いずれにしても、私も一度、その玖珂さんという女性から話を聞きたいと思いますが、構わないでしょうか？」

「もちろんでございます」

「それじゃ、玖珂さんの連絡先はのちほど教えていただくとして、最後にもう一点だけ」

　新城はここでひと息入れると、

「もしかして稲見さんがなんらかのトラブルに巻き込まれていたとか、誰かから脅されていたことはありませんか？」

　おもむろに切り出した。

　最後にもう一点といいながら、それこそが今日の事情聴取の目玉であることはいうまでもない。

「主人が自分から逃げ出した――ということですか？」

　さりげなく返しながらも、美しく整えた眉《まゆ》がぴくぴくと痙攣《けいれん》している。

　これは何かある。ぴんと来たけれど、むろん新城もそう踏んだらしい。

「ご存じとは思いますが、つねに非難や批判にさらされるのは作家の宿命です」

　日奈子の気持ちをほぐすように優しく語りかける。

「手放しで絶賛する読者がいる一方で、何を書いても酷評するアンチもいます。そんなことをいちいち気にしていたら、作家は務まりません。特にノンフィクション作家であれば、ときには個人の権益や名誉に関わる事柄に斬り込むことも必要なわけです」

「それは承知しております」

「そうであれば、取材先からクレームが出ることは避けられませんし、なんだかんだいちゃもんをつける人間もいるはずです。稲見さんがそういった攻撃を避けるために姿を消した可能性は排除できません。なので、どんな些細《ささい》なことでも結構です。もし気がついたことがあったら、ぜひとも思い出していただきたいのですが」

新城の問い掛けに、日奈子はゆっくりと面を上げた。

「これは、粂川さんや警察にも黙っていたんですけど」

ここでいいよどむ。

「何か秘密でも？」

「秘密というほどのことではありません。でも、なんだか気味が悪くて」

「それはどういうことか、よろしければ話してくれませんか？」

いつになく穏やかな物腰に、頑《かたく》なな心も動いたようだ。

日奈子はおずおずと口を開いた。

「それではお話ししますけど、その前にお見せするものがあります」

「ほう、なんでしょう？」

「ご覧になれば分かります。でもこのことは、ここだけの話にしていただけないでしょうか」

真剣な眼差《まなざ》しがただならない事態を暗示している。

「ご安心ください。誰にも口外しないことをお約束します」

新城が平手で自分の胸を叩《たた》く。

芝居がかった仕草で見得を切ったのは、この機を逃したら二度とチャンスは巡って来ない――。長年の取材経験で得た教訓だろう。

「信じてよろしいんですね？」

「もちろんです」

「では、ちょっと失礼いたします」

新城の返事を確認した日奈子は、つと立ち上がると、そのまま小走りに応接室を出て行く。

ドラマがいの展開に、私は興奮を隠せなかった。

何かしら？　目顔で尋ねたものの、

「さあな」

新城も首を振るばかりだ。

足音からすると、どうやら二階に上がったらしい。じりじりと焼けつくような待ち時間だったけれど、実際には五分もなかっただろう。再び姿を現した日奈子は、写真らしきものを挟んだA5サイズの透明クリアファイルを手にしていた。

「これなんですけど」

新城に向かってファイルの中身を差し出す。

横から覗《のぞ》き込むと、それは印画されたサービスサイズの写真で、中高年と思《おぼ》しきスーツ姿の男性の上半身が画面いっぱいを占めている。

私は思わず息を呑《の》んだ。

「これはご主人ですか？」

そこで新城が尋ねたのは、それが真後ろから撮られているからで、要するに完全な後ろ姿。しかも素人の隠し撮りらしく、ピントも微妙にずれている。夫の髪型や体型を熟知している妻でないかぎり、人物の特定はむずかしそうだ。

「はい。間違いありません」

はたして日奈子は断定したけれど、私が衝撃を受けたのはそんなことではない。その男の首、それもちょうど延髄にあたる位置に、細い赤マジックで描かれた特大の釘《くぎ》が打ちこまれている。

正視できないほどの悪意。ほとんど凶暴と言ってもいい執念がにじみ出ている。

「この釘はどういう意味なんですかね？」

首を捻《ひね》る新城に、

「それだけじゃありません。裏側も見てください」

日奈子の硬い声が促す。

「写真の裏にも何かあるんですか？」

慎重な手つきでクリアファイルをひっくり返した新城が、こんどは無言のまま赤マジックで書かれた文字を睨《にら》んでいる。

まるで血文字のような――。横からそっと覗くと、

地獄に堕《お》ちろ
彼女を殺したのはおまえだ

それは確かにそう読めた。

6

「これはどこで手に入れたものですか？」

新城が向き直った。

あまりにも現実離れした文面はタチの悪いいたずらとしか思えない。とはいえ、ことが稲見の失踪《しっそう》に関わっているとしたら話は別だ。

「主人の仕事用マンションのメールボックスの中です」

日奈子はか細い声を出した。

「見つけたのは稲見さんですか？」

「いえ、私です」

「それはいつ？」

「主人が取材旅行に出かけた三日後ですね」

「なるほど」

「あのマンションにはあまり郵便物は来ないんですけど、あのときは、メールボックスの中にこの写真がむき出しで入っておりました」

「じゃあ、稲見さんはこれをご覧になっていないわけですね？」

「と思います」

「そうですか――」

新城が顎《あご》をさすって考え込む。

この事態をどう受け止めるべきか、さすがに途方に暮れているようだ。

「ということは、稲見さんの失踪とこの写真に直接の関係はないと考えていいのかな？」

独り言のようなつぶやきに、

「私もその点が分からないんです」

日奈子が口を添えた。

「ただ、無関係ではないんじゃないでしょうか？」

「それはなぜですか？」

「主人は前からこの男に脅されていたのかもしれませんし」

確かにそれはあり得る。

私は内心で賛同したけれど、新城の反応は違っていた。

「そこはどうなんでしょうね？　まぁ、それはともかく、これが男の仕業だと思われる根拠はなんでしょうか？」

油断のない目を向ける。

予想外の突っ込みに、日奈子はビクンと身体を震わせた。

「べつに根拠はありません。ただ、なんとなくこの文章は男が書いたように思えたものですから」

「マンションの防犯カメラに写っているかどうか、確認はされましたか？」

「いいえ、しておりません」

「それはなぜですか？」

「こんなこと、管理人さんにはいいたくなかったんです」

悩ましげに下を向く。

「なるほどね」

同調しているかに見せて、その視線は獲物を見つけた鷹《たか》のように鋭角だ。

「だけどもう三ヵ月も経っているからな。いまからじゃ無理だろう」

聞こえよがしに漏らす。

「そうですね。確か、防犯カメラの保存期間は一ヵ月のはずですから」

「では、あらためてお訊《き》きしますがね。この筆跡に見覚えはありませんか？」

「いいえ、まったく」

「じゃあ、この文面から何か思い当たることはありませんか？　過去や現在のどんなことでも構いません」

「いえ、それもぜんぜん」

「そうですか。しかし、ご主人はこの男に脅されていたのではないかと疑いながら、あなたは警察にこの話をなさらなかった。それはなぜでしょうか？」

「だって、それは……」

味方のはずの人間から思わぬ追及を食らえば、動揺するのも無理はない。日奈子は子供がいやいやをするように頭を振り動かした。

「万が一にもここに書かれていることが事実だとしたら、主人は殺人犯なわけですから。警察になんかいえるはずがないじゃありませんか！」

押し殺したその声に、女の本音が見え隠れしている。

たとえ彼女が百パーセント夫を信じていたとしても、妻の立場なら、警察によけいなことはいいたくないに決まっている。

私は日奈子の気持ちが理解できたけれど、

「いやまぁ、奥さん」

新城はいかにも磊落《らいらく》そうに笑ってみせた。

「あなたが心配されるお気持ちは分かります。ですが、ちょっと冷静に考えてください。この告発文は、稲見さんが殺人をしたとはひと言もいっていません」

新城の指摘に、日奈子はあらためて赤マジックで記された文言を凝視した。

「それはそうですけど」

もごもごと言葉を呑み込んでいる。

思わぬ援軍の出現に安心するどころか腑《ふ》に落ちない風情なのは、この血文字が強烈過ぎるからだろう。

「結局、ある女性が死んだのは稲見さんのせいだというだけじゃないですか」

新城が結論づける。

そこまで簡単にいえるかどうかはともかく、せんじつめればそういうことだ。思わずうなずいた私にチラリと目を向けると、新城は続けた。

「たとえ稲見さんとはなんの関わりもなくても、この本さえ刊行されなければ、彼女が死ぬことはなかったとね。死んだ女性の恋人や近親者の怒りが著者に向かうことはあり得るんじゃないですかね？」

「要するに、とばっちりということですか？」

「はい」

「だったらいいですけど」

それでもまだ釈然としない様子の彼女に、

「だってそうじゃないですか」

新城が口元を緩める。

「もしこれが本物の殺人事件なら、この人物はさっさと警察に通報するか、もしくは黙って復讐《ふくしゅう》に取りかかるはずです。なぜかといって、こんな文章を当の相手に突きつけたら、警戒して逃げられるのがオチですからね」

「いわれてみれば、その通りですね」

「本当の狙いはカネということも考えられますが、だったら、この人物はどうしてストレートに金銭を要求しないのでしょうか？『地獄に堕ちろ』とイキがるのはいいとして、相手が本当に地獄に堕ちてしまったら、カネは取れないんですよ」

ごもっとも。

またもや私は簡単に説得されたけれど、日奈子は首をかしげている。

「ですけど、もし主人の著作が原因でトラブルが起きたのなら、まず版元さんにクレームがいくと思うんです。でも私が聞いたかぎりでは、そういった苦情はいっさいなかったそうです」

「だとすると、悪質ないたずらの線も濃厚ですね」

「まぁ、そうなりますね」

「いずれにしても、当たれる線はすべて当たってみようと思います」

力強い新城の言葉に、

「指紋も調べた方がよくないかしら？」

私はつい口を出した。

新城がこちらに向き直る。

「それもいいけどね。なにしろこれだけ手の込んだことをやる人間だ。素手で写真を扱ったとは思えないな」

「そりゃ、そうだけど」

「それに運よく指紋やDNAが残っていたとしても、だ。そいつに前科がなければ人物の特定はできない。多大な期待は禁物だよ」

私たちの会話を尻目《しりめ》に、

「あの――、そのことなんですけど」

日奈子が遠慮がちに口を開いた。

「本格的に指紋を調べるとなれば、警察と無関係ではいられませんよね？」

「まあね」

「ですけど、それは私、絶対に困ります。もしどうしてもと仰《おっしゃ》るなら、今回お願いした件はなかったことにするしかないですね」

抑えた口調ながらも、困惑の色がありありだ。

「そもそも、大っぴらに主人の捜索ができるくらいなら苦労はありません。最初から大手の調査事務所に頼めばいいんですから」

まったくそのとおりだ。

粂川の推薦があったとはいえ、日奈子がなぜプロの探偵に依頼をせず、素人同然の新城を頼ったのか？　どうにも腑に落ちなかった謎は解けたけれど、代わりになんとも重苦しい気分がのしかかってくる。

他方、新城はすましたものだ。

「いや、指紋の照合といいましてもね。真正面から警察に問い合わせたりはしません。それなりの抜け道はあります」

すっぱりと請け合ったあとは、

「ところで話は変わりますがね」

何事もなかったかのように事情聴取を続行した。

「旅行であれなんであれ、大の大人が一日でも家を出たら、カネを使わずにはすまされません。稲見さんはふだんカード払いなのか、それとも現金払いなのか、その点はいかがでしょうか？」

「バス代とか自動販売機のドリンクなどは現金ですけど、ある程度の額になるとクレジットカードですね」

「では伺いますが、今回、稲見さんの失踪《しっそう》中にクレジットカードが使われた事実はありますか？」

「いえ、それはございません」

「そういいきれる理由はなんでしょうか？」

「クレジットカードは持って出たようですけど、それ以降はカード会社からの請求がありませんから」

「なるほど。となると、稲見さんは最初から多額の現金を持って出たか、途中ATMで現金を引き出しているか、そのどちらかになりますね？」

「そういうことになりましょうか」

日奈子は下を向いた。

淡々と答えてはいるけれど、その声は小刻みに震えている。無理もない。それ以外の可能性といえば、稲見が身体の自由を失っているか、それとももはや生きてはいないか──。どちらにしても最悪だ。

「預金口座からの引き出しについてはお調べになりましたか？」

「いえ、それが……」

またしても目を伏せる。

よほど葛藤《かっとう》があるらしい。

「調べることは調べたんですけど」

ようやく口を開いたものの、出て来た話は声同様、貧弱極まりないものだった。

「主人がM銀行〇〇支店に口座を持っていることは知っておりましたけど、どの出版社からどれだけ送金があって、主人がそこからいくら引き出しているものやら、私はまるきり蚊帳《かや》の外だったんです。ですから支店の方ともぜんぜん面識がなくて」

「そうなんですか」

「主人が行方不明になってから問い合わせをしましたけど、たとえ配偶者でも個人の情報は漏らせないといわれてしまって——。通帳もキャッシュカードも主人が持って出たようで、それ以上はどうしようもありませんでした」

最近は個人情報の取り扱いがうるさいから、銀行もうかつに開示できないのだろう。

それにしても、これでは八方ふさがりだ。

「いや、参ったなぁ。ふつうなら、出金から足取りをたどるのが確実なんですがね」

さすがの新城もお手上げだとみえる。

「では、今日のところはこれくらいにして、あとは稲見さんの仕事部屋を拝見したいのですがいかがでしょうか？」

新城が締めくくって、自宅での事情聴取はひとまず終了となった。

7

稲見の仕事用マンションの調査を終え、日奈子と別れると、時刻はとっくに六時を回っている。

仕事部屋といっても六十平方メートルは優にある。それもひとり暮らしには充分過ぎる設えで、常駐の管理人もいる重厚な古いマンションだ。仕事に没頭すると、稲見は三日も四日もここにこもりっきりらしいけれど、実際に目にすればそれも納得がいく。

ちょっと歩けば飲食店はいくらでもあるし、およそ作家であれば、誰もが羨《うらや》む仕事場だといっていい。

稲見は几帳面《きちようめん》できれい好きなようだ。あるいは日奈子が整頓《せいとん》したのかもしれないが、室内は息苦しいほどに整然としていた。

「家というものは、人が住んでいないと荒れてしまいますでしょ？　ですから毎日空気を入れ替えてはいるんですけど、肝心の主人がいませんとね。やっぱり空き家みたいになってしまって」

日奈子がいうとおり、たった三ヵ月でも空き家は空き家なのだろう。人が使っていた形跡はあるから、モデルルームとは異なるけれど、生きた人間の匂いがしない。そんな表現がぴったりくる。

あくまでも自宅ではなく仕事場だから、シングルベッドと小ぶりのダイニングセット、そして特大のオフィス用デスクがあるほかは、膨大な数の本や資料を納めた書棚が壁いっぱいに並んでいる。

見れば、その大部分が過去に刊行した作品にまつわるものらしい。それもだてではない。本人がそれらの一つ一つにきちんと目を通したことは、大量の付箋《ふせん》とマーキングが証明している。

いったら悪いが、稲見程度の知名度で、これだけ下準備をする作家がそうそういるわけもない。潤沢な資金の賜物《たまもの》とはいえ、彼が真摯《しんし》に研究テーマに取り組んでいることが窺《うかが》えた。

もっとも、ざっと検分したかぎりでは、今回の失踪に関連しそうなものは一つもない。知人からの手紙やはがき、そして出版社や各種団体からの招待状や挨拶《あいさつ》状は山のようにあるものの、どれもこれも役に立ちそうにないものばかり。せいぜい今年の年賀状が、現時点での稲見の交友関係を開示しているだけだ。

つまり、空振りとはいわないまでも掘り出し物はなかったことになる。仕事部屋といい妻といい、稲見という人物は最も身近な存在にも自分の素顔を見せない主義らしい。

「半日がかりで調査したわりには収穫がなかったよね。なんか、がっかり」

ずっと立ちっぱなしだったから、さすがに疲労が激しい。

高い背もたれの硬い椅子に身体を沈めると、どうしても愚痴が出たけれど、

「そりゃ、めぼしいものがあったら、奥さんがとっくの昔に見つけてるだろ。何にも手掛かりがないからこそ、俺たちにお声がかかったわけでね」

新城はさばさばとしていた。

赤い格子柄のクロスが掛けられた二人用のテーブルが、壁沿いにずらりと並んでいる。日奈子の許可を得て年賀状の束を預かり、稲見の仕事部屋をあとにした私たちは、たまたま通りかかったビストロで早めの夕食をとることにしたのである。

人気レストランがひしめく西麻布でも、グルメ本で紹介される店ではないのか、先客はひと組だけだ。それでも、用心するに越したことはない。念のためいちばん奥の席を選んだ。ここなら安心して話ができる。

「だけど、まるきり収穫がなかったわけじゃない。現場を見たことでクリアになった部分はある」

オーダーを取ったウェイターが立ち去るのを待って、新城がふたたび口を開いた。

そういわれても、私にはぴんと来ない。

「どんなところが？」

新城はにやりとした。

「まずいえることは、少なくともあの庭には稲見氏が埋まっていない、ってことだな」

「まさか！　あなたは日奈子さんを疑っていたの？」

私は驚いたけれど、敵はさながら悠然として長谷《はせ》の大仏だ。

「疑っていたわけではないけどな。可能性の一つではある」

眉《まゆ》ひとつ動かさない。

「稲見氏が死んで、最大の経済的利益を得るのは妻である稲見夫人だ」

「それにしたって」

「おまけに彼女は我々の依頼人だからね。まず依頼人を疑うのは探偵稼業のイロハでもある」

「それで、あなたは庭を見たいなんていったわけ？」

「そういうことだ。もっとも彼女がいそいそと道案内を始めた時点で、その可能性はかぎりなく低くなったけどね。実際、花壇や芝生のどこを見ても、最近になって掘り返された形跡はなかった」

「確かにね」

「ついでにいうと、いつ夫が戻ってもいいように、庭の手入れを怠っていないこともよく分かった。あのやつれた容姿といい、疲れきった動きといい、彼女は本当に夫の身を案じていると考えていいだろう」

そこは私も同感だ。

だいたい相続目当てに妻が夫を殺していたら、日本中、殺人事件で溢《あふ》れてしまう。無理して危険を冒さなくても、どうせ男の寿命は短いのだ。黙って死ぬのを待つ方が得策に決まっている。

それはともかく、問題にすべきは仕事用マンションのメールボックスに投げ込まれていた例の写真だろう。

芝居がかったおふざけに見えて、その実、得体の知れないどす黒い情念が、薄い紙片からゆらゆらと立ち上っている。

日奈子の言によれば、稲見はあの写真を見ていないらしい。おまけに、稲見に殺されたという女にも脅迫状を送りつけた人物にも、まるで心当たりはないという。

それが事実なら、この脅迫者の登場は稲見の失踪《しっそう》とどう関係しているのか？

「あの脅迫文言がただのいたずらではないとすると、殺された彼女というのは、やっぱり稲見さんと個人的なつながりがあったんじゃないかな？」

私が意見を述べると、新城も本音ではそう思っているようで、

「そうかもしれない」

異は唱えなかった。

「だけど現実問題として、稲見さんの周辺で最近亡くなった女性っているのかしら？」

そこがどうにも分からない。

「さぁ、どうかな？」

「それを調べるのが先決じゃないの？」

「もちろん探ってはみるけどね。奥さんも知らないからには、その女とは公然の仲ではなかったと考えられる。なかなかむずかしいだろうな」

要は、現段階では動きようがないということだ。

「それにしても、日奈子さん。粂川さんにすら内緒にしていた秘密を、よく部外者の私たちに打ち明けたものね」

「ま、部外者だからかえって話しやすい面もある。俺たちにも秘密にするくらいなら、最初から夫の捜索なんてしなきゃいいんだからな」

「それもそうね。でも正直なことをいうと、いまでも彼女、私たちに洗いざらいぜんぶは話していない気がするのよね」

特に根拠はなかったけれど、これは私の率直な感想だ。

稲見日奈子という女性に対する抜きがたい不信感。理屈ではないだけに、いったん脳《のう》

裡《り》にへばりつくと離れない。

すると、同じことを感じていたのだろう。

「もちろんそうだ」

新城はこっくんとうなずいた。

「じゃ、どうするの？　これという手掛かりもないうえに、当の依頼人がこっちを信頼していないんだもの。やりようがないよね？」

私は納得がいかない。またもや愚痴が口を衝《つ》いたけれど、

「いや、やりようはある。俺という人間は、相手が何かを隠しているとなると、がぜん闘争心をそそられる性分でね。逆にやる気が出るんだな」

本心からかどうか、新城はうそぶいた。

「で、どんなことをするつもり？」

「まずは、カネの動きを調べることだ。さっき彼女は、稲見さんにはM銀行○○支店に預金口座があって、彼はその通帳とキャッシュカードを持って家を出たといったよな？」

「ええ。銀行はたとえ妻でも個人情報は漏らせないから、稲見さんが預金を引き出したかどうか、調べる方法がないって話だったわね」

「ま、公式にはそうなんだろう。だけどそれは、あくまでも公式には、ってことだ」

「そうなの？」

「ああ。たとえば俺の知ってる調査事務所に頼めば、他人の預金口座の存在も中身も簡単に分かる」

「本当に？　でもそんなこと、どうやって調べるの？」

私は驚いた。

けれど新城は平然としたものだ。

「蛇《じゃ》の道は蛇《へび》というからな。しかるべきルートを使えば、上は国家の機密費から下は亭主のへそくりまで、この世にカネで買えない情報はない」

そうなのか——。私は軽いショックを受けた。

しょせんこの世はカネしだい。そんなことは分かっているけれど、カネで情報が買えるということは、それを売る人間がいるということだ。

「だけど、それって違法なんじゃないの？」

「もちろんだ」

「まともな調査事務所が平気で悪事に加担するわけ？」

「うーん、悪事に加担ねえ」

思わぬ私の攻撃に、新城はうなってみせたけれど、

「違法か違法でないかといえば違法でも、悪事というほど悪質かどうかは微妙だな。それによって稲見さんの足取りが摑《つか》めるなら、俺はやる意味があると思っている」

すぐに反撃に転じた。

「そうでなくても、たとえば表向きは倒産したと見せかけて、裏でこっそりカネを蓄えているやつの尻尾《しっぽ》を摑むには、隠し預金を押さえるのが手っ取り早い。騙《だま》された債権者の身になって考えると、俺は一概に非難する気にはなれないな」

社会の裏事情に通じている人間がこういうからには、隠す者と隠される者、騙す者と騙される者の間には――どっちが悪でどっちが善かはともかく――バトルが存在する必然性があるのだろう。

世の中、きれいごとではすまされない。根がすなおに出来ている私は、ただちに発想を転換させることにした。

「じゃまぁ、預金口座の件はそれでいくとして、あとは何をするの？」

「とりあえず玖珂佐登子に会ってみることだな。もう切れているとしても、少なくとも数年間は愛人関係にあったんだ。きっといろんなことを知っているはずだ。それから清風出版社からも話を聞く必要があるね。稲見さんの新作書下ろしのテーマがなんだったのか、もし担当編集者が知っていれば、彼の行動を絞り込むことができる」

「分かった。ほかには何か？」

「いや、それなんだけどさ。ここに宝の山がある」

新城は傍らに置いたビジネスバッグを引き寄せると、日奈子から預かって来た年賀状の束を取り出した。

枚数はざっと五百というところだろうか？　もっとも郵便が斜陽となったいま、五百枚という数が多いのか少ないのか、正直判断がつかない。

「この中でいまも稲見さんと交流がある人には、日奈子さんが問い合わせをしたはずだ。俺が重ねて訊《き》いたところで、有力な情報が得られるとは思えない。もし大穴が当たるとしたら、たぶん彼女がその存在も知らなかった方面からだろうな」

どこまでもポジティブ思考なのだろう。大事そうにテーブルの上に置く。

「お待たせいたしました」

前菜が運ばれて来たけれど、新城は左手で魚介のサラダを口に運びながら、右手を器用に使って一枚一枚、賀状をめくっていく。

印刷文字だけのものが大半だから、スピードは速い。でも大穴か大穴でないか、どうやって判別するのだろう？

私は懐疑的だったけれど、早くも二百枚近くをチェックし終わったところで、

「お？」

新城が声を上げた。

よほど興味深いことが書かれているのか、手に取ってしばらく文面を見つめたのち、黙って手渡してくる。

見れば、差出人の名前は塩田《しおだ》隆文《たかふみ》。住所は埼玉県戸田《とだ》市だ。どうやら出版社気付で届いたものが転送されて来たらしい。その旨の付箋《ふせん》が貼られたままになっている。

お年玉付き年賀はがきに定型文がプリントされた余白に、几帳面《きちようめん》な手書きで、

たいそうご無沙汰《ぶさた》しております。

覚えておいでかどうか分かりませんが、小生、△△小学校で貴殿と同級だった塩田です。先日、たまたま本屋でご著書『解離性同一性障害の真実』を見つけ、さっそく拝読しました。たいへん面白かったです。

お元気そうなカバーの近影も拝見し、当時は病気がちだった貴殿がいまでは精力的にご活躍のこと、心から嬉《うれ》しく思います。

ちなみに小生は父の歯科医院を継いで、なんとかやっております。


とある。

「どうだい？　ちょっと面白いだろう？」

「稲見さん、小学生の頃は病弱だったのね」

私は単純な感想を述べたけれど、新城の目のつけどころは違っていた。

「それもあるけど、興味深いのはこの住所だな」

嬉しそうに指さす。

「小学校の同級生だといいながら、住所は港区西麻布ではなくて戸田市だ。都内に△△小学校という学校はないから、稲見さんは小さい頃は東京ではなく戸田に住んでいたということだ」

いわれてみれば、そのとおりだ。

「あんなりっぱな家があるのに、どうしてそこに住まなかったのかしら？」

「さあな。でも稲見さんの父親は彼が生まれる前に亡くなったというからね。たぶん母親の実家が戸田にあって、夫の死後、彼を連れて実家に帰ったんじゃないかな」

「ああ、それはあるかもね」

「いずれにしても、戸籍謄本と戸籍の附票を調べてみる必要があるね。生まれてから現在までの本籍地と住民登録地が分かれば、彼の成育歴がある程度推察できる。ただ、それとは別に、一度この塩田氏に会ってみるのも悪くない。有益な話が聞けそうだ」

「確かにね。もしこの賀状をきっかけに交流が復活していたら、今回の取材旅行について、なにか聞いているかもしれないし」

　意気込む私に、

「ま、そういう期待もゼロではないけどな」

　新城はゆっくりと頭《かぶり》を振った。

「子供時代の稲見さんがどんなふうだったのか、仕事仲間や奥さんが知らない素の姿を知る、これはまたとないチャンスだよ。いまじゃ健康そのものだという彼が昔は病気がちだった点も含めて、彼の行動の謎を解くヒントが得られるかもしれない」

「なるほどね」

　私はすなおに賛同の意を表した。

「となると、ちょっと忙しくなりそうだ。さっそく明日から始動するけど、まずはこれを片づけないとな」

新城は自信たっぷりの笑みを浮かべると、グラスに残った白ワインに口をつけ、ふたたび魚介のサラダと年賀状の束に取りかかった。

8

塩田歯科医院はJR東日本の西川口《にしかわぐち》駅近く、雑多なビルが建ち並ぶ商店街の中ほどにあった。

おそらく昔は一戸建ての歯科医院兼住居だったところが、バブル期に四階建ての商業ビルに変身したのだろう。一階が診療所、最上階が居住部分になっている。ビル自体はかなり古びているものの、診療所は小ざっぱりとして清潔感がある。

土曜日の診療は午後四時までと聞いていたけれど、四時少し前に訪れると、待合室にはまだ三人ほどが順番を待っている。

スタッフは受付の女性がひとりだけ。奥の診察室からは、医師と患者が談笑している声が筒抜けだ。両者とものんびりしたもので、最後の診療が終わったときには五時を少し回っていた。

「いや、どうもお待たせしました」

白衣を脱ぎながらパタパタと待合室に現れた塩田隆文は、その話し声から想像したとおり、終始笑みを絶やさない穏やかな紳士だった。

稲見と同い年だからまだ五十前のはずなのに、白髪交じりの頭にぶよんとせり出したお腹。とても同級生には見えない。

「稲見君の行方はまだ分かりませんか？」

待合室の長椅子に腰をかけると、心配そうに尋ねる。

聞けば、今年稲見に出した年賀状に、向こうも数日遅れの賀状を返しては来たものの、それを機に再会を約束することはなかったのだという。

「稲見さんが作家になったことは、前からご存じだったんでしょうか？」

根っから人が好《よ》いのだろう。新城の質問に、申しわけなさそうに頭《かぶり》を振る。

「いや、同窓会で話題になるまで知りませんでした」

「でも、著作はお読みになったんですよね？」

「まあね。実をいえばなんだかむずかしそうな話なんで、最初は敬遠してたんです。それがこの間、たまたま本屋で彼の本を見つけましてね。試しに買ってみたら、これが意外に面白かったんですよ」

「なるほどね」

「で、こんなりっぱな本を出せるなんてたいしたものだと感心しましてね。ちょうど十二月だったんで年賀状を書いたんですが、なにしろずっと没交渉でしたから、住所が分からないんですよ」

「そうでしょうね」

「それで出版社の気付にしたんです。だから返事が来ることも期待してなかったんですが、ほらこのとおり、賀状をもらいました」

いいながら、ジャケットのポケットから小さくたたんだ紙切れを取り出す。見れば、稲見から塩田宛ての年賀状の写しで、塩田宛ての年賀状の写しで、表と裏をカラーコピーしてある。こちらもお年玉付き年賀はがきで、プリントされたお決まりの挨拶《あいさつ》文の余白に、手慣れた筆致で文言が添えられている。


賀状をどうもありがとうございました。

もちろん貴兄のことは覚えています。拙著をお読みいただき、恐悦至極です。

祖父母が亡くなってからは戸田に行く機会もありませんが、お父上の跡を継がれたとのこと、なによりと思います。

地元に残っている同級生の方々にも、どうかよろしくお伝えください。


体裁も文言も過不足はないけれど、なんとなく儀礼的でよそよそしい印象は否めない。もとより、再会を期する気が毛頭ないことは明白だ。

おそらく塩田も同じ思いなのだろう。その顔が若干不満げなのは気のせいばかりではなさそうだ。

「ということは、小学校卒業後は、稲見さんとのつき合いはなかったと考えてよろしいでしょうか？」

「そのとおりです。彼は中学からは都内の名門私立に進学しましたからね」

塩田はあたりまえといった顔でうなずいた。

「それに本当をいいますとね。小学校でも、稲見君には友達といえるほどの友達はいなかったんですよ。というか、クラスでも私ぐらいじゃなかったのかなぁ？　彼と口を利いていたのは」

昔に思いを馳《は》せるかのように右手であごをさすっている。

「つまり、いじめられっ子だったわけですか？」

新城が確認する。

私も当然そう考えたけれど、どうもそんなことではないらしい。

「いや、そうじゃなくてね」

塩田はあっさりと否定した。

「彼、子供の頃は小児喘息《ぜんそく》だったんですよ。ご存じだと思いますが、小児喘息というのは、発作が起きると呼吸困難に陥って、へたをすると命を落とすこともありましてね。思春期になると自然に治ることが多いんですが、なかなか侮れない病気です」

従姉《いとこ》の子が小児喘息だったので、その大変さは私も知っている。喘息の発作は夜間や明け方に起きることが多いので、親もおちおち寝ていられない。自身は頑健だった従姉が、一時は憔悴《しょうすい》しきっていたのを覚えている。

無言で耳を傾ける新城に、塩田はさらに説明を加える。

「ふつうは家の中のダニや埃《ほこり》、それにペットの毛などがもとでアレルギーが起きるんですが、それればかりではありません。花粉や排ガス、煙草の煙なんかも原因物質になりますから、家の外でも注意が必要なわけです。だから稲見君も授業にはほとんど出なくて、自宅で療養していたようです」

「そうだったんですか」

「でもその分、家では特訓してたんじゃないかな？　中間テストや期末テストの成績はトップクラスでしたよ。そんなふうだから当然、クラスでは浮いていました。たまに登校しても、ひとりでぽつんとしてることが多かったですね」

塩田は淡々と語っているけれど、これはまた予想外の証言だ。

友達といえる友達もなく、クラスでひとり浮いていた少年と、女好きで旅行好き、精力的なノンフィクション作家——。どうにもイメージがつながらない。

思い惑う私をよそに、

「ところで、いま先生が仰《おっしゃ》った稲見さんのお祖父《じい》さんというのは、父方ではなくて、母方の祖父ということですね？」

新城は確認作業に余念がなさそうだ。

「そうです。母方のお祖父さんは奥尻平造《おくしりへいぞう》さんといって、こちらは名門でもなんでもない街の印刷屋だったんですが、娘の志津子《しづこ》さんというのがすごい美人でしてね。東京の短大を出てOLをしていたところを、稲見君のお父さんに見初められたんです」

「ほう」

「で、そこまではよかったんですが、なんとも気の毒なことに、結婚して一年足らずでご主人が急死しちゃいましてね。最初の子がお腹にいた志津子さんは、実家に里帰りしたまま、結局生まれた駿一君とこちらで暮らすことになったんです」

「稲見家の祖父母と志津子さんは折り合いが悪かったわけですか？」

「ま、早くいえばそういうことでしょうがね。仮に折り合いが悪くなくても、肝心の夫が死んじゃっていないんですから。それでも舅《しゅうと》・姑《しゅうとめ》と同居するというのは、どんなもんですかね？」

「なるほど。それで志津子さんのご主人が亡くなった原因は何だったんでしょう？　病気ですか、それとも事故か何かですか？」

「それがはっきりしないんですよ。平造さんによると、心臓発作による突然死だったという話なんですが、実はあれは自殺だったという説もありましてね。真偽のほどは不明です」

「自殺──ですか？」

つぎつぎと出て来る新事実に、新城も驚きを隠せないようだ。

「自殺だったとすると、原因はどんなことでしょうか？」

「それはまぁ、いろいろという人はいますがね。どれも憶測に過ぎませんから」

さすがに無責任な噂を垂れ流す気はないのだろう。塩田はここで口を結ぶと、静かに新城を見返した。

そういえば――。私は思い出した。

新城が稲見についてうつ病の可能性をほのめかしたとき、

「主人が自殺したというんですか！」

日奈子は悲鳴のような叫び声を上げたのである。

もしかすると、彼女は夫の父親が自殺したこと、しかもその原因がうつ病だったことを知っていて、それがあの過剰反応になったのではないか？　だとすれば、今回の失踪《しっそう》についても根底から検討し直す必要があるかもしれない。私はひそかに頭を巡らせた。

いずれにしても、塩田にはこれ以上訊《き》くことはなさそうだ。

「では、最後にもう一点確認なんですが、子供時代の稲見さんはどちらかというと奥尻の家族の一員で、父方の祖父母とは疎遠だったということですね？」

新城が最後のまとめに取りかかったものの、

「いや、そんなことはなかったと思いますよ」

塩田はこんどはきっぱりと否定した。

「小学校時代も、年に数回は、志津子さんが孫の顔を見せに出向いていたようだし、彼が進学した中・高一貫校は、稲見さんのお宅のすぐ近くですからね。お祖父ちゃんお祖母ちゃんにしてみれば、たったひとりの孫が可愛くないわけがありません。学費はもちろんのこと、戸田での稲見君親子の生活費も全額あちらから出ていたはずです」

そうなのか――。私はまたしても考えさせられた。

稲見が生まれて成人するまでにはそれ相応の紆余《うよ》曲折があったのだろう。単純に幸か不幸かでは括《くく》れない事情が絡み合い、人生というタペストリーが織り上げられる。

これが稲見の失踪にどう関係するかは別として、土曜の夕方をつぶしてここまでやって来た甲斐《かい》があったというものだ。

「いや、お忙しいところ、有益なお話をどうもありがとうございました」

新城も満足しているらしい。

丁重に礼を述べて、塩田との面談は終了となった。

9

玖珂佐登子は私が思い描いていたとおりの女性だった。まじめで几帳面《きちょうめん》。小柄で細身の身体にシュッとした顔が乗っている。

そもそも、校閲という仕事はずぼらな人間には務まらない。

小説であれエッセイであれ記事であれ、およそ出版されるありとあらゆる文章の原稿を精査する。それが校閲の役目で、誤字脱字を始め、文法や表現方法、振り仮名や句読点をチェックし、さらにはその内容にも立ち入って、人名や地名、日時や数字、歴史的事実や科学的事象との整合性を確認する。出版業界では、編集や営業と同じく欠かすことのできない重要なセクションだ。

当然ながら、校閲担当者には高度の根気と集中力が要求されるけれど、それ以上に必要なのが幅広い知識と偏りのない社会常識ということになる。興味があることにしか興味を持てない私のような人間は、逆立ちしても無理だということだ。

この玖珂も、最初は大手出版社の校閲部員だったそうだけれど、社内の人間関係に疲れて退社したのだという。

仕事相手といえば、作家を始めとして自己主張の塊りのような面々ばかり。いい本を作るのは当然として、一冊でもいいから売上げを伸ばしたい。過酷《かこく》なノルマを自らに課し、身を削って日夜励んでいる文芸の編集者からすれば、校閲の仕事は平和そのものだけれど、校閲部も人間の集団であることに変わりはない。それなりに軋轢《あつれき》はあるのだろう。

そうはいっても、フリーランスになってもまだ校閲を続けているのだから、玖珂が地道で緻密《ちみつ》な作業に向いていることは疑いがない。彼女が彼の心を捉《とら》えたとすれば、彼女のその性格が、同じく地道で緻密なノンフィクション作家の琴線に触れたのではないか？　私の予想は当たっていたらしい。

自分で指定した自宅近くのコーヒーショップに、時間きっかりに現れた玖珂は、

「稲見さん、心配ですね」

初めから不安を隠そうとはしなかった。

今日は日曜日なので仕事はないといいつつも、チャコールグレーのパンツスーツに控えめなイヤリングというきちんとした装い。決して美人ではないけれど、自然な物腰が好印象で、黒目がちの大きな瞳《ひとみ》には敵意や警戒心とは無縁の落着きがある。

要するに日奈子とは正反対のタイプで、稲見もそこに惹《ひ》かれたに違いない。稲見はどうしてこの人と別れてしまったのだろう？　ふと場違いな疑問が頭をよぎった。

「どこでどうされているのか、本当に情報はないんでしょうか？」

玖珂は挑みかかるように、まっすぐ視線をぶつけてくる。

「残念ながら、いまのところは何も。行方を捜そうにも、手掛かりがまるでないのが実情です。だからこそ、失礼ながら元カノの玖珂さんにまでご協力をお願いしているわけでしてね。憶測でも邪推でもなんでも構いません。稲見さんの失踪について、なにか思い当たることはありませんか？」

新城がここぞとばかりに応戦する。

実はこういう物言いは新城の得意技で、相手が合理的な思考の持ち主であればあるほど、意外な効果がある。

今回も、軽々しく元カノといってほしくないと反発されるかと思いきや、

「それなんですよね」

玖珂は真剣な表情で小首をかしげた。

「奥様から電話をもらってから、私もあれこれ考えているんですけど、稲見さんとはこの三年あまり、お会いしてもいなければメールのやり取りもないんです。ですから、何も思い当たることがなくて」

「一応、新作の構想を練るために信越に行くという説明はあったようですが、その点についてはどうでしょう?」

「それもまるっきり。少なくとも、私との間で信越に関する話題が出た記憶はありません」

「なるほどね」

「それに、ある程度構想が固まると実地調査をするのは毎度のことですけど、まだ構想を練る段階で取材旅行に出ることはちょっと考えにくいですね」

「ということは、取材旅行は口実で、本当の目的はほかにあったとか?」

「そこまではいいませんけど——。ただ、あの方は元来が不言実行のタイプですし、奥様もきつい方ですから」

さすがにその先はいいづらいのか、ここで口を濁す。

「それはたとえば、今回の失踪は稲見さんが息苦しい家庭から逃げ出したということでしょうか?」

「いえ、べつにそういう意味ではなくて。ただ稲見さんの性格からすれば、ひとたび行動すると決めたら、万難を排してもそれを貫くはずなんですね。なので状況によっては、奥様に無断で姿を消すこともあるかな、と」

「奥さんや友人はそれでいいとして、じゃあ仕事の関係はどうです？　稲見さんはこと仕事に関しては非常に几帳面で、どんな事情があろうと、出版社への連絡を怠ることはあり得ないという意見もありますが」

　追及する新城に、

「そうですね。それは確かにおかしいと思います」

　玖珂はまたしても首をかしげている。

　このポーズがとてもサマになる人だ。私はまたもや場違いな感想を抱いた。

「ところで、稲見さんが著作をめぐって誰かと揉《も》めていたり、脅されたりしていた可能性はどうでしょう？　あなたが助手をされていた当時のことでも、最近の噂でもなんでもけっこうです。思い当たることはありませんか？」

　尋問はいよいよ核心に迫っていく。

　日奈子との約束があるから脅迫写真の話はNGだけれど、稲見の助手兼愛人だったこの女性なら、その件についても何か知っている可能性は大だ。

　玖珂は心底まじめな性格なのだろう。じっくりと過去を振り返るかのようにしばし考え込むと、おもむろに口を開いた。

「たとえ仮名にしたとしても、ノンフィクションは実在する人物を取り上げるわけですから。誤解を招くこともありますし、反感を持たれることは避けられませんよね？　でも私の知るかぎり、脅迫されたことはないですし、いまでもあの方の作品はぜんぶ読んでいますけど、他人の暗部に土足で踏み込むようなものは一つもありません。だいいち、そんなことがあったら、真っ先に版元さんに相談してるんじゃないでしょうか？」

「まぁ、そうでしょうね。では私生活の方はどうでしょう？　たとえば女性問題とかでトラブルはなかったですか？」

「それもですねぇ。あの方のことですから、何もなかったとはいいませんが、それが原因で失踪《しっそう》するほどのトラブルはなかったとしか答えようがありません。もっとも最近のことは知りませんけど」

ゆっくりと、けれど毅然《きぜん》といい放つ。

彼女の発言は自然で矛盾がなく、傍《はた》で聞いている私も得心せざるを得ない。この様子だと、今回の失踪については本当に何も知らないのだろう。

新城もそう判断したようで、

「そうですか。それでは質問を変えますが、玖珂さんは正直、稲見さんのことをどう思われていますか？」

ここであっさり方向を転換した。

そうはいっても食えない男のことだ。お腹の中では、玖珂が稲見を殺害した可能性も探っているに決まっている。現に新城の質問はいかようにでもとれるものだったけれど、玖珂はなんの迷いも見せなかった。

「作家としては百点満点ですね。仕事に関しては本当にストイックで、全身全霊を傾ける人です。こういってはなんですけど、ベストセラーを連発する売れっ子ならいざ知らず、あのクラスの作家が助手を雇うなんてふつうは考えられませんよね？　でも稲見さんは採算度外視なんです。はっきりいって、そのわりに売れ行きは伸びなかったんですけど、それはやっぱり、稲見さんが読者の興味より自分自身の満足を優先していることにあると、私は思っています」

「なるほどなぁ。それはいい得て妙です」

「あの方にはもともと、読み手に迎合するという発想がないんですね。でも自費出版と違って商業出版はビジネスですから。そういう意味では、稲見さんは真のプロであると同時に、究極のアマチュアなんじゃないでしょうか？」

「ごもっとも。一言もありません」

あっぱれな回答に、新城はつくづく感心したらしい。玖珂を見る目つきにも歴然たる変化が兆している。

「私も、稲見さんはもっと評価されていい作家だと思います。その意味では、ハングリー精神の欠如とでもいうのかな？　あまりにも恵まれた境遇が逆にマイナスに働いたのかもしれませんね」

「ところで、玖珂さんは先ほど、稲見さんは不言実行のタイプだといわれましたね。それは具体的にはどういったことでしょうか？」

「口で説明するのはむずかしいんですけど。自分の内心を知られることを極端に嫌うといったらいいでしょうか。誰に対しても決して本心を見せないという気がします」

生まじめもここまで来るとたいしたものだ。どんな質問にも正確に答える主義なのだろう。玖珂は考え考え慎重に言葉を選んでいる。

「それというのも、新城さんはさっき、稲見さんは恵まれた境遇にあると仰いましたね？」

「はい」

「でも、それはあくまでも経済的な側面にかぎった話なんですね。愛情面でいえば、稲見さんは決して恵まれた境遇で育ったとはいえないんじゃないでしょうか」

「ほう、それはそれは」

新城が目を開く。

玖珂は心なしか声を弾ませた。

「実をいえば、あの方が周囲の人間に自分をさらけ出さなくなった原因は、子供の頃の家庭環境にあったのではないかと、私は疑っています。稲見さんはそもそも自分語りをしない人で、ですから私も子供時代の話はほとんど聞いたことがないんですけど、なに

「仰《おつしや》るとおりです」

かの機会に一度だけ、自分の母親について語ってくれたことがあったんですね」

「で、彼はなんと？」

新城が顔で促す。

「『僕の母親は、僕という息子を産んだことで一生食べていた人間だ。息子を人質にとって、ときどき顔見せをしてはレンタル料をせしめていたんだからな。僕はそれがたまらなく嫌だった』って」

うーん、そうか。

「稲見さんの父親は、あの方がまだ母親のお腹にいるときに自殺したらしいんですね。それで母親は実家で出産したまま、祖父母が亡くなるまで戻らなかったそうです。レンタル料というと露骨ですけど、ときどき孫の顔を見せる代わりに生活費をもらっていたんでしょう。それもあの方にとっては苦痛だったんじゃないでしょうか」

これまた胸がえぐられる話だ。

新城も無言のままじっと考え込んでいる。

「子供時代のそういった経験が、彼を自分の世界に引きこもらせたということか」

ようやく口を開いたインタビュアーに、

「だと思います」

玖珂はしっかりとうなずき返した。

「稲見さんの奥さんはそういった事情をご存じなんですかね？」

「さあ、どうでしょうか。私には分かりません」

それが本心かどうか、玖珂の返事はそっけない。稲見の夫婦関係については言及したくないのだろう。

それでも臆《おく》せず、新城が斬り込む。

「奥さんによると、稲見さんは家庭でもあまりご自分の話はしないそうです。ところが、その彼があなたには自分の母親について赤裸々な心情を語ったという。そこで立ち入ったことをお訊《き》きしますが、そこまで稲見さんの信頼を得ていたあなたがなぜ彼と別れることになったのか？　お差し支えなければ、その原因を教えていただけませんか？」

我知らずため息が出た。

デリケートな質問だからノーコメントでもしかたがない。私は思ったけれど、

「それは稲見さんの意向です」

案に相違して、玖珂の返事は明快だった。

「忘れもしません。三年前の一月四日のことでした。年末年始の休みが明けて仕事場のマンションに出勤したところで、稲見さんから別れ話を切り出されたんです。奥さんがヒステリーを起こして手がつけられない、と。私と別れなければ、ふたりの子供を道連れに死んでやるといわれたそうです。『ふつうの女なら口だけだが、あいつは本当にやりかねないからな』というのが、あの人の言い分でした」

まるで他人事《ひとごと》のような淡々とした口調だ。

「それで、あなたはおとなしく彼の要望に従ったわけですか？」

新城でなくても訊かずにはいられないだろう。いくら不倫関係の解消でも、これではあまりにも一方的というものだ。

「はい。相手が別れたいというものを嫌だといったところでどうにもなりませんから」

そう答える玖珂は、しかしお釈迦《しやか》様の手のひらの阿弥陀如来《あみだにょらい》だ。その瞳《ひとみ》にはいささかの曇りもない。

それは正論には違いない。だけど人間の感情はそんなに単純ではないはずだ。どっちの味方でもない私でも釈然としないものはあったけれど、玖珂の話はまだ終わらなかった。

「事実、いまとなっては、あの人の話は真っ赤な嘘だったことが分かっています」

うっすらと笑みを浮かべている。

「先ほどもお話ししましたけど、稲見さんが行方不明になってから、奥さんから私のところに電話があったんです。『つかぬことを訊くけれど、もしかしてあなた、主人の行方を知らないかしら？』って」

「で、どうなったんですか？」

「その時点では、私たちがとっくの昔に別れていることをあちらも承知ですから、関りがないことはすぐ了解してもらえましたけどね。私とあの人を引き裂いた当のご本人がなんていったと思います？」

「『それにしてもあなた、どうして稲見と別れちゃったの？　私は、主人が変な女に引っかかるより、あなたがそばにいる方が安心だったのに』ですって」

またそれはそれでひどい。

「奥さんにとっては、私は心配無用の女だったんですね。実際、そのとおりですけど」

自嘲《じちよう》気味のその言葉も、玖珂の口から漏れるとなぜか負け惜しみには聞こえない。煩悩多き女としては感服あるのみだ。

とはいえ、いつの間にか〈あの方〉から〈あの人〉に、〈奥様〉から〈奥さん〉に変わったことを、玖珂本人は気づいているのだろうか？

もうこれ以上訊くことはなさそうだ。目顔で尋ねると、新城も同感らしい。

「それでは、今日は貴重なお話をどうもありがとうございました。たいへん参考になりました」

「さぁ」

盛大に礼を述べて、元助手兼愛人の調査は終了した。

いろいろな意味で収穫はあったけれど、だからといって特に進展があったわけではない。肝心の稲見の行方については見当もつかないままだ。

予期した以上の満足感と同じくらいの焦燥と——。私は複雑な思いを胸にコーヒーショップをあとにした。

10

粂川を皮切りに日奈子、塩田、玖珂との面談が無事終了。調査対象の最後のひとり、清風出版社の山崎《やまざき》とは今晩彼の自宅近くの居酒屋で会うことになっている。

約束の時間までは間があるし、朝起きてからブランチを食べたきりだからお腹が空《す》いている。ファミレスで軽食をとることにした。

新城がビーフカレーで、私は牛肉のピラフ。期待していなかっただけに、これが感動もののおいしさだ。

胃袋が満たされたところで感想戦の開催となった。

「世の女がみんな玖珂さんみたいだったら、痴話げんかも刃傷沙汰《にんじょうざた》も起きないのにね」

私の意見に、

「まあな」

新城が同調する。

「彼女の話だと、稲見さんとの関係は三年前に破局を迎えたわけだけど、それは、ここ数年稲見さんが品行方正になったという粂川さんの話ともぴったり符合するのよね」

「ああ」

「ということは、その背景には、あの〈殺された彼女〉の存在があるんじゃないかしら？」

実は玖珂の話を聞いてから、その考えは私の中でくすぶり続けている。稲見がらしくもない理由で有能な助手を切ったからには、よほどの事情があったとみるべきだろう。

「かもな。もっとも、だからといって特に進展があるわけじゃない」

あいかわらずの慎重居士ながら、新城も異論はないらしい。

「でもまぁ、玖珂さんだからおとなしく身を引いたけど、奥さんが子供を道連れに自殺しかねないなんて、あんな別れ話はないよね」

このエピソード一つをとっても、稲見がいかに身勝手な人物か分かる。そんな男であれば、女の恨みを買って当然だ。

「ただね」

私は続けた。

正直、玖珂についても違和感がないでもない。

「うがった見方をすれば、彼女、自分は稲見さんになんの恨みもないってことを強調し過ぎている気もするのよね。あれはもしかしたら、まだ未練たっぷりなことを隠すためのフェイクってことはないかな？」

「それもあり得る」

またもや新城は同意した。

けれど、それに意を強くして、

「だとしたら、稲見さんを信越への取材旅行に誘い出したのは玖珂さんだということも考えられるんじゃない？」

さらに踏み込んでみると、こんどは反応がはかばかしくない。飲みかけのコーヒーをテーブルに置くと、じっと私の目を覗《のぞ》き込んだ。

「って、なんのために？」

「そりゃもちろん、よりを戻すためよ。でも稲見さんにはその気がなかった」

「だから殺したとでも？」

「そこまではいわないけど」

私は口を濁した。

むろん断定なんてできるわけがない。とはいえ、そう荒唐無稽《むけい》な話でもないだろう。なんといっても玖珂は稲見の助手だったのだ。男女の関係は終わったとしても、仕事上の関係まで切れたとはかぎらない。考えてみれば、新作の構想を練る旅の同行者として、玖珂ほどふさわしい人物はいないのではないか？

ところが新城の考えは違うらしい。

「愛憎のもつれが殺意を生むことはよくある。けどね。ここでの疑問は、それならなぜ彼女は自分が稲見さんに捨てられた話をしたのかということだ。もし彼女が彼の失踪《しっそう》に関わっているなら、逆に自分の方が男を振ったというんじゃないか？」

そうか——。そういわれると、そんな気もしてくる。

「それより俺にとって興味深いのは、稲見さんの母親が彼という息子を産んだことで一生食べていたという、あのエピソードだね」

新城は続けた。

「祖父母に孫の顔を見せてはレンタル料をせしめていたという話？」

「ああ」

「でもね。子供をダシに、お祖父ちゃんお祖母ちゃんから小遣いやプレゼントをゲットしている嫁なんて、ザラなんじゃないの？」

「それはそうだ。だけど問題は、稲見さんのあの言葉にはそんな話とは次元が違う、自分の母親に対する強烈な嫌悪感があることなんだな」

「確かにね」

「彼が妻や愛人にも本心を見せていないのは事実だと思う。となれば、玖珂さんのいうとおり、その原因は彼の家庭環境——それも母親との軋轢《あつれき》にあったのかもしれない」

「母親への不信感が彼の女性観まで歪《ゆが》ませたということ？」

「そうだ」

「うーん」

私はうなった。

「で、それが稲見さんの失踪にどう関係してくるの？」

すべてはそこに帰着するけれど、

「それが分かれば苦労はないさ」

新城はあっけなく降参した。

「調査はまだ始まったばかりだ。焦るには早い」

悠然とコーヒーに口をつける。

仰《おっしゃ》るとおり、私たちの活動はまだまだほんの序の口だ。ようやくスタート地点からお尻《しり》を浮かしたところで、これからが本番になる。

とはいうものの、私は新城ほどプラス思考にはなれない。こんなことを続けても憶測を積み上げるだけだ。弱気の虫が顔をもたげる。

だから、正直、清風出版社の山崎との面談もたいして期待してはいなかった。やるだけのことはやった。そういえるためのアリバイ作り。

けれど終わってみれば、これが望外の当たりくじだったのだから分からないものだ。予断は禁物。肝に銘じないといけない。

11

約束の時間よりずいぶんと早く着いたにもかかわらず、山崎はすでに居酒屋の前で私たちを待っていた。

住宅街のただ中の小ぢんまりとした店で、暖簾《のれん》の奥のガラス戸を引き開けると、カウンターもテーブル席もグラス片手に管を巻く酔客で満杯だ。それを見越して山崎は、三畳ばかりの小部屋ながら個室を予約してくれたらしい。

「狭い店で申しわけないんですけど、かえってこういうところの方が話をしやすいかと思いまして」

恐縮するのはこっちなのに、しゃちほこばって頭を下げる。

話をしてみると、山崎はまだ二十代ながら浮ついたところのない好青年だった。何を訊《き》かれても、まっすぐ相手の顔を見てはきはきと答える。いまどきの若手社員としては、それだけでも充分及第点だ。

稲見の担当になったのはいまから五年前。これまでに単行本を二冊上梓《じょうし》したという。だとすれば、稲見の仕事ぶりをよく知る編集者のひとりだといっていいだろう。

もっともこの山崎も、稲見の行方については皆目見当がつかないようだ。

「稲見さんが行方不明になっていると聞いたときは、まさかと思いました。本当になんの前触れもなかったものですから」

深刻そのものの顔を見ると、とても嘘とは思えない。

「ご存じと思いますが、稲見さんはどんな些細《ささい》な疑問点でも決してゆるがせにしない方なので、一作仕上げるまでに、ほかの作家さんの二倍も三倍も時間がかかります。こんどの書下ろしも、ですから我々も期待はしていたんですが、具体的なテーマは決まってなかったんですよね」

「要するに、企画がまだ固まっていなかったと」

「はい。といいますのも、稲見さんの場合、なんでもすいすいとこなすタイプではないもので、話題性のあるテーマを提案してもかならずしもいい結果が出ないんです。それでどうしても、あちらから企画書を出していただく形になるんですが、今回はその段階で止まっていたのが実情です」

「となると、新作の構想を練るために取材旅行に行くという話は、山崎さんがサジェストしたわけではないんですね？」

「もちろんです。事実、失踪された日の二日前、私はある出版記念パーティで稲見さんとお会いしてるんですが、そのときも、信越のしの字も出ませんでしたから」

「なるほど」

「それどころか『実は明日の日本社から新連載を頼まれちゃってね。いまはそっちの準備で手一杯なんだ』というお話で、こちらは唖然《あぜん》としたくらいなんです。それでも『お宅のことも忘れてはいないから、もう少し待ってくれないかな？』といっていただけたので、安心しましたけど」

「ふーん、そうかぁ」

「でもまぁ、〈月刊　明日の日本〉はあそこの主力雑誌ですから。作家さんがメジャーな仕事を優先するのはしかたないことです」

他社に割り込みをされれば不愉快に決まっている。殊勝な口とは裏腹に、胸に一物含んでいることは見え見えだ。

うん、うんとうなずく新城を横目に、私は確信を深めた。明日の日本社の割り込みの是非はともかく、新連載の準備で手一杯だというなら、そんなときに不要不急の旅行に出たりするだろうか？

「そこで率直なご意見をお訊きしたいんですが、稲見さんは本当に取材旅行に行ったのかどうか。山崎さんとしては、そこら辺をどうお考えですか？」

新城が尋ねると、

「それは私には分かりかねます」

不運な編集者は口を尖《とが》らせた。

「稲見さんとはかれこれ五年のおつき合いになりますけど、もともとプライベートなことは仰らない方ですから」

懸命に否定する。

その様子はとても演技には見えないけれど、人は見かけによらないものだ。

「もちろん、そうなんでしょうがね。もしかして何か思い当たることがあるかなと思ったものですから。たとえば明日の日本社の粂川さんなんかは、個人的にも稲見さんと親しい間柄だと聞いていますが」

この機を逃さず新城が水を向けた。

条川によれば、稲見は女性関係にだらしがないらしい。数年前まではよくその手の店に連れて行かれたというから、この山崎も日奈子や玖珂が知らない稲見の交友関係を垣間《かいま》見ている可能性はある。

けれど山崎は、とんでもないとばかりに両手をぶんぶんと交差させた。

「他社さんのことは知りませんが、作家さんとの個人的なおつき合いなんて、私は無縁ですよ。うちみたいな零細企業が平社員に交際費を出すわけがないでしょ？　稲見さんにかぎらず、私は作家さんと飲み歩いたことなんて一度もありません」

憮然《ぶぜん》としているところをみると、きっと本当なのだろう。

「ただ……」

そこでいい淀《よど》む。

「ただ、なんですか？」

「いや、その条川さんなんですけどね」

ここでまたためらっているところをみると、よほどいいにくいことらしい。

それでも無言で先を促す新城の気魄《きはく》に観念したようだ。もじもじと身体をゆすりながら口を開いた。

「聞くところでは、条川さんは接待と称してよく稲見さんと出歩いているそうです。ふたりとも酒豪だし、気が合うみたいですから。で、それはいいんですが、条川さんの場合、接待は接待でもふつうとは逆で、費用はいっさい稲見さん持ちだというんですよね」

「つまりそれは、仕事を与える代わりに遊びに誘わせる、一種のバーター取引だってことかな?」

「ええ、まぁ。なにしろ稲見さんは金持ちで取材に糸目はつけないという方ですから。担当編集者と飲み歩く程度は、必要経費だと思ってるんじゃないでしょうか」

「まぁ、ねぇ」

「なので、そこまでなら分かるんですけどね。粂川さんの場合は、稲見さんに借金の肩代わりをしてもらっているという噂もありまして。もちろん本人に確かめたわけではないんですけど」

告げ口をするようで後ろめたいのだろう。最後はもごもごと語尾を濁す。

もっとも、こちらは意外な証言に興奮を隠せない。

「借金の肩代わりって、どうしてそんなにお金を使ったの?」

助手の立場も忘れて、つい質問が口を衝《つ》いた。

「さぁ、そこまでは知りませんけど。ただ、ひと頃マスコミで騒がれた相場師で、林田《はやしだ》直紀《なおき》って人がいるのをご存じですか?」

「いや、知らないな」

「本職は実業家だという触れ込みですが、バックや前歴は不明です。勝負勘はすごいもののヤクザまがいの言動があるので、まともな人は近づかないんですがね。粂川さんは雑誌の取材でその林田と知り合って以来、すっかり意気投合したようなんです。先物の投資にのめり込んでいるという話は耳に入っています」

そうなのか――。プチショックとはこのことだ。さすがの新城もそこまでの情報は摑《つか》んでいなかったらしい。

「それはいつ頃のことかな？　最近の話か、それともずっと前からか？」

いつになく厳しい声がその証拠だ。

「最近というか、二、三年前ですかね」

山崎が眉《まゆ》を寄せる。

あの粂川という男、ちょっと調子が良すぎるとは思ったけれど、そんなに性質《たち》が悪いとは知らなかった。この一見まじめそうな山崎も、こうなると裏では何をしているか分かったものじゃないな。

ふとそんな疑いが頭をよぎったけれど、むろんおくびにも出さない。

「それにしても稲見さん、早く見つかるといいですね」

当の山崎は、まさか自分も容疑者候補のひとりだとは夢にも思っていないのだろう。

最後は心配そうに締めくくった。

「ところで、清風出版社さんは今年新卒の採用はあるの？」

世間話のモードに入った新城が、畳の縁《へり》に腰を下ろし、痺《しび》れた足にぎしぎしと靴を押し込んでいる山崎に声をかけている。

「いえ、新卒は私が入社したのを最後にひとりもいません。中途採用ならいますけど、それも編集者ではありませんから」

そういう顔もいまいち精彩がない。

大手出版社はいうまでもなく、中小の出版社でも編集者になるのは至難の業だ。昔から文系の学生を中心に出版社の人気は高く、もはやそれは狭き門などというレベルではない。とにかく何百人にひとり、場合によっては千人にひとりというとてつもない倍率なうえに、たとえ奇跡的に入社できたとしても、編集部に配属される保証はないからだ。どんなに優秀でも、運がなければ編集者にはなれない。そしてその運もどこまで続くか分かったものではない。この長期出版不況の折、清風出版社のような弱小企業はいつ倒産してもふしぎはないのである。

「本日はごちそうになりまして、どうもありがとうございました」

律儀に頭を下げる山崎の姿に、彼に今日と同じ明日があることを願わずにはいられなかった。

とはいいながらも、いつになく感傷的な気分に浸ったのはいっときのことで、山崎と別れたあと、私たちは行きつけのパブで大いに盛り上がった。

話の中心はやっぱり粂川ということになる。

「まさかあいつが稲見さんにたかっていたとはなぁ」

新城もショックは大きいようだ。

「あの人、なんとなく軽薄な気はしたんだよね」

同調する私に、

「けどまぁ、軽薄なやつなんて山ほどいる」

新城はぎろりと目を光らせた。

「問題は、その粂川がわざわざ俺たちを稲見夫人に推薦したことだ」

「どういうこと？」

ちょっと意味が分からない。首をかしげた私に新城は畳みかけた。

「夫が行方不明なのに警察は動いちゃくれない。途方に暮れた日奈子さんは粂川に相談をした。そこまではいい。あいつならいろんな方面にツテがあるからな。でもそれだったら、しかるべき大手の調査事務所を紹介するのが常道だと思わないか？」

「大日本《だいにほん》調査事務所とか？」

「ああ」

「いわれてみれば、そうかもね」

「ま、名前はりっぱでも実力のほどは怪しいけどさ。少なくとも無名のフリーライターよりは信頼性が高いはずだ」

「要するに、粂川さんが稲見夫人に私たちを紹介したのは、わざと稲見さんの行方が判明しないように仕向けたというわけ？」

「そのとおり」

新城は不敵な笑みを浮かべた。

なるほどそういう見方もできるか。相棒の深読みに私は感心した。

「私もおかしいとは思ったのよ。だって、いくら推理力が冴《さ》えていても、個人の活動には限界があるもの」

「そういうことだ」

「ってことは、粂川さんは稲見さんの失踪《しっそう》に深く関わっている、というより、彼こそが稲見さんを失踪させた張本人だってわけね？」

「まあな」

「となると、問題は動機だけど——。やっぱり金銭トラブルかな？」

ここまで来たら、どんな鈍い頭でも分かる。世の係争の大半は欲得絡みで起きる。金銭問題は、社会生活を営む人間の永遠のテーマなのだ。

あとはつぎつぎと湧き上がる妄念を吐き出すだけだ。

「金銭トラブルといっても、稲見さんが借金の返済を迫ったわけではないと思う。代わりに仕事を寄越せ、それが彼の要求だったはずよ。粂川さんは〈月刊　明日の日本〉の新連載をあてがったけれど、稲見さんはそれでは満足しなかった。そこで追い詰められた粂川さんは、窮余の策で稲見さん殺害計画を練ったのよ」

「簡単にいうけど、具体的にはどうするの？」

「まずは、取材旅行を餌に稲見さんをおびき出すことね。信越地方で新連載の構想を練ろうと持ちかければ、飛びついて来るに決まっているもの。稲見さんが妻にも仕事の話はしないことを知っている粂川さんは、そこで稲見さんを殺害した。実際にどうやったかはともかく、稲見さんはその後どこにも現れていないのだから、計画が成功したことは間違いない。彼としては、なんとかこのまま行方不明の状態を続けさせたいでしょうね」

想像は膨らむ一方だったけれど、どうも先走り過ぎたようだ。

「だが、それも考えられる仮説の一つに過ぎない」

新城はざっくりと私の独演を遮った。

「いまはあらゆる可能性を検討する必要がある」

いわれなくてもそのとおりだ。決めつけるのは早い。

「それはそうね」

とりあえず私は引き下がった。

日奈子犯人説も玖珂犯人説も、粂川犯人説と同じくらいの可能性はある。そしてもちろん、稲見が自分から姿をくらましたことも念頭に置くべきだろう。

「戸籍関係や預金口座の出入りについても、そろそろ報告が上がる頃だ。総括するのは材料が出そろってからでいい」

素人がプロの探偵に勝てるわけがない。粂川に甘く見られたことでかえって闘志に火がついたのか、新城はやる気満々の体だ。

「調査の成功を期して、乾杯！」

私はあえてはしゃいだ声を上げた。

新城もまんざらでもない顔でグラスをぶつけて来る。

おもしろいことになりそうだ。

第二章　「とりかへばや」ものがたり

1

リビングダイニングの円形テーブルからはガラス越しに庭が一望できる。

春のこの時期は寒暖の差が著しい。戸外だとコートなしでは寒いけれど、全面ガラス張りの室内はほとんど温室だ。薄手のカーディガンも必要ない。

子供たちを学校に送り出し、洗濯をしたあとは衣替えのための衣類の整理。ひと仕事終えた午前十一時は昼食には早過ぎる。

稲見日奈子はイタリア製の革張りソファにくったりと身を沈めると、胸の内から鉛色の息を吐き出した。

ひとりきりのティータイム——。濃い目に淹《い》れたアールグレイ。茶器はお気に入りのR社のブルーフルーテッドだ。

最後の一口を飲み干し、けだるい手つきでカップをソーサーに戻す。

通いの家政婦はいるけれど、コーヒーと紅茶は人任せにしない。どんなに忙しくても自分で淹れるのが結婚以来の習慣だ。

厳選したコーヒー豆と茶葉を潤沢に使う。コツといえるのはそれだけなのに、並みの人間には実行不能なところがミソだ。カネに糸目をつけない——。頭では理解しても行動に移せないからだ。実家の母親を始め、誰が淹れたものを飲んでも満足したためしがないことがその証《あか》しだ。

母親が料理好きではなかったせいだろう。駿一はいわゆるグルメではないけれど、なんにつけ彼一流のこだわりがある。中でもうるさいのがウィスキーとコーヒーで、その夫に鍛えられたことで、もともと肥えていた舌がいやがうえにも奢《おご》ったことはいうまでもない。

考えてみれば、駿一のこだわりは食べ物に止《とど》まらない。身に着ける衣類はもちろん、日々の生活全般にこと細かな注文がつく。

目にもあざやかな緑の芝に四季折々の花を絶やさないのもその一つで、こちらもカネに糸目はつけない。

かつてヨーロッパ旅行をしたとき、パリ近郊の小村ジヴェルニーを訪れ、かの有名なモネの庭園にいたく感動したらしい。肝心の睡蓮《すいれん》の池がないのはご愛嬌《あいきょう》ながら、モネが自ら手入れをしたという庭を模し、純和式の庭を欧米ふうの庭園に改造させている。

日奈子はふたたびこれから春爛漫《はるらんまん》を迎える庭に目を向けた。

美人の妻と可愛い子供に瀟洒《しょうしゃ》な住まい。駿一が理想とした家庭は——たとえそれが滑《こっ》稽《けい》なまでにステレオタイプだったとしても——そのまま日奈子が憧《あこが》れた結婚生活と一致していた。

非凡な夫と優秀な子供に優雅な暮らし。自身にこれといって誇るものがない女にとって、それ以上の何があるというのか？　だから日奈子はその幸せを守るために懸命の努力を重ねてきた。なのにどこで歯車が狂ったのだろう？

夫の稲見駿一が失踪して三ヵ月。いまだに杳《よう》として消息が知れない。

そして、夫の仕事用マンションのメールボックスから出現した禍々《まがまが》しい脅迫写真。いまも耳元でデヴィルの高笑いが聞こえるようだ。

駿一が人を殺した？　だけど、まさか！

気がつけば、白魚のように細く長い指が無意識にテーブルを叩《たた》いている。何度問いかけても決して答えの出ない無限のループ。そのいら立ちは、いまや精神ばかりか肉体をも冒し始めている。

日奈子はもう一度、あの朝の情景を思い浮かべた。

黒のTシャツに千鳥格子のカジュアルスーツ。そして薄手のダウンコート。身支度を整えて二階から降りてきた駿一は、愛用のビジネスバッグを肩に掛け、いつもの小ぶりのスーツケースを手にしていた。

「行ってらっしゃい」

「ああ」

短い言葉を交わしたそのときも、何一つ特別なことは起きていない。

一泊なのか二泊なのか、それとももっと長くなるのか。そんなことは訊《き》くだけ野暮というものだ。

「じゃ」

これ以上短くはならない言葉を残して玄関を出るのもいつものことで、そこにはなんの違和感もなかったはずだ。

少なくとも、人ひとりを殺《あや》めて逃亡する男の挙動ではない――。日奈子はこれで何十回目となる結論を出した。

それに本音をいえば、日奈子にも日奈子の事情がある。

あのときは自分のことで頭がいっぱいだった。亭主元気で留守がいい。そんな気持ちがなかったといったら嘘になる。

もとより防犯対策には万全を期している。それでも以前は夫の不在が心細かったけれど、結婚して十五年。いまではすっかりずぶとくなっている。

早い話が、長女の陽花《はるか》は中学に入ってから急速に大人びて、いまでは母親にもいっぱしの口を利く。不在がちの父親にはさしたる関心がないらしく、興味の対象はもっぱら家の外にある。

長男の悠之《ひさゆき》は今年で十歳。まだまだ子供だけれど、自分が父親を知らずに育ったせいだろう、駿一は息子と遊ぶこともなく、そもそも関心が薄い印象は拭《ぬぐ》えない。こちらも、父親については不在を寂しがる素振りすらないのが現状だ。

だから、二週間経っても夫が戻らない、当然心配してしかるべき事態にも、そのうちひょっこり帰って来るだろうと、平然と構えていたのは本当のことだ。

問題の脅迫写真にしても、あまりにも荒唐無稽《むけい》なその内容に、これは悪質ないたずらか、さもなければ頭のいかれた人間の嫌がらせだろうと、かえって軽く見ていたことも否定できない。

それでもひと月が経ちふた月が経ち、どう考えてもこれは異常だ、やはりあの脅迫状は本物の殺害予告だったのかもしれない——。危機感が芽生えてからは、とてもではないが安閑としていられない。夫の行方を探るために可能なかぎりを尽くしてきた。

心当たりには漏れなく問い合わせをしたし、警察にも届け出た。連載の一時休止や新作の刊行予定の延期など、版元と協議する事項も多いから、当然ながら担当編集者も巻き込んでいる。

ただし、その結果思い知らされたものは想像以上にシビアな現実だった。

稲見駿一という人間を真に評価している友人など、実はひとりもいなかったこと。そして、駿一にとっては友人よりはるかに大切な出版関係者。その彼らにしても、駿一の安否など本音ではどうでもいいのだということ。

そんな状態で辿《たど》り着いた結論が専門家に捜索を依頼することだったのは、だから当然の帰結だったといえる。

そして日奈子が明日の日本社の条川に相談をしたのは、駿一が彼を高く買っていただけではない。〈月刊　明日の日本〉の編集者としての条川の幅広い人脈に期待したからである。

「それだったら、最適な人がいますよ。新城さんといって、フリーのジャーナリストなんですがね。とにかく洞察力がすごいんです。稲見さんの大学の後輩で、私にその人を紹介してくれたのも稲見さんですし」

日奈子の訴えを聞いた条川は、自信たっぷりに太鼓判を押したものだ。

その説明によると、なんでも新城にはベストセラー作家になった弟がいたのだそうだ。

「稲見さんの行方を捜すなら、あれ以上の適任者はいませんね。なにより彼には、行方不明になった弟の所在を自力で突き止めた実績があります。もっともその事件では、警察への配慮もあって、新城さんの名前は表に出ませんでしたけどね。あの論理的な思考と行動力は、並みの刑事なんか足元にもおよびません」

よほど心酔しているとみえて条川は力説したけれど、正直、百パーセント真に受けたわけではない。そもそも駿一の大学の後輩だというが、新城という名前が夫の口から出た記憶はない。日奈子が迷ったのはあたりまえだった。

それでも最終的に条川の助言を受け入れたのには理由がある。

プロだろうがアマだろうが、夫を見つけてくれるなら誰でもいい。藁《わら》にもすがる思いだったこともあるけれど、考えてみれば、かえってそういう人の方がいいかもしれない。

粂川には黙っていたものの、実はまったく別な方向からの思惑が働いたのである。

それというのも、大手調査事務所の調査員ともなれば、それなりの結果を出さずにはすまされない。依頼を受けたからには、得意の情報網を駆使し、行方不明者とその家族の身辺を徹底的に洗い出すに決まっている。

家庭内の軋轢《あつれき》を始め女性関係や金銭問題、そして仕事上のトラブルや反社会的組織とのつながり。ざっと思い浮かべただけでも、調査事項は多岐にわたる。依頼人は公私ともに丸裸にされる覚悟が必要だ。

もしもその過程で、彼らの胸にあらぬ疑問が芽生えたとしたら？　そして、もしその結果いらぬ詮索《せんさく》が始まって、あのことが発覚したとしたら？　いうところのやぶ蛇だ。ある意味、殺人よりずっと重大でより深刻なあの秘密――。そこに思い至らなかったのは、とんでもない不覚だったとしかいいようがない。いま思い出しても、瘧《おこり》のような身震いに襲われる。

目をつむった日奈子の瞼《まぶた》に、またしてもあの男の姿が浮かんだ。

あたかも人目を避けるかのように黒のニット帽を目深にかぶり、黒縁のメガネをかけたその男は、無表情の中にも暗い執念を湛《たた》えていた。

日奈子の運命を劇的に変えたあの男。もし調査員に尻尾《しっぽ》を摑《つか》まれでもしたら、たとえ駿一が無事戻って来ても、悔やんでも悔やみきれない後悔が残る。それだけは防がないといけない。

だから、自分が捜索人として夫の後輩のジャーナリストを選択したのは決して誤りではなかったはずだ。その確信はいまも変わらない。

そうは思いつつも、新城と中島。あのふたりが出現してからというもの、日奈子の胸中は絶え間なく大小の波に揺さぶられている。

日奈子は目をつむると、先日会ったばかりの新城の顔を思い浮かべた。

意気揚々と姿を現したあのフリーライターは、予想に反してえらく快活な男だった。スノビズムや独善にはほど遠い磊落《らいらく》な物腰。一つのことをとことん突き詰める作家と違い、守備範囲が多岐にわたるだけに、知識や興味も広く浅いのだろう。あらゆる意味で稲見とは真逆のタイプだ。

個人的にはむしろ好感を持ったといってもいい。だけど騙《だま》されてはいけない。日奈子は気を引き締めた。

一見無造作な動作も、さりげなく聞こえる物言いも、手口を知ってみればなんのことはない。すべてはその奥に潜む本心を隠すオブラートなのだ。あの男は見かけよりずっと頭がよく、しかも狡猾《こうかつ》に違いない。

そしてあの中島という編集者。あの女は間違いなく新城より年上で、男にぞっこんなことは見え見えだ。天下の文芸評論社を名乗ったにしては尋問に口を挟むでもなく、神妙に控えている。

最初はただの箔《はく》づけかと思ったけれど、本当にそうだったのだろうか？　思えば、新城の質問が佳境に差しかかると、中島の視線はいつもぴしゃりとこちらを向いていた。まるで私の本心を見透かそうとするかのように。

対峙《たいじ》する相手がふたりの場合、片方を警戒すれば、もう片方への注意力はどうしても散漫になる。刑事がふたりひと組で訊き込みをするのも、要はそういうことなのだろう。周到に計算された連係プレー。侮れない存在だ。

あるいは、彼らは私が夫を殺したと疑っているのだろうか？　だとしたら見当違いも甚だしい。日奈子は思わず苦笑した。

彼らがそんな的はずれなことを考えているとすれば、永久に真実にたどり着くことはない。それはかえって好都合というものだ。もっとも、それで駿一の捜索がおろそかになっては本末転倒もいいところだ。目的を忘れてはいけない。

けれど、すぐにまたあらたな不安が湧き上がってくる。

私がこれほど心配しているというのに、夫はいまどこでどうしているのだろう？　あれから一週間。ずいぶんと時間が経った気もするけれど、まだ新城から報告はない。

だが、悩んでいても仕方がない。決意の印に日奈子は大きく息を吸った。

何があろうと、私は家族を守り抜いてみせる。

日奈子は自分にいい聞かせると、あらためて主《あるじ》のいない緑の庭に暗い目を向けた。

2

新城から連絡があったのはその四日後のことだった。

初めて顔を合わせてからすでに十日以上。そろそろ結果が出る頃合いながら、期待よりも不安が大きいのは不吉な予感を払拭《ふっしょく》できないからだ。

日奈子の勘はふしぎと的中することになっている。リビングダイニングの固定電話が鳴った瞬間、新城だという確信があった。

ざわざわと胸が揺れ動く。懼《おそ》れていたその会話は、けれど出だしは型通りの応酬で始まった。

「はい、稲見ですが」

「新城です。ご連絡が遅くなりました」

言葉とは裏腹になんの屈託もない声だ。

「ああ、新城さん。待っていたんですよ」

「どうもすみません」

「で、なにか分かりましたでしょうか？」

懸命に穏やかな口調を心掛けるものの、日奈子の胸はすでにどっくんどっくんと、相手に届かんばかりの轟音《ごうおん》を上げている。

しかし、一刻も早く依頼人に報告しようという殊勝な心がけはないらしい。

「はい。いろいろと興味深い事実が判明していますがね。それはのちほどゆっくりご説明するとして、その前にちょっと教えていただきたいことがありまして」

敵は悠然と自分の用件を切り出した。

「どんなことでしょうか？」

「実はこの間お訊《き》きするのを忘れたんですが、稲見さんの子供時代についてですね、少しお話を伺いたいんです」

脱力するとはこのことだ。いざ餌に食らいつく瞬間にお預けをくらった犬のように、日奈子はがっくりと肩を落とした。

いま現在の夫の安否を案じる妻に、いまさら子供時代の話もないものだ。この男はどういうつもりなのだろう？

「それが今回の件と関係があるんでしょうか？」

自然と声も尖《とが》る。

けれど新城は平然としたものだ。

「関係があるかどうか、いまの段階ではなんともいえません。ただ、先日お話を伺ってから調査を進めたところ、面談した複数の関係者から、稲見さんの成育環境についてなかなか興味深い話が聞けたものですから」

いきなり嫌なところに踏み込んでくる。

「成育環境――ですか？」

努めて平静を装いながらも、身体は早くも震え始めている。

その日奈子の動揺を見透かしたかのように、新城はますます余裕の口吻《こうふん》になった。

「そうです。聞くところによりますと、稲見さんの父親の陽介《ようすけ》さんは、稲見さんがまだ生まれないうちに亡くなられたそうですね？」

「はい」

「そのため、母親の志津子さんは稲見家の本籍地の東京都港区ではなく、実家がある埼玉県の戸田市で出産されたとか。この間はそのあたりの事情をスルーしてしまったのですが、それは事実でしょうか？」

それは事実に相違ない。けれど、この男はそこまで調べたのか！　日奈子はひそかに吐息を呑《の》み込んだ。

質問の意図がなんであれ、隠し事は得策ではない。むしろ墓穴を掘る危険がある。ここはあっさり肯定するべきだろう。

「そのとおりでございます」

あえて淡々と答える。

「義父の死後、義母は出産のために里帰りをしたまま、婚家には戻らなかったと聞いております」

「つまり、稲見さんは戸田の奥尻家で生まれ育ったと」

「はい」

「そして戸田の市立小学校に入学されたようですね？」

「はい」

「ということは、少なくとも小学校時代までの稲見さんは、父方の祖父母とは疎遠だったと理解してよろしいのでしょうか？」

「疎遠だったというのは、少し違うと思いますけど……」

この男は何がいいたいのだろう？　急激に警戒心が湧き上がる。

日奈子は注意深く言葉を選んだ。

「私が義母から聞いた話では、婚家には戻らなかったといっても、稲見の家と縁を切ったわけではなかったようです。生活費は祖父母から出ていたそうですし、年に何回かは主人を連れてご機嫌伺いに出向いていたといいますから」

「なるほど」

「それに、小学校こそ地元の学校でしたけど、中学からはちゃんと受験をして、毎日電車で港区のA学園まで通学していたそうです」

ここで心持ち声を張り上げる。

A学園は私立の中高一貫校で、都内でも有数の名門校とされている。日奈子としても、悠之を父親と同じA中学に入れることが目下の目標とあって、自然と力が入るのも無理はない。

けれど、新城の関心はそんなところにはないらしい。

「そのようですね」

あっさり受け流すと、すぐに質問を切り替えた。

「ただ、私は念のために戸籍謄本と戸籍の附票を調べてみましたがね。稲見さんと志津子さんが戸田市から東京都港区に住民登録を移したのは、あくまでも稲見家の祖父母が亡くなられたあとの平成××年のことなんですね」

「はぁ」

「つまりそれまでは、稲見さんは毎日稲見家の近くの学校に通っていながら、いちども祖父母と同居することはなかった――。あえて露骨な表現をすれば、稲見の家が完全に息子のものになるまで、志津子さんは婚家に寄りつかなかったわけです」

「そうだったかもしれませんけど、義母にとって、稲見の祖父母はしょせん血のつながらない他人ですから。夫が亡くなっているのに、舅《しゅうと》・姑《しゅうとめ》と同居するのは抵抗があって当然ではないでしょうか？」

やんわりとした日奈子の抗議に、

「もちろん、それはあったと思いますね」

新城はただちに賛同する。が、

「ですがそこで気になることは、亡くなった陽介さんの死因なんですね」

すかさず付け加えた。

「というのも、私の耳に入っただけでも、心臓発作による病死だという説もあれば、あれは実は自殺だったという説もあります。もし仮に自殺だったとすれば、当然、祖父母と志津子さんの仲にも影響があると思うのですが、その点はどうなんでしょうか？」

こんどは稲見家の秘密に斬り込んでくる。

さりげないように見せて、実はぐいぐいと攻め立てる。油断も隙もないとはこのことだ。日奈子は急ぎ頭をフル回転させた。

「話によると、義父はもともと心臓が悪かったようです。死因は急性心不全で、前日まではふつうに会社に行っていたのに、その日はいつまでも起きて来なかったそうで。不審に思った義母が見に行くと、布団の中で亡くなっていたということでした」

「なるほど、そうでしたか。初めての子を妊娠中に夫が突然死したとはね、なんともお気の毒な話だ」

「はい」

「だとすれば、陽介さんの死亡に関しては、仰《おつしや》るとおり祖父母との間に確執はなかったんでしょう。ただ、そうなりますと、志津子さんと稲見さんの関係はどうだったんですかね？　実家に戻ったとはいえ、いわゆる母子家庭だったことになりますが」

新城は着々と質問を重ねてくる。

母子家庭イコールべったり親子。駿一はマザコンだったとでもいわせたいのだろうか？　日奈子はふたたび思案をめぐらせた。

実際のところは、駿一と志津子の親子仲は、母ひとり子ひとりにしてはえらくさっぱりしていた印象がある。というより、どちらかといえば他人行儀でよそよそしかったのではないか？

「息子とふたりきりだったところに嫁さんが来たら、そりゃ母親はおもしろくないに決まってるよ。大事な息子を取られるんだもの。あんたが苦労しないといいけどねぇ」

それは結婚前、母親や叔母《おば》にさんざんいわれたことだ。

だから自分もそれなりの覚悟で嫁に来たけれど、こと嫁姑問題に関しては完全に取り越し苦労だった。日奈子はあんがい立ち回りがうまいようだ。これはいまでも親戚《しんせき》の間で七ふしぎの一つになっている。

もっとも、新城ごときにそんな内幕をさらけ出す必要はない。

「それはもちろんひとり息子ですから、義母は溺愛《できあい》していたと思います。でも主人の方は、たとえ心で思っていても口に出す人ではありませんから。ごくふつうの親子だったと思いますけど」

お茶を濁すつもりの日奈子に、けれど相手は妥協しなかった。

「というか、むしろ稲見さんが母親に反発していたことはないですか？」

さらに踏み込んでくる。

「さぁ、私にはよく分かりません。なにしろ義母は私が嫁に来て二年も経たずに亡くなりましたので。死因は肺がんでしたけど」

肺がんというところを強調する。

義母が肺がんで亡くなったことは嘘ではない。レントゲンで肺に影が見つかってからわずか一年足らず。手術はしたものの思ったより進行が早く、あっという間の最期だった。

けれど本音をいえば、義母を死に追い立てた真の元凶は、がんではなくもっと精神的なもの——昔でいう抑うつ神経症だったのではないか？　日奈子はひそかに疑っている。それくらい義母の心の病は重篤だった。

「では、ちょっと見方を変えて、子供の頃の稲見さんの健康状態なんですが」

新城が続ける。

「子供の頃の健康状態といわれましても」

正直、ぴんと来ない。

「私は稲見さんの小学校時代のクラスメートにお会いしましたがね。彼の話によると、稲見さんは非常に病弱で学校を休みがちだったそうですが」

「ああ、そういえば」

そこまでいわれて、日奈子は思い出した。

「これも義母から聞いた話ですけど、主人は子供の頃小児喘息《ぜんそく》だったとか」

自分の話となると極端に寡黙な駿一はいうまでもなく、志津子にしても決しておしゃべりではない。結婚して妻となったからには、少しでも夫のことを知りたい。その一心で日奈子があれこれ訊《き》き出したのが実情で、ましてや、その小児喘息が夫の人格形成にどう影響したかなど知る由もない。

「ですけど、それと主人の行方を捜すこととどう結びつくんですか？」

焦りと不信感からついきつい口調になった。

けれど、そんなことで動じる相手ではなさそうだ。

「いや、結びつくとは決まってませんがね」

落着きはらって返して来る。

「過去の積み重ねの結果が現在なわけです。どんなことがどんな事態を招くか分からない。それは肝に銘じる必要があります。特に今回の稲見さんのように、現況からは説明ができない行動があれば、その原因を過去に遡《さかのぼ》って調べるのはセオリーだといえるでしょう。子供時代のありようが現在の行動とは無縁だと決めつける方が、よっぽど危険だと僕は思いますね」

「そうでしょうか？」

「はい。それというのも」

電話の向こうで得々としている気配が伝わって来る。

「いろいろと調べるうちに、ちょっと無視できない発見がありましてね」

受話器を握る手がじっとりと汗ばんでいる。不穏な展開にいまにも息が止まりそうだ。

軽いふらつきを覚えた日奈子は、

「すみません、少々失礼します。ちょっと貧血気味なものですから、いま椅子を持ってまいりますので」

断りを入れると、やっとのことで受話器を電話台の端に置き、ふうと大きく息を吸い込んだ。

ダイニングテーブルの椅子を引き寄せてへたり込む。

キーンと耳の奥が鳴った気がした。

3

結果的にそれは長電話になった。

事実、ここまではいわば前哨戦《ぜんしょうせん》で、新城の主眼は最初からその先にあったことが分かる。

「お待たせいたしました」

気力を振り絞って会話を再開した日奈子に、

「だいじょうぶですか？　無理はしないでください」

空々しくもいたわりの言葉をかけてくる。

「はい、腰かけていればだいじょうぶです」

本当はあまりだいじょうぶではない。とはいえ動揺を気取られるのはまずい。そしてそれ以上に、相手の手の内を知ることは重要だ。

日奈子の返事に、新城はさっそく本題に戻った。

「実をいうと、この間教えていただいたM銀行○○支店の預金口座の件ですがね。あれから私なりに調べてみました。とはいっても、銀行相手に正攻法は通じません。そこで少々特殊なルートを通して情報開示の依頼をしたんですが、これがどんぴしゃりと当たりましてね。預金通帳の記載から非常に興味深い事実が判明しました」

「と仰いますと？」

「もちろん、過去から現在に至るカネの動きですね」

過去から現在に至るカネの動き？　でも、まさか新城がそこまで？

「よけいなことはしないでください」

思わず声が出かかったけれど、懸命に自制する。

するとこちらが無言のせいだろう。敵の口調はますますなめらかになった。

「まず、いちばん大事なことから報告しますと、昨年の十二月十七日。これはいうまでもなく稲見さんが取材旅行に出かけられた日なのですが、この日以降、現金の出し入れは一件もありませんでした」

「はぁ」

「もっとも、その前日の十二月十六日には、同支店のATMで現金十万円が引き下ろされています。ですから、おそらくそれが当面の旅行費用だったと考えられるのですが、以後は預金の引き出しもクレジットカードの使用もありません。つまり、資金の補充がないままですでに三ヵ月以上が経過しているわけで、これは大問題だといわざるを得ません」

新城はここでいったん間をおいたけれど、日奈子としては答えようもない。

たとえ妻でも個人情報を漏らすことはできない。駿一が行方不明になったとき、M銀行〇〇支店が預金口座の情報開示を拒んだのは事実そのとおりだ。けれど、実はその話には続きがある。

稲見家の顧問税理士があらためて支店長に談判したところ、最終的には過去から現在に至る全取引の内容が開示されたからで、だから日奈子はその内容を承知のうえだ。ただしそれはあくまでも例外的措置なので、口外を禁じる条件が付いている。

もっとも、そんなことは新城の知るところではない。

「早い話が、もし稲見さんが本当に信越方面に行かれたのなら、どこかの時点でJRのチケットを買ったはずですがね。当然ながらその支払いはクレジットカードか現金のどちらかになります」

無言の日奈子に話を続けた。

「まぁ、そうはいっても、カード会社から請求がないのですから、現金払いだったことは確かですが、東京から目的地までの運賃に特急料金やグリーン料金を加えると、片道だけでも一万円以上になります。だとすれば、稲見さんはなぜクレジットではなく現金払いを選んだのか？　納得できる理由は思い当たりません」

「そうですね」

「もちろん可能性でいうなら、稲見さんに同行者がいたことはあり得るでしょう。作家が版元の編集者と取材旅行をするのはよくあることです。ですが、考えてみればこれも現実的ではないのですね。なぜなら、ただでさえ地味なノンフィクション作品に、出版不況で四苦八苦の出版社がそんな出費を許すとは思えないからです」

「はぁ」

「そうであれば、そこから導かれる結論は明らかです。つまり稲見さんは最初から新幹線に乗る気などなかった――。取材旅行はあくまでも口実だったというわけです」

新城はここで口をつぐんだけれど、日奈子はもはや声を出す気にもならなかった。

その程度のことは最初から分かっている。そんな陳腐な見解を拝聴するために、自分は夫の捜索を依頼したのではない。

日奈子が黙っているので、新城はふたたび口を開いた。

「これは非常に強力な仮説です。男が妻に嘘を吐いて家を空ける――。理由は女性関係とはかぎりません。なんらかの事情で世間から身を隠すことは考えられるでしょう。けれど問題はやはりカネにあります。足取りを摑《つか》まれないようクレジットカードを使わないのはいいとして、軍資金が十万円では三ヵ月もやっていけるはずがないからです」

「それはそうだと思いますけど」

「だとしたら、稲見さんの行方についても、これまでとはまったく違う方向からアプローチする必要があるといわざるを得ません」

「ですから、そういったことも含めて主人の捜索をお願いしたわけです。そちらの方は進展しているんでしょうか？」

めずらしく抗議の意思を示した日奈子に、

「いや、それは奥さんの仰《おっしゃ》るとおりで、いまだに稲見さんの足取りすら摑めないのは、私としてもまことに歯がゆいかぎりです」

本人も自覚はしているのだろう。新城はすなおに謝罪の言葉を口にする。

もっとも、話はこれで終わりではないようだ。

「ですが、その件はお目にかかってゆっくりご相談するとして、今日はもう一つ重要な報告がありましてね。というのも、稲見さんの預金口座について、ぜひとも奥さんのご意見を伺う必要が生じたものですから」

ここで語調が改まった。

敵はやはりそこを突いてきた——。新城が預金口座の明細を調べた以上、こうなることは予測できたとはいえ、胸の動悸《どうき》は抑えようもない。

ここは徹頭徹尾しらばっくれることだ。

「どういうことでしょうか？」

日奈子は息を殺すと、受話器を当てた耳に全神経を集中させた。

「実は私は、過去から現在に至る稲見さんの入出金の一覧表を作ってみたんですがね。そこで浮かび上がったのが、この口座から、なぜか毎月特定の人物に宛てて振り込み送金なされているという事実でした」

「本当ですか？」

「はい。具体的にいいますと、いまから二年五ヵ月前の二〇××年十月から昨年の十二月までの二十七ヵ月間、毎月きっちり三十万円ずつ、稲見さんからキタニツグヒロという人物に送金手続きが取られているのですね」

「そんなに大金を？」

「そのとおりです。そこでお訊《き》きしたいのですが、このキタニツグヒロというのはどういう人物なのか、奥さんはご存じでしょうか？」

「いえ、ぜんぜん」

日奈子は精いっぱいさりげない声を出した。

電話と分かっていても、思わず首が振れてしまう。

「奥さんはご存じなかったとしても、たとえば玖珂さんの後任として、稲見さんが助手を雇っている可能性はどうでしょう？」

「いえ、それはあり得ません」

日奈子は断言した。

実際問題、そんな助手がいるなら、いくらなんでも妻の自分が気づくに決まっている。

そもそも駿一にしたところで助手の存在を隠す理由がない。

「仕事場のマンションは私が毎週掃除をしておりますけど、主人以外の人が出入りしていた形跡はございません。それに仮にも秘書や助手がいるなら、編集者の方たちが知ってるはずですけど、これまで名前が出たことは一度もありませんし」

いいながらも、唇の端がぴくぴくと痙攣《けいれん》しているのが自分でも分かる。

電話でよかった！　日奈子は胸をなで下ろしたけれど、その安心もつかの間のことだった。

「ご存じないですか――。やっぱりな」

意外にもあっさり引き下がった新城は、案の定、すぐさま次の一手を繰り出してきたからである。

「いや、そのことなんですが、過去にまで遡《さかのぼ》ると、実はもっとおかしな出金がありましてね。そちらは期間も長いうえに、名前からみて送金相手は女性だと思われます。そこでまた質問になりますが、奥さんはキタニユリエという人をご存じですか？」

「キタニユリエ――ですか？　存じません」

もはや声を出すだけでやっとだ。

「やはりそうですか」

「その人はどういう方なんでしょうか？」

それでも懸命に口を動かす。

もはや震えているのは唇だけではない。いまにも椅子から崩れ落ちそうな身体を支えるため、日奈子は空いている右手で電話台の縁に摑まった。

しっかりしなくちゃ！　ここでボロを出したら自分の負けだ。

呆然《ぼうぜん》と顔を向けた漆喰《しっくい》の白壁のかすかな汚れが目に入る。こんなところに染みがあったなんて。あとで拭《ふ》き取らないと——。パニックの最中でもそんなことに気が回る、これは一種の現実逃避なのだろうか？

「それは分かりません。だからこそ、こうしてお訊きしているわけです。ただですね、相当長期間にわたってこの女性に送金がされていたことからすると、稲見さんと彼女の間になんらかの関係があることは間違いないでしょう」

日奈子の動揺を知ってか知らずか、新城の独演は続く。

「となると当然、送金の趣旨が問題になってきます。とはいっても、キタニユリエとキタニツグヒロですからね。このふたりが同じ姓なのは偶然で、それぞれが別な理由で送金を受けていたとはちょっと考えにくいところです」

「要するに、そのユリエという女性が主人と関係を持ち、その結果ツグヒロという子供が生まれたということなんですね」

日奈子はつぶやいた。

知られざる愛人ばかりか、まさかの隠し子の出現——。妻であればショックを受けて当然だ。ならばそういうことにしておけばいい。うろたえながらも素早く計算する。

　と同時に、脳裏にはふたたびあの男の蒼暗《あおぐら》い顔が浮かび上がる。とはいえ、新城もそんな手に乗るほど甘くはなさそうだ。

「一般論ならそうでしょうがね。私には、どうもこれはよくある色恋沙汰《ざた》とは違うと思えるんですよ」

　すっぱりと異論を述べた。

「と仰いますと？」

「稲見さんは強請《ゆす》られていたのではないか？　それが私の結論です」

　血流がふたたびどくどくと胸を揺るがす。

「強請り——ですか？」

　日奈子は声を震わせた。

「そうです」

「でも、なんのために？」

「それは分かりません。ただ、これはヤマ勘に近いかもしれませんが」

　言葉こそ慎重ながら、その口ぶりには不敵なまでの自信が見え隠れしている。

「キタニユリエへの送金が始まった二〇××年七月は、ちょうど稲見さんの母親の志津子さんが亡くなった月でもあるのですね。これも偶然というには出来過ぎています。だとすれば、この人物への送金はこのとき始まったものではなく、志津子さんが生前に行っていた振り込み送金を、彼女の死後、駿一さんが引き継いだ可能性も否定できません」

「なるほど、そうなんですね」

「むろんそうだとしても、七年前に終了したキタニユリエへの送金と、二年半前に始まったキタニツグヒロへの送金との間に、四年半ものブランクがあるのも気にかかります」

「はぁ」

「何はともあれ、この件が稲見さんの失踪《しっそう》と無関係だと決めつけることはできません。なぜなら、いまのところ、このふたりの存在以上に疑わしい事実はないからです」

新城が悠然と締めくくる。

当然こちらもそれなりの言葉を返したはずだけれど、そこからあとのやり取りは記憶がない。はっきりしているのは、電話が切れたあとも数分間、動けなかったことだけだ。

薄ぼんやりとした意識の中で、日奈子はいつまでも眼の下の床を見つめていた。

4

〈とりかへばや物語〉。いうまでもなく、平安《へいあん》時代末期に綺羅星《きらぼし》のごとく産出された物語文学の一つである。

王朝文学を代表する〈源氏《げんじ》物語〉と同様、天皇を頂点とする宮廷を舞台に、当時の貴族社会の絢爛《けんらん》かつ赤裸々な生態が描かれた実に興味深い作品だけれど、作者は不詳で、その性別も明らかではない。

〈とりかへばや〉とは、現代語の〈とりかえたい〉に相当する。

なぜこんなタイトルがついているかといえば、この物語の主人公である内気で女性的な兄と、快活で男性的な妹。対照的なふたりの子供を持った権大納言《ごんだいなごん》が、「このふたりが男女逆であればよかったのに」と嘆いたことに由来している。

できることなら取り換えたい。父親の願いどおりに、兄は女装して姫君として、妹は男装して若君として育ったまではよかったが、問題はそこから先である。

成人後もそのまま宮廷にデビューした結果、奇想天外の出来事がこれでもかとばかりに展開。てんやわんやの大騒動のあげく、最後はふたりともに本来の性に立ち返り、妹は尚侍《ないしのかみ》から中宮《ちゅうぐう》に、兄は右大将《うだいしょう》から関白《かんぱく》にまで登り詰め、大団円で幕を下ろすのだが、そのおもしろさたるや、現代の日本人にも充分通用するものがある。

もっとも古典文学としての評価となると、〈源氏物語〉や〈伊勢《いせ》物語〉に遠くおよばないことも事実で、知名度もあまり高くないのが実情だ。

その証拠に、曲がりなりにも文学部国文学科を出た日奈子ですら全編を原文で読破してはいない。彼女にとってこの小説が特別な意味を持っているのは、その文学的価値とは関係なく、ここで語られる物語が自分にとって他人事《ひとごと》ではないからである。

運命のいたずらで、本来なら資産家の息子だった男が貧者の家で、貧者の息子だった男が資産家の家で育ったとしたら、損をした側が黙っているわけがない。互いの立場の交換を要求するのは当然のことだ。

けれど、要求される相手側にとってはそれは脅威以外の何物でもない。とりかへばや。その言葉が最強の脅迫文言になり得ることを、日奈子も否応なく実感させられたことになる。

思えば日奈子が初めて疑念を抱いたのは、結婚してまだいくらも経たないときのことだった。

一部上場企業の役員だった父親と専業主婦の母親のもとに生まれ、小学校から大学まで、お嬢様学校としてつとに知られる女子校へ。大学卒業後も形だけのアルバイトと花嫁修業に励み、駿一と見合い。恋愛も経験しないままでの結婚だった。

絵に描いたような箱入り娘でも――いや、むしろそれだからこそ――未来の夫への注文には妥協がない。

都内に庭付き一戸建てか、新築マンションを所有していること。長身かつ健康で、有名大学の出身であること。そして世間に誇れる職業を持っていること――。駿一はあらゆる面でぴったりの男だったといえる。

実際、婚約時代の駿一はいまのように秘密主義だったわけではない。むしろどちらかといえば闊達《かったつ》で、ノンフィクション作家の面目躍如とばかり、博学ぶりを披瀝《ひれき》しては楽しませてくれたものだ。

それが結婚して夫婦になれば、妻の機嫌ばかりをとってはいられない。そんなことは、両親を見ていればいやでも分かる。

それに日奈子自身、夫は家庭サービスに励むより本業で成果を挙げてほしい。そういう願望がある。だから甘い生活は期待していなかったけれど、駿一の場合はそれとも少し違っていた。

最大の難点は夫婦の会話にあった。

どうということもない雑談はともかく、日奈子がいちばん知りたい仕事の話、そして子供時代や家族・親戚《しんせき》に関する話題となると、極端に口数が少なくなる。

そのいい例が血液型で、なにしろ血液型と聞いただけで、とたんにむっつりと黙り込んでしまうのだ。

本人はAB型だというけれど、では両親は何型だったのか？

「さあ、覚えてないね」

何度訊《き》いても、うるさそうに答えるだけだ。

だけどそれでは困る。なぜかといえば、血液型は星座と同様、日奈子の人間関係を支配する最重要項目で、たかが血液型どころか、まず血液型ありき。それなしには何も始まらないといっても過言ではない。

だから駿一の血液型については、本当なら結婚する前に――それも見合いの席上で――確認すべきだったのだが、へたに血液型や生まれ月を話題にして、迷信や占いに凝っているバカ女と思われていたこともあって、心ならずも母親から釘《くぎ》を刺されていたこともあって、心ならずも自重したのが敗因だった。

「そんなに知りたきゃ、オフクロに訊けばいい」

その言葉にしたがって義母の志津子に尋ねても、こちらもこちらで要領を得ない。

「さあ、血液型なんて調べた覚えがないけど」

およそ信じられない言葉が返って来る。

まさか自分の血液型を知らない女がいるなんて！　日奈子の常識では〈あり得ない〉の一語だ。事実、血液型に興味のない女など周囲にはひとりもいない。

自分のことですらこのありさまである。三十年も前に死んだ夫の血液型を覚えているわけがない。ふつうならそこで諦《あきら》めるところだったけれど、もしかすると義母は血液型を知らないのではなく、血液型をいいたくないのではないか？　ふとひらめいたのは、考えてみれば天の配剤だったといえるだろう。

むろんそれにも伏線はあって、日奈子が引っかかりを覚えたのはほかでもない。駿一の父親・故稲見陽介の死因は自殺だった。そんな噂が存在することが、見合いに先立って親が依頼した調査事務所の報告書に記載されていたからである。

もっとも嫁に来てから聞かされた話では、陽介の死因は自殺でもなければ事故でもない。ただの急性心不全だったという。だから、さっき電話で新城に話したことに嘘はない。姑《しゅうとめ》がそういっている以上、信じたふりをするのは嫁の務めというものだ。

とはいっても、真実は一つしかない。本当は義父が自殺したのだとすれば、そこには原因があるはずで、それはいったいなんだったのか？　妄想が膨らむのは当然だ。

口にするのも気が引けるものの、もし志津子が不倫をしていたとしたら？　妻のお腹の赤ん坊が実は自分の子ではなかったら、死にたくなってもふしぎはない。

志津子が血液型の話をしたがらないのは、そこに重大な秘密が隠されているからだ。日奈子は早々と結論を出した。

駿一がAB型である以上、その親はどちらもO型ではあり得ない。それは科学的に証明されている。にもかかわらず、たとえば陽介がO型だったとしたら、それは駿一が彼の子ではない決定的な証拠になる。志津子にとって、血液型はトップシークレットだといっていい。

そういえば、夫の死後、実家に戻った志津子が稲見家を訪れるのはせいぜい年に数回だったという。だからどうだとはいえないものの、なんとなく彼女が駿一と祖父母の接触を嫌っていた感があることも、疑惑の後押しに繋《つな》がっている。

しだいに膨れ上がった妄想は、最後には日奈子の脳内でゆるぎない真実に昇華したけれど、問題は駿一である。はたして夫はどこまで事実を知り、そしてそれをどう思っているのか？　まさか当人に訊くこともできない。

それでも、なんだかんだいって日奈子が楽観的だったのは、稲見の祖父母がとっくの昔に故人となっていたことが大きい。駿一の血筋がどうであれ、もはや自分たち一家をおびやかす者はいない――。

けれど、その平穏も長続きはしなかった。

ほどなくして事態はがらりと転換する。義母の志津子になんと肺がんが見つかり、緊急手術をすると決まったときのことだ。万一に備えて輸血の準備をするという医師に、

「血液型はなんでしょうか？」

なにげなく尋ねた結果は衝撃的なものだった。

「O型のRHプラスですね」

ちょうどカルテに目を落としていた医師は気づかなかったらしいが、その瞬間、日奈子の中で天地がぐらりとひっくり返ったのは決してオーバーではない。いきなり突きつけられた壊滅的な事実は、どうあっても駿一が陽介・志津子夫婦の子供ではあり得ないことを如実に示していたからである。

駿一は志津子の不倫の子どころではない。志津子の子ですらなかったのだ。そして問題は、夫の父親がどこの馬の骨とも分からないというだけではない。それが駿一の稲見家当主としての資格に直結する致命的な欠陥だということにある。

すべてが音を立てて崩れていく。

真実がどこにあるにせよ、絶対にそんなことにはさせない！　日奈子の叫びは、さながらはぐれ狼の咆哮《ほうこう》のように胸のうちで吹き荒れている。

ともあれ最初のショックが治まると、日奈子はしだいに生来の積極的思考を取り戻し

た。

　彼女が父親から受け継いだもの。それはどんな障壁にも敢然と立ち向かう不屈の闘争心で、これまでその資質が発揮されなかったのは、ひとえに機会がなかったからだといっていい。

　さしあたりは、なぜこんな事態が生じたのか、事実を正確に把握する必要がある。どうすべきかを考えるのはそのあとのことだ。日奈子は冷静に判断を下した。

　思うに、当の志津子は当然として、駿一も——少なくともある時期以降は——志津子が本当の母親ではないことを知っていたのではないか？　日奈子の中では、早くも一つの仮説が生まれている。

　あらためてそういう目で見れば、駿一と志津子のあの微妙な距離感にも納得がいく。互いに血のつながらない他人であることを承知しながら、稲見の祖父母に対しては、あくまでも実の親子としてそれらしく振る舞う——。彼らが共同戦線を張った理由はただ一つ、稲見家の財産以外にはあり得ない。

　現に今回も、母親ががんになったというのに、駿一は仕事にかこつけて見舞いにも来ない。入院手続きから医師との面談まで、何もかも日奈子に任せっきりだ。

　もっとも、おかげでこちらも彼らの秘密を摑《つか》んだのである。

　チャンスは有効に活用させてもらう。まずは、駿一誕生時の状況を調べることだ。日奈子は思案をめぐらせた。

戸籍謄本に稲見駿一の出生記載がある以上――誰が本当の親であっても――駿一がその日、戸田市内で誕生したことは事実だと考えられる。出生届には、出産に立ち会った医師の署名捺印《なついん》がある出生証明書の添付が義務付けられているからである。

だったら、志津子が出産をした産院を訪ねるのが手っ取り早い。

むろん三十年以上も前の話だから、いまいる医師や助産師は何も知らないと思った方がいい。それでも記録が残っている可能性はある。そして運がよければ、抜群に記憶力がいい古顔の看護師や事務職員がいないともかぎらない。

これは闘いだ。そのためにはどんな労力も厭《いと》わない。ひそかなる開戦を前にひとり武者震いをしたことを、いまさらのように思い出す。

思い返せば、それがすべての始まりだった。

5

久住《くすみ》産婦人科医院は志津子の実家から徒歩二十分、戸建て住宅とマンションが混在する住宅街の中ほどにつつましやかに建っていた。

鉄筋コンクリート造の四階建てで築三十年ほど。すすけて黒ずんだモルタルの外壁からして、いかんせん古ぼけた印象は否めない。看板の玄関プレートにも、白地に薄茶色の亀裂《きれつ》が何本も走っている。

一階が受付と外来診療、二階が分娩室《ぶんべん》と病室、三階がマタニティスクールと院長室で、最上階は院長一家の住居らしい。

入口のドアを開けると、診療所特有の薬臭い空気が鼻腔《びこう》をくすぐり、眼前にはいずこも同じ待合室の風景が広がっている。

少子化のこの時代、産科や小児科はどこも経営難だと聞いているけれど、それを実証するように、待合室にいる患者はひとりだけ。それも年齢からして妊婦ではなさそうだ。階上からも話し声や物音は聞こえず、どんよりと斜陽の雰囲気が漂っている。

事前に調べたところによれば、現院長は前院長の長男で、駿一の出生時は別な病院に勤務していたという。年齢は志津子とさほど違わないらしい。

前院長夫妻はどちらも故人だから、直接話を聞くことは叶《かな》わない。しかも当時は建物も木造の二階建てで、病床数もスタッフもいまよりずっと少なかったようだ。

地元民にとっては、だから医療機関というより昔ながらの助産院のイメージが強かったらしい。実際、経営に分娩に大車輪の活躍をしていたのは院長の久住明夫《あきお》ではなく、妻で助産婦長の茂乃《しげの》だったというのがもっぱらの評判だ。

その茂乃が生まれ育った久住家は、もともとが産婆の家系である。祖母も母親も助産婦だったそうだから、当然のように代々女が屋台骨を支えている。そうでなくても、出産は昔から女の独壇場だ。分娩の介助は、経験豊かな女たちが受け継いできた神聖不可侵の仕事なのである。

ふっくらとぶ厚いお多福《たふく》顔に、姫だるまのごとく安定感のある体つき。ガラガラ声を張り上げて院内を闊歩《かっぽ》する茂乃は、若い妊婦たちから圧倒的な信頼を得ていたという。産婦人科医を婿養子に迎えてからもそれは変わらず、明夫はもっぱら趣味の釣りとパチンコに明け暮れていたという話もある。

そんなふうだから、経済的には楽ではなかったようだ。

院長一家の居住部分も質素なもので、暮らしぶりもいたって地味。ひとり息子を私大の医学部にやるのもたいへんだったらしいけれど、そんな中でも貯蓄はしていたとみえて、引退と同時に2LDKの新築マンションを購入。悠々自適の隠居生活に入ったという。

それにしたって――。駿一を出産したのは久住産婦人科医院だったと聞いたときには、首をかしげたものだった。

初めは正常分娩のつもりでも、突然の大出血など、お産にアクシデントは付きものだ。いくらひと昔前でも、大きな病院はいくらでもあっただろうに、なんで志津子はそんな小さな診療所を選んだのだろう？

当然の疑問だったけれど、理由は簡単だった。

聞けば、親戚《しんせき》でこそないものの、奥尻家と久住家は昔からごく親しい間柄だったのだそうだ。なにより志津子自身が、当時はまだ訪問型の産婆だった茂乃の母親に取り上げてもらったのだという。

お産は病気ではない。昔はみんな自宅で出産していたのだから心配は無用だ。面会時間や規則にうるさい病院より、なにかと融通が利く産院の方が気楽でいい。たぶん志津子はそう考えたのではないか。

そうはいっても、志津子も決して大満足ではなかったようだ。

「茂乃さんというのはどんな方だったんですか？」

日奈子が尋ねると、

「愛想がいいから最初はみんな騙《だま》されるけど、口八丁手八丁のやり手でね。抜け目のない人だったわね」

肺がんの手術後、目に見えて肉の落ちた白い頬を歪《ゆが》ませたからである。

「それでも評判はよかったんですよね？」

「経験豊富で腕は確かだという話だったわね。でもまぁ、お産は病気と違うから」

「ご主人が産婦人科のお医者様だったんですか？」

「ええ、そう。だけど院長先生はまた院長先生で、これでもほんとに医者かというくらい頼りなくてねえ」

志津子の口ぶりからは、あんまりどころかまったく評価していないことが窺《うかが》われる。

もっともこの様子からすると、志津子が久住産婦人科医院で出産をしたことは疑いがなさそうだ。

「でもいまは、その息子さんが跡を継いでいるようですね」

話題を現院長に移すと、どうやらそちらには悪い感情はないらしい。

「そうなのよ」

一転、懐かしそうな顔になった。

「利夫《としお》さんは私と歳が近かったから、子供の頃はよく一緒に遊んだものよ。飾り気のないさっぱりとした人なんだけど、それでもやっぱり産婦人科医となるとね。知り合いの男性にあそこを診察されるのは抵抗があって——。幸いなことに駿一を産んだときは、あの人はまだ東京の病院にいたから顔は合わせなかったけど」

志津子はあけっぴろげに笑っているけれど、それが本当ならこんな僥倖《ぎょうこう》はない。日奈子は胸の奥でグーサインを出した。

今回、日奈子が久住産婦人科医院に乗り込む勇気を得たのは、ひとえに志津子からこの話を聞いたからである。利夫と志津子とそんなに親しかったのなら、日奈子の問い合わせを無下にはできないはずだ。

虎穴に入らずんば虎子を得ず。ひそかなる疑惑を確たる事実にするにはそれしかない。突拍子もない発想なことは百も承知ながら、トライする価値は十二分にある。

新生児の取り違え——。日奈子の主眼はずばりそこにある。

武者震いでいまにも心臓が破裂しそうだ。

なにしろ高度経済成長期を終えたばかりのあの時代、日本の医療水準はいまとは雲泥の差だったと思われる。

なのに第二次ベビーブームの到来で、年間出生数は現在の二倍以上の約二百万人。これでは大病院であれ個人の医院であれ、助産師も看護師も仕事をこなすのに手いっぱいだ。続々と生まれる新生児をじっくり眺める暇などあるはずがない。

そして設備もスタッフも不十分な中、さあ分娩だ、産湯だ、後産だとごった返す分娩室で起きがちな事故はといえば――。答えは決まっている。

もっとも、当時の久住産婦人科医院は現在よりさらに小規模だったという。だとしたら一日あたりの出産件数もさほど多くはなかったはずで、実際には個別出産に近い状態だったことも考えられる。

その場合は新生児取り違えの危険性は低くなるけれど、だからといって絶対にないとはいいきれない。むしろそういう産院だからこそ、ウチにかぎってそんな事故はあり得ないと油断をした可能性もある。

なんにしても、現院長の協力が得られれば、日奈子の仮説が実証される確率がぐんと高まることは明白だ。そのためにも利夫の扱いは腕によりをかける必要がある。

その思惑がばっちり当たって、久住産婦人科医院の対応は上々だった。

いうまでもなくこの訪問の真の目的は伏せてある。嘘も方便とはこのことで、相手を警戒させるのは愚の骨頂だ。

「昨日電話でお約束をした稲見と申しますが」

受付カウンターで名乗りを上げると、

「稲見様ですね？　お待ちしておりました。準備ができましたらご案内しますので、そちらの椅子に掛けてお待ちください」

大柄の中年女性がにこやかに迎えてくれた。胸の名札を見ると〈貝塚《かいづか》〉とある。少なくとも院長夫人ではないようだ。

診察の合間に時間を割いてもらうのだから、待たされても仕方がない。けれど、

「お待たせいたしました。どうぞこちらへ」

待つほどもなく導かれた先は、診察室でもなければ一般客用の面談室でもない。なんと三階の院長室だった。

ということは、日奈子は院長の客人として扱われたわけで、これは期待できそうだ。日奈子の胸はいやがうえにも高鳴った。

エレベーターで上がったその三階は、フロア全体がマタニティスクールの会場となっているらしい。会議室として使われることもあるのだろう。壁際にはテーブルやパイプ椅子、そして赤ちゃん用バスタブなどの育児用品が雑然と積み上げられている。まるで昭和の時代に舞い戻ったかのような、どこかなつかしい風景だ。

隅の一画だけがパーティションで仕切られていて、院長室との表示がある。

「稲見様をお連れしました」

貝塚が告げると、志津子の言葉どおり飾り気のない人柄らしい。

「はいはい、どうぞお入りください」

いとも軽やかな声が返って来る。

足を踏み入れるとそこは八畳ほどの事務室で、こちらも虚飾の片鱗《へんりん》すらない。まるで面談室のような簡素な設え《しつら》で、中央に置かれた応接セットだけがかろうじて院長室の体裁を保っている。

その久住利夫は、小柄な身体をひっそりと白衣に包んだもの柔らかな人物だった。釣りとパチンコ三昧《ざんまい》だったという父親に似たのか、やり手のイメージからはほど遠い。人好きのする笑顔に欲のなさが滲《にじ》み出ている。

前もって手紙を出しておいたのがよかったとみえて、会話はのっけから志津子の話題で始まった。

「いやぁ、志津子さんが肺がんで予断を許さないご病状とはねぇ。驚きました。彼女と僕とは幼なじみでしてね。駿一君もさぞやご心配でしょう」

「決して楽観できないということは、手術する前から聞いてはいましたけど、まさかこんなに進行が速いとは思いませんでした」

「まぁ、がんの性質にもよりますが、これればかりは運を天に任すしかありません。医者としてもできるかぎりのことをしたら、あとは祈るしかないんですよ」

「さようでございましょうね」

「志津子さんは、若い頃はそれはおきれいな方でしてね。近所でも評判だったんですよ。美人薄命とはいうけれど、それにしてもまだそんな歳ではないのになあ」

そういう自分も志津子に恋心を寄せていたのか、痛ましそうに眉間《みけん》にしわを寄せる。

「それで、今日こちらに伺いましたのはそのことなんですけれど」

この機を逃さず本題に入る。

「義母は病状を自覚しているのでしょうか。最近は葬儀のことなどもポツポツ口にするようになったんですが、その義母が申しますには、こちらで駿一を出産したとき、時期を同じくして男の子を産んだ産婦さんがいらしたんだそうです」

「そうですか」

「入院中、毎日おしゃべりをしているうちにすっかり意気投合して、その方からいろいろ教えていただいたけれど、退院してからは顔を合わせる機会もなくて、それっきりお名前も忘れてしまったとか。ですが、それから三十年あまりが経って死が間近に迫ったいま、『どうしてもあの人に会っていっておきたいことがある』といい始めたんです」

「ほう、いっておきたいことねぇ」

「はい。義母がその方に何をいいたいのか、それは私も存じませんが、なんとか連絡する方法はないかと毎日のようにせがまれるものですから——。義母の病状が病状ですので、途方にくれております。そこでお願いでございますが、もしお差し支えなければ、こちらでその女性の名前と住所を調べてはいただけないものでしょうか？」

我ながら突っ込みどころ満載の説明だったものの、利夫は不審がりもしなければ、迷惑そうな顔も見せなかった。

「もちろん、お忙しいところに余分なお手間をおかけするわけですから、充分な謝礼はさせていただきたいと存じますが」

あるいはこのひと言が効いたのかもしれないけれど、根がお人好《ひとよ》しなのだろう。

「それなら、当時のカルテを調べればすぐ分かりますよ」

あっさりとOKが出たばかりではない。

「法律ではカルテの保存期間は五年となっているんですがね。ウチは幸い、父の時代のカルテもぜんぶ保存してありますから。もしお時間があるなら、いまから事務局に探させますよ」

どうやら願ってもない対応をしてくれるらしい。

「ありがとうございます。そうしていただければ助かります」

日奈子は深々と頭を下げた。

「ところで、当時働いていらした方で、まだこちらに勤めている方はいらっしゃいますでしょうか？」

ついでにダメ元で踏み込んでみると、さすがにそれはないようだ。

「いや、もうひとりもいませんね」

利夫はきっぱりと首を振った。

「というのも、僕が久住産婦人科医院を再開したさい、診療所を全面的に建替えましたのでね。建築期間中は休業していたんです。なにしろ入院設備のあるところとなると、仮営業所を探すのも容易じゃないんですよ。それで従業員には全員退職してもらったので、いまいるスタッフは新しい人ばかりです」

「まぁ、そうでございましょうね」

「それに二年近くもブランクがありますとね。患者さんを取り戻すのだって容易なこっちゃありません。ほとんど新規に始めるのと同じです。おかげで、いまだに借入金の返済に汲々《きゅうきゅう》としていますよ」

それが本当なら経営状態はかなり深刻なはずだけれど、目元にも口元にも苦悩の影は見当たらない。日奈子はあらためて目の前の人物を観察した。

医師は弁護士や公認会計士と違い、たとえ破産しても仕事をするに支障はない。顧客に金銭的な損害を与える危険がないからだろう。

おまけに開業医は続けられなくても勤務医にはなれるから、どう転んでも食べるには困らないと聞いたことがある。それなら資金繰りで心身をすり減らすより、いっそ破産した方がいい。そう考える医者がいて当然だ。

そうはいっても、経営難になって嬉《うれ》しいはずもない。

「これからますます少子化が進むそうですし、産婦人科のお医者様には、内科や外科とはまた違うご苦労がおありでしょうね」

それとなく探りを入れた日奈子に、

「仰《おっしゃ》るとおりです」

我が意を得たりとばかり、利夫はうなずいた。

「なにしろ赤ん坊は無事に生まれてあたりまえ。何か起きれば、すべてこちらの責任になりますからね。それに昔は子だくさんだったので、妊婦さんにもそれなりのベテランがいたんですが、最近は高齢の初産婦さんが多くてね。本当にたいへんです。僕の母親は代々続いた産婆の家に生まれたんですが、一年三百六十五日、休業日なんてまったくないんですよ。診療費も安いし、決してわりのいい仕事とはいえません。母の場合も、いざ亡くなってみれば、形見分けをしようにもろくな着物一枚持っていませんでした」

奥尻家との長年にわたるつき合いから、いまさら見栄《みえ》を張る気もないのだろう。正直な物言いの中にも、ある種の達観が感じ取れる。

とはいうものの、もし内心忸怩《じくじ》たる思いがあったら、駿一の妻を前にこんなにのんべんだらりとしてはいられないはずだ。この分だと、利夫は正真正銘、駿一出生時の状況を知らないのではないか？

ということは、仮に駿一をめぐる新生児取り違え事故があったとしても、利夫の両親がそれを秘密裏に処理したか、さもなければ、赤ん坊の入れ違いに気づいた当事者が独自に解決する道を選択したか、可能性は二つに一つとなる。

どっちにしても、利夫はこの件には無関係だと考えていい。日奈子は結論を出した。

そんな日奈子の心の動きを知る由もない。

「それじゃ診察がありますので、僕はこれで失礼します。カルテを調べる間、しばらくこちらでお待ちください」

利夫は屈託のない笑みを浮かべると、そそくさと院長室を出て行く。

「どうもありがとうございました」

最敬礼で利夫を見送ったあと、日奈子はほっと安堵《あんど》の息を吐き出した。

ここまでは上出来だった。問題はこの先だ。あらためてソファに座り直すと、日奈子はつらつらと思索をめぐらせた。

事務局がカルテを調べた結果、取り違え事故の相手方が判明したとして、さしあたりどうしたものか？ ここは慎重な行動が要求される。

確実にいえるのは、当事者の駿一が——少なくとも薄々事情を察しながら——あえて静観しているという事実だ。考えてみればそれも当然で、まかり間違えれば稲見家の当主の地位を失う駿一が自分からことを荒立てるわけがない。

そしていうまでもなく、駿一の利害は日奈子と子供たちの利害でもある。それならこのままそっとしておくのが最善の策だ。日奈子はひとりうなずいた。

幸いといったらなんだが、いまや志津子は死にかけている。まさに絶妙なタイミングというべきで、義母がその血液型もろともこの世から消え去れば、もはやびくびくする理由はない。不謹慎ながらも、心が軽くなる。

いまから古いカルテを探すのだから、どんなことをしても一、二時間はかかるだろう。革張りのソファにぐったりと身を沈めた日奈子だったけれど、案に相違して、ものの三

十分もしないうちに、

「お待たせしました」

場違いなほど明るい声に思考を遮られた。

見れば、一枚の紙片を手にした貝塚がドア越しにこちらを覗《のぞ》いている。

「稲見駿一さんが生まれた前後三日間の男の子の出産記録を調べましたら、ぜんぶで四件ありましたよ。思ったより簡単に見つかりました」

悠揚迫らぬ院長に従業員も染まるのだろう。まるで自分の手柄のように嬉しそうだ。

事務局に探させるというから、てっきり古参の事務長でもいるのかと思いきや、どうやらこの貝塚がその事務局らしい。患者数がさほど多くないので、倉庫にしまうまでもなく、カルテは院内に保管されているのだろう。

「駿一さんと同じ日に生まれたのは、ほら、この木谷百合枝《きたにゆりえ》さんのお子さんの嗣弘《つぐひろ》ちゃんですね。その前の日が前田瞳《まえだひとみ》さんのお子さんの勲《いさお》ちゃんで、三日前が藤原小枝子《ふじわらさえこ》さんのお子さんの政孝《まさたか》ちゃん。二日後が行方朋子《なめかたともこ》さんのお子さんで昌夫《まさお》ちゃんになります。正常分娩《ぶんべん》の場合は出産後四日目か五日目に退院なので、病室で親しくなった方というと、こんなところでしょうか」

貝塚が紙片を見ながら報告する。

「はい、けっこうでございます。ところで当時の病室ですけれど、個室ではなくて大部屋だったんでしょうか？」

まだそんな歳ではない貝塚が当時のことを知っているはずもないけれど、念のため訊《き》いてみると、

「はい、そうです。それも八人部屋ですね」

意外にも明快な答えが返って来る。

それにかこつけて、

「じゃあ、生まれた赤ちゃんは母親と離れ離れですか？」

質問を続けると、

「もちろんです。いまは、生まれるとすぐお母さんのそばに寝かすのが主流で、現にウチもそうですけどね。昔は新生児は新生児室に全員まとめて、助産師や看護師が面倒を見るのがふつうだったんですよ」

「そうなんですか」

「出産直後は母体も赤ちゃんも弱っていますでしょ？　だから本当は親子別々にゆっくり休んだ方が身体にはいいんですよね」

こちらも院長同様、赤ん坊の取り違えなど頭の片隅にもないといった口ぶりだ。

「では、どうぞこちらをお持ちください。志津子さんご本人がご覧になれば、その方のお名前を思い出されるんじゃないでしょうか？」

「恐れ入ります」

「ただ、最近は個人情報の流出にうるさいですからね。先方に連絡されるときには、当

院で住所氏名や電話番号を聞いたことは伏せていただきたいんですよ」

口頭での注意とともに渡されたメモを見ると、ボールペンの走り書きで、出産日と母子の名前の下にそれぞれの住所と電話番号が記されている。

「もちろん、それは心得ております。どうもありがとうございます」

謝礼金をちらつかせたこともあるけれど、この誠意ある対応の根底には利夫の奥尻家、もっといえば幼なじみの志津子への好意があるのだろう。たとえそうだとしても、あまりの親切さに頭を下げずにはいられない。

そして、そのメモに記されていた情報——。当時戸田市に在住していた木谷百合枝が、久住産婦人科医院で木谷嗣弘なる男児を産んだ事実が意味するものを、そのときの日奈子はまだ分かってはいなかった。

6

新生児取り違え事件。一九五〇年代から一九七〇年代に日本の各地で発生したこの不幸な出来事は、当該赤ん坊とその両親のみならず、関わりを持ったすべての人々にいまもなお深い傷跡を残している。

取り違えが発覚したきっかけの多くは、交通事故などの不測の事態に備え、幼稚園入園や小学校入学を前に血液型の検査が実施されたことにある。

青天の霹靂《へきれき》とはこのことだが、実際にはその前から、両親を始め周囲の人間が漠然と違和感を持っていたケースもあったに違いない。母親はまだしも、子供が父親にまるで似ていない。そんなことは、たとえ内心で思っても口に出してはいいづらい。

いずれにしても、これは自分たちだけの問題ではすまされない。かならずもう片方の親子が存在する。そちらにとってはまさに寝耳に水ということになる。

疑いもせずに腕に抱き、乳首を含ませ、ぐずれば夜っぴて寝かしつけた我が子が、実は赤の他人だった。ある日突然、その残酷な事実を突きつけられた母親の心境は、想像に余りあるというより想像を絶するというものだ。

病気や事故で子供を失《な》くす親もいるのだから、元気に育っただけでもありがたい。もうひとり子供ができたと思えばいい——。口でいうのは簡単でも、理屈と感情は違う。

そもそも母親が我が子を愛するのは、それが自分が産んだ子だからなのか、それとも自分が育てた子だからなのか？　日奈子自身、明快な回答はできない。

たとえばこれが悠之だったとして、もし生後一ヵ月で取り違えが判明したなら、迷わず交換に応じたことだろう。生後一年でも、悩みながらも交換を決意したに違いない。そこまでは確実にいえる。けれど、あの子が十歳を迎えたいまだったらどうか？

ある資料によれば、日本全国における新生児取り違え事件は、一九五七年から一九七一年の間に少なくとも三十二件発生しているという。

そして取り違えの事実が発覚したとき、ほぼすべての親が最終的には互いの子供を交換し、本来の親子関係に戻す決断を下したらしい。

苦渋の選択。それ以外の言葉は見つからない。

そしてむろんそこには、移行期間として両家族が共同生活を試みたり、子供たちを行き来させたりするなど、双方の親による涙ぐましい努力があったといわれている。

そうやって無事子供たちを交換したのち、両家がなおも交流を続けるか、それともいっさいの関係を断つかは、人それぞれなのだろう。

それとは反対に――外国の話ではあるけれど――自分たちの娘が取り違えられていた事実を知ったとき、この間違いは正す必要がない。そう結論を出し、双方の親が老齢に達するまで秘密を守り通した事例もあるという。

いずれにしても重い決断で、他人が無責任に論評できることではない。

それでも唯一の救いは、そんな痛ましい新生児取り違え事件もいまやほとんど絶滅したということだ。

そもそも自宅での出産なら、赤ん坊の取り違えなど起こりようがない。もし起きたとすれば、それは赤ん坊のすり替え事件というべきもので、むしろ犯罪の範疇《はんちゅう》に入る。

日本では病院や産院での出産はむしろ例外で、戦後しばらくまで自宅でのお産が全体の約九割を占めていたという。自宅分娩と施設分娩がほぼ同数になったのは一九六〇年代になってからで、新生児取り違え事件は、病院での分娩が急速に普及したことによる副次的現象だったと見ることもできる。

それはともかく、この時期にかかる事故が多発した原因の一つは、看護師の超多忙にあったようだ。

それというのも、当時の病院は看護師不足が常態化していて、とりわけ産婦人科はその傾向が強かったらしい。

ときには日をまたいで長時間におよぶ出産と、つぎつぎに誕生する新生児の世話でスタッフはてんてこ舞い。続けざまに赤ん坊が生まれると、分娩室はまるで戦場のような騒ぎだったといわれている。

そこへ持ってきて、生まれたての赤ん坊を見分けるのはベテラン看護師でも至難の業だ。特に注意を要するのが沐浴《もくよく》時で、どの子も猿も顔負けに真っ赤なうえ、むくみもある。おまけに毎日のように顔つきが変わるから、ちゃんと見分けろというのは無理な注文だ。

事実、自分の子しか見ていない母親でさえ、我が子が別の子にすり替わっていることに気づかなかったいくつもの例が、その困難さを実証している。

もちろん病院側も手をこまねいていたわけではない。たとえば新生児の足の裏に名前を書いたり、母子標識を装着するなど、工夫はしていたらしい。それでも沐浴中に文字が消えたり、なにかの拍子にタグがはずれたりとハプニングは起きる。

当時の医療法では新生児が患者数に数えられることはなく、ひとりの看護師が扱う新生児の数にかかわらず看護師定数が定められていたことも、事態を悪化させた要因の一つだったといわれている。

そんなこんなで多発する事故に、腰の重い行政もさすがに危機感を持ったようだ。一九六八年からは新生児四人に対して看護師ひとりを置くことが義務付けられ、また、へその緒を切る前に母親の腕と赤ん坊の足に同じバンドをつけるなどの法整備をした結果、少なくともそれ以降、マスコミで騒がれるような事件は発生していない。

志津子の血液型を知ってからというもの、ネットや文献で調べまくったおかげで、新生児取り違え事件に関する日奈子の知識は飛躍的に向上したけれど、だからといって直面する問題に進展があったわけではない。

駿一にも志津子にも現状を変える気がないことは分かっている。そして久住利夫のあの態度からすれば、取り違え事故の相手方——すなわち木谷嗣弘、前田功、藤原政孝、行方昌夫のいずれか——もまた、今日に至るまでなんのアクションも起こしていないことは明白だからである。

彼らが取り違えの事実に気づいているか否かにかかわらず、うかつに動くとやぶ蛇になる。とりあえず静観を決め込んでいた日奈子が危機感を抱いたのは、だから実は最近の話で、それは駿一が謎の失踪《しっそう》を遂げるちょうど一ヵ月前、雨が降ったり止んだりの肌寒い日のことだった。

きっかけはひょんなことで、たまたま駿一の仕事場のマンションを掃除中、偶然にも駿一名義の預金通帳を覗《のぞ》き見たことにある。

厳格に公私を分ける駿一は、作家活動からの収入についても徹底して秘密主義を貫いている。妻にはいっさい口を出させない。

M銀行○○支店の普通預金通帳も、だから日頃から本人がしっかりガードしているけれど、日奈子はべつだん不満に思ってはいなかった。

駿一の原稿料や印税など高が知れている。一家の家計を賄う高額の不動産収入に比べれば物の数ではないのが現実だ。稲見家の主婦として所有不動産の管理を任されている身で、文句などあろうはずもないからである。

もっともそうはいっても、では、夫の小遣いの使途にまるきり関心がないのかといわれれば、それはまた別の話になる。決して女癖がいいとはいえない駿一のことで、用心するに越したことはない。夫の行動に目を光らせるのは妻の本分でもある。

だからその日、M銀行○○支店に出向いた駿一が、帰宅してショルダーバッグをテーブルに置くや否や、

「いけない！　傘を忘れてきた」

ふたたびあたふたと出て行ったとき、この隙にちょっと預金通帳を見てやろうか？

ふと悪い料簡を起こしたのも、無理からぬといえば無理からぬことだった。

見たからといって、どうしようという気はない。ちょっと覗いてみるだけだ。およそ妻という人種なら誰だって同じことをするだろう。

問題は、その預金通帳に記載された取引内容の中に、片仮名で〈キタニツグヒロ〉。

その七文字があったことである。

キタニツグヒロ＝木谷嗣弘。忘れもしない、あの久住産婦人科医院で駿一と同じ日に生まれた男児のことだ。そして母親の名は木谷百合枝。なんとその男に、駿一は毎月三十万円もの振り込み送金をしているらしい。

やっぱり――。駿一と嗣弘は互いに相手の存在を知り、そのうえでひそかに接触していたのである。背筋が凍りつくほどの衝撃だった。

これはもしかして遺産の分け前なのか？　それとも口止め料なのか？

噴き上がる疑問を胸に押し込め、けれど駿一に問い質《ただ》すことは最悪の選択だ。日奈子は、いきり立つ自分を必死に説き伏せた。

妻が預金通帳を盗み見たと知ったら、あの夫のことだ。容赦するはずがない。駿一は自分の出生に関する真実をひた隠しにしている。その秘密が暴かれたら、どうしてこれまでどおりの夫婦でいられるだろう？

なに食わぬ顔で夫に接する。さしあたりはそれでいくしかない。日奈子はすばやく結論を出した。

あのときの決断は決して間違ってはいなかったはずだ。とはいえ、その日を境に日奈子の人生は一八〇度転回したといっていい。

このまま放置することは得策ではない。現況を打開するには、自分から積極的に打って出ることだ。そのためには、まずは木谷嗣弘の住所を調べる必要がある。日奈子はさっそく行動を開始した。

調査事務所がよけいな詮索《せんさく》をしないよう、あえて身元調査は頼まず、現住所の探索のみを依頼する。そしてその報告を受けた日奈子が、木谷嗣弘とはどんな男か一度顔を見ておきたいと、自ら墨田《すみだ》区吹上《ふきあげ》の木谷宅を偵察したのは、だから必然のなせる業だったとしかいいようがない。

日奈子は伸ばした手指で両の目を覆った。

忘れもしないあの朝、物陰からひっそりと見守る日奈子の前に現れたあの男。玄関を振り返って軽く手を振り、足早に出て行ったその姿をこの目で捉《とら》えて以来、木谷嗣弘の面影がかたときも瞼《まぶた》から離れない。

とりかへばや。

木谷嗣弘がどんな人物であれ、あの家を見れば誰だって納得する。自分と駿一の立場を取り換えたいと思うのはごく自然な感情だ。

本物の稲見駿一を相手に、偽者の妻である自分は何ができるというのだろう？

しだいに遠ざかるその後ろ姿を見つめながら、日奈子はひたひたと迫りくる破滅の足音を聞いていた。

7

新城から再度連絡があったのは、前回の電話の十日後のことだった。

電話機のディスプレイに〈新城誠〉の文字を認めた瞬間、胸苦しさで息が詰まった。

震える手で喉元《のどもと》を押さえ、おそるおそるもう片方の手を伸ばす。

侮れない相手であることは実証ずみだが、この男に調査を依頼したのはほかならぬ自分だ。どこにお尻《しり》の持って行きようもない。

とりあえずどこまで探り当てたか見極める。それに、もしかしたら夫の行方が摑《つか》めたのかもしれない。

「はい、稲見でございます」

期待と不安がないまぜのまま受話器を取った日奈子に、

「新城です。あれから調査を進めたところ、だいぶいろいろなことが分かってきましてね。取り急ぎご報告です」

口上はあいかわらず簡潔だった。

もっとも、その声音にはどことなく緊迫感がある。

「主人の居場所は分かりましたか？」

日奈子はあえて強く出た。

それ以外の何を報告するつもりなのか？　言外に盤石の姿勢を匂わせる。

案の定、新城の声は心なしか低くなった。

「残念ながらそれはまだです」

「ですけど、調査をお願いしてから何日になるとお思いですか？」

「申しわけありません」

すなおに詫《わ》びをいう。が、すぐに攻勢に転じ、

「ですが、いくつか、稲見さんの失踪につながるかもしれない事実を摑むことはできました」

決定的な言葉を繰り出す。

「それはどんなことでしょうか？」

我知らず震え声になった。

けれどそんなことにはお構いなく、どんどん進めるつもりらしい。敵はさっさと説明を開始した。

「第一点は、稲見さんが毎月送金をしていたキタニユリエとキタニツグヒロ。そのふたりの身元が判明したことですね」

「本当ですか？」

「はい。まずはキタニユリエですが、漢字で書くと、木の枝の木に谷間の谷、百合の花の百合に木の枝の枝で木谷百合枝。これが母親で、キタニツグヒロは口に横が突き抜けない短冊の冊に司の嗣、弓偏にムの弘で嗣弘。こちらはその息子になります」

そこまで突き止められたなら、これはもう腹を括《くく》るしかない。日奈子はあらためてお腹に力を入れ直した。

「で、その親子は主人とどういう関係にあるんでしょうか？」

　必死に無垢《むく》の依頼人を装う。

「戸籍謄本によると、母親の木谷百合枝は七年前の九月、つまり稲見さんの口座からこの女性に振り込み送金がされた最後の月に、東京都墨田区で亡くなっています。死因は不明ですが、享年六十一。ということは、稲見さんからすれば母親の世代の人ですね。そうであれば、この女性は稲見さんの愛人ではなく、なにかの事情で稲見さんに金銭を要求できる立場にあったと考えるべきでしょう」

「なるほどね」

「そしてここからが重要なのですが、戸籍の附票から、彼女は生涯の大半を東京都墨田区で過ごしたものの、五十年近く前の一時期、埼玉県戸田市、それも志津子さんの実家からほど近いところに住んでいたことが判明しています」

「そうなんですか」

「しかも、それだけではありません。百合枝は終生独身だったのですが、なんと志津子さんが駿一さんを産んだのと同じ年の同じ日に、同じ戸田市内で息子の嗣弘を産んでいるんですね。つまり稲見さんと木谷嗣弘は、誕生日も出生地も共通しているということです。これは偶然で片づけるには明らかにでき過ぎだといえるでしょう」

「はぁ」

「で、その嗣弘ですが、彼は非嫡出子なうえに認知もされていないので、少なくとも戸籍上は父親もきょうだいもいません。そこで問題は、この木谷母子《おやこ》がいつどこで稲見さんと接触したのかということですが、百合枝は嗣弘が三歳のときに墨田区の実家に戻り、亡くなるまでそこにいたようですから、それは彼らが戸田にいた間のことだと考えていいでしょう。それも出産の日時と場所からいって、志津子さんと百合枝は戸田市内の同じ病院で出産した可能性が高いと思われます」

「はぁ」

「そして、仮に百合枝が志津子さんを強請《ゆす》るネタを手に入れたとしたら、当然ながら、それはそのときの出来事だと考えざるを得ません」

新城は得々としているけれど、こちらは切り返すどころではない。

「そうですね」

日奈子はとりあえず相槌《あいづち》を打った。

「で、強請りのネタと仰《おつしや》いますと？　具体的にはどんなことでしょうか？」

「もちろん正確なところは分かりません。ですが、なにか不都合な現場を見られたとか、秘密を嗅《か》ぎつけられたとかね。なんらかの弱みを握られたものと思われます」

ここでこちらの反応を窺《うかが》うかのような間が空いたけれど、うまい台詞《せりふ》が出て来るわけもない。

「ちょっと信じられないとしか……」

はぐらかすだけで精いっぱいだ。

「そこでお訊《き》きしますが、奥さんは志津子さんが出産した病院をご存じですか？」

続く新城の質問に、

「いえ、存じません」

こんどはとっさに嘘が出た。

もっとも新城は何も疑わなかったようで、

「そうですか」

すんなりと引き下がると、報告を継続する。

「実は私は、戸田市内の病院や産院に片っ端から問い合わせをしたんですがね。個人情報ということで答えてもらえませんでした」

「はぁ」

「ま、仕方ありません。いまはどこも情報の管理に神経を尖《とが》らせていますから。そうでなくても、どだい四十八年前の話ですからね。記録だって残っていないでしょう」

さばさばとした口調ながら、やはり残念そうだ。

ということは、あのゆるゆるの対応だった久住産婦人科医院も、さすがに新城からの問い合わせは撥《は》ねつけたことになる。あたりまえといえばあたりまえながら、日奈子は安堵《あんど》の息を吐いた。

「ですが、問題はそれだけではありません。嗣弘は二年五ヵ月前の二〇××年十月、井《い》上《の》祥子《うえしょうこ》という女性と結婚しています」

「二〇××年十月――ですか？」

「はい。もうお気づきでしょうが、これは私が先日ご報告したとおり、稲見さんが木谷嗣弘に毎月三十万円の振り込み送金を始めた時期とぴったり一致しています。これも到底偶然とはいえないでしょう」

「結婚を機に、嗣弘も母親に倣って強請《ゆすり》を始めたということでしょうか？」

「そう考えるべきですね」

「では、とにかくその木谷嗣弘という人に会ってみれば、そこらへんの事情は分かるわけですね？」

ふたたび嗣弘のあの顔が浮かび上がる。

慎重に言葉を選んだ日奈子に、

「いや、それなんですがね」

新城はぐっと口調を改めた。

暗く沈むようなその口吻《こうふん》は、これからの展開を予測させるに充分だ。

「最初からお話しするべきだったかもしれませんが、実をいえば、木谷嗣弘はすでに亡くなっています」

「まさか！」

悲鳴のごとき声が出た。

「本当です。死亡地は東京都墨田区。それも嗣弘だけではありません。その二日後には、妻の祥子も亡くなっています」

「それはいつのことですか？」

「去年の十二月十八日。ちょうど稲見さんが取材旅行に出られた翌日のことですね」

「死因はなんでしょうか？」

「そこまでは分かりません。早急に調べる必要がありますが、夫婦そろって死亡しているところから、おそらく病気ではないでしょう。事故か事件の可能性が高いですね」

もはや次の言葉は出ない。

鉛のような沈黙が立ち込めたけれど、新城は無駄に時間を費やす気はないらしい。

「ところで、一つご提案なんですが」

気分を一新するかのように切り出してくる。

「私は今日の午後、吹上の木谷宅を訪ねてみようと思っています。誰も住んでいないかもしれませんが、自分の目で確認することは大きな意味がありますから」

「そういうものですか？」

「当然です。周辺の店舗や住民の方々に訊き込みもできますし、なにより稲見さんの姿を見かけた人がいないともかぎりません」

「そうなんですね」

「そこでご相談なのですが、もしお差し支えなかったら、私と一緒に現場に行くというのはいかがでしょう？　たとえば午後一時にO駅の改札口で待ち合わせれば、夕方までたっぷり時間が取れると思いますが」

ここでさらりと駿一の存在を匂わすあたり、まるで彼らの死亡に夫が関与しているといわんばかりだ。

「主人が殺人犯だとでもいうおつもりですか？」

皮肉を込めた日奈子の抗議に、けれど新城はびくともしなかった。

「そんなことはいっていません。ですが、奥さんだってお分かりでしょう？　稲見さんが行方不明になるのとほぼ同時に、嗣弘夫婦が亡くなっているんです。常識的に見て、稲見さんの失踪《しっそう》と彼らの死亡との間には、なんらかの関連があると考えないわけにはいきません」

冷静に返してくる。

「それはそうかもしれません。ですけど現場での訊き込みでしたら、私より中島さんの方が適任ではないでしょうか」

「まぁ、そのとおりなんですがね。奥さんも関心がおありじゃないかと思ったものですから。もちろん、嫌なら無理にとは申しません」

ここまでいわれて拒絶するのは得策ではない。日奈子は瞬時に方針を転換させた。

「了解いたしました」

意識して愛想のいい声を出す。

「ただ、あいにくこのところ用事が立て込んでおりますので、今日は新城さんおひとりで行っていただけないでしょうか。その代わり、近いうちにかならず私も現場にまいります」

「おひとりでもだいじょうぶですか？」

「はい、それはだいじょうぶです。以前友人がO駅の近くに住んでいましたので、あのあたりには土地勘がありますから」

日奈子が請け合い、新城も納得したようだ。

「分かりました。それでは、とりあえず私ひとりで行くことにしましょう」

「よろしくお願いいたします。それから、できましたら今夜にでも結果をお知らせ願えますでしょうか」

「承知しました」

息詰まるような会話を終え、ようやく受話器を下ろすと、日奈子はリビングのソファにへたり込んだ。胸の動悸《どうき》はまだ治まらない。明言こそしないものの、新城は明らかに駿一を疑っている。取材旅行に行くと見せかけて、嗣弘夫婦の殺害を企てる。それが新城の頭にある事件の〈真相〉だ。

いまはまだ新生児の取り違えには気づいていないようだが、いっぱしの探偵気取りのあの男は、今後どこまで真相に迫るだろうか？

日奈子はいまさらながら、赤ん坊取り違え事件が生み出した闇の深さにおののきを覚えた。それがどれほど不愉快であっても、木谷嗣弘が本当の稲見駿一だった事実は変えられない。産院での取り違えさえなければ、彼は稲見家の跡取り息子として洋々たる人生を謳歌《おうか》するはずだったのだ。そしてかくいうこの自分も、今頃はあの男の妻として優雅な奥様を演じていたのかもしれない。

そもそも駿一を産んだ百合枝とはどんな女だったのだろう？　日奈子は目を閉じると、姿かたちも知らないその女に心を寄せた。

とりかへばや。

誰だって、自分の子は自分の手で育てたいに決まっている。それはそうだとしても、できることなら自分の子は貧乏人ではなく金持ちであってほしい。それもまた母親の偽らざる本音というものだ。

我が子と信じて育ててきた息子が、実は自分の子ではなく資産家の御曹司だったこと。そして貧乏暮らしのその子の代わりに、自分の本当の息子がその恵まれた境遇を享受していること。真実を知ったとき、それでも、我が子を取り戻すためにふたりを取り換えたい。母親なら誰しもそう願うものなのだろうか？

少なくとも、百合枝は違っていた。それは疑いがない。日奈子には彼女の心境が手に取るように分かる。

ここで子供たちを交換したところで、幸せな将来が約束されるのは自分が育てた他人の子だ。突然御曹司の地位から転落する本当の我が子も、そして本当の我が子を手元に取り戻した自分も、未来永劫《みらいえいごう》、この夢も希望もない貧乏暮らしを続けるだけ——。潤うものは何もない。

それなら子供の交換などせず、この状況を最大限に活用する方が断然いい。百合枝はそう計算したはずだ。

そして志津子。あの薄幸だった義母もまた悩みは尽きなかったに相違ない。夫陽介の死に加え、実家に戻っての出産や育児。

ただでさえ弱い嫁の立場で、

「これまであなた方が孫だと思っていた駿一は、新生児の取り違えのせいで、本当は赤の他人だったことが分かりました。つきましては本物の駿一と交換しますので、これからはそちらを可愛がってください」

義父母相手にそんなことをほざけるわけもない。

舅《しゅうと》・姑《しゅうとめ》の不興を買うくらいなら、このままにしておくにかぎる。志津子のその選択が誤りだったと、どうしていえるだろう？

忍び寄る破滅の足音。

ゆっくりと身体を起こすと、日奈子はしばし虚空を睨《にら》んでいた。

第三章　焼死した男

1

転機は思わぬ拍子にやって来るものだ。

墨田区吹上の木造二階建て住宅一棟が全焼し、焼け跡からこの家の主《あるじ》・木谷嗣弘の焼死体が見つかった事件は、新城と私の活動に大きな転換を迫らずにはいなかった。

なにしろそれまでその安否を気遣われていた稲見駿一が、実は被害者どころか殺人犯である疑いが浮上したのである。攻守大逆転。捜索の方針を根底から見直す必要に迫られたことはいうまでもない。

事件の発生は昨年の十二月十八日未明。つまり稲見の失踪の翌日のことで、出火の原因は放火。犯人は不明とされている。

しかも犠牲者は嗣弘だけではない。意識不明の重体で救出された妻・祥子も全身にやけどを負い、二日後に入院先の病院で死亡している。

冬場の東京のことで、火事のニュースはめずらしくもないとはいえ、ふたりも死者が出た放火事件となればことは重大だ。当然、テレビや新聞でも大きく取り上げられたはずだけれど、正直、私には記憶がない。

それは新城も同様で、そもそも当時はふたりとも嗣弘のツの字も知らなかったのが実情だ。この放火事件の意味するところなど分かる由もない。特別の関心を持たなかったのはあたりまえだった。

人の噂も七十五日。どんな凶悪犯罪でも時間が経てば風化するのが世の常だ。だから、新城が木谷嗣弘の焼死事件に注目したきっかけはほかでもない。

稲見のM銀行〇〇支店の預金口座を調べたところ、同口座からキタニツグヒロなる人物に毎月三十万円もの金額が振り込まれている事実が判明したからで、これは何かある。さらに遡《さかのぼ》ると、キタニツグヒロだけではない。キタニユリエという女性にも、過去に一定額の送金が実施されていたことが判明したのである。

聞けば、日奈子はそのどちらにも思い当たるフシがないという。

となれば、早急に彼らの身元を洗う必要がある。そこで得意の人脈を駆使した結果、その正体を摑《つか》んだことはもちろん、芋づる式にこの放火事件にたどり着いたのが真相で、不謹慎ながら、望外の進展を見たことになる。

もっとも、このところの私はめちゃくちゃ多忙だった。ただでさえ出版不況で人員が減っているうえに、著作権をめぐるトラブルや印刷所でのアクシデントが重なったために、とてもではないが探偵ごっこをしている暇はない。たった数行のメールをする間も惜しいありさまだった。

だから、新城からこの衝撃的なニュースを聞いたのはつい数日前のことで、場所は自宅マンション。数日来の大仕事がとりあえず一段落し、久方ぶりに定時に帰宅できる、そういうタイミングだった。

何はともあれリラックスしたい。

ありがたいことに、最近は外食をしなくても自宅でレストランの味が楽しめる。稲見の件も気になっているところではあるし、今夜は家でゆっくり捜査会議といこう。私は最初から決めていた。

厳選したディナーは、チキンとマトンのカレーにシークカバブ。それにジャガイモのサモサとナン。最近オープンしたばかりのインド料理店で、コックもウェイターも――たぶん――インド人だ。日本人に迎合しない味付けで、これがびっくりするほどおいしい。

「うん、これはいける」

まずはカバブにかぶりついた新城が宣告を下した。さながら神聖なる占いの結果を告げる古代エジプトの神官だ。

新城は見かけどおりの大食漢ながら、同時にシビアな食通でもある。もっとも、口に合わないからといって食べ残したりはしない。出されたものはなんでも平らげる。そこが新城の新城たるところで、そのせいか、彼のことをただの大食らいだと思っている輩《やから》は多い。

その新城が舌鼓を打ったのだから、この店は合格ということだ。とりあえず今日は一戦一勝。次回が楽しみだ。

けれどももちろん、この日最大の収穫は食事ではない。

ふたりとも心置きなく事件の話に没入出来たことで、素人探偵といえども、秘密厳守は業務遂行の一丁目一番地だ。周囲の耳目を気にしていたら、どんなに声を潜めてもこうはいかない。

もともと、本業でも新城は意外と気が回る人間だ。気ままにふるまっていると見せて油断させ、実際はその隙に相手を観察する。大切なのは相互の信頼関係で、警戒された時点でその取材は失敗だというのがポリシーだ。

そしてもう一つ、新城がこだわっているものはけじめということになる。それもオンとオフ、公と私のけじめにかぎらない。彼にとっては男女の仲もそうで、それは人と人がつき合ううえでの基本原則であるらしい。

そのいい例が、各人が自分の城を持つということだ。

私は新城に合鍵《あいかぎ》を預けてあるけれど、それはあくまでも非常時用で、彼が留守中に上がり込んだことは一度もない。つまり彼はまだその鍵を使ったことがないわけで、私の在宅中も玄関チャイムを鳴らし、ドアが開くまでじっと待っている。

もっともこれについては、たいがい両手がふさがっているという事情もある。

この日も私が玄関ドアを開けると、

「悪い！　遅くなった」

詫《わ》びをいいながら、するりと身体をすべり込ませた。

見れば、手にはチリ産赤ワインがふた瓶と苺《いちご》がひとパック。そのときどきで、それはウィスキーとチョコレートになったり焼酎《しょうちゅう》としゃもになったりするけれど、花束に化けることはない。

そしてほとんどの場合、私たちの会話は和やかというよりエキサイティングの方向に進むのだが、それにしても今回は少し様子が違っていた。

「実は例の件だけどね。今日は大いに進展があった」

ダイニングチェアにどっかと腰を下ろし、おもむろに口を開く。

その声を聞いただけで、めずらしく興奮していることが窺《うかが》えた。

「稲見さんの居所が摑めたの？」

勢い込んで尋ねると、

「いや、それはまだだけどな。キタニユリエとキタニツグヒロ、あのふたりの身元が判明した」

いきなりビッグニュースの到来だ。

「へぇ、すごいじゃない！　で、彼らはどんな人たちなの？」

手加減なしの大声になった。

「俺たちの想像どおり、ふたりは親子だった。ユリエが母親で、ツグヒロはその息子だ。ただし父親は稲見さんではない。そしてふたりともすでに死んでいる」

「ほんとに？」

「本当だ。ユリエは志津子とほぼ同年代で、生きていればとっくに七十を過ぎている」

「そうだったのね」

「けど驚くべきはそこじゃない。なんとユリエという女は、志津子が稲見さんを出産したのとまったく同じ日に、同じ戸田市内でツグヒロを産んでいるんだな」

「同じ産院で？」

「たぶんね」

「それで、その親子は稲見さんとどんな関わりがあったの？」

「その点は不明だ。残念ながら、当事者は全員死んでいるか行方不明だからな。そこは想像するしかない」

新城が肩をすくめる。

彼の説明によれば、調査事務所から木谷百合枝と木谷嗣弘に関する報告文書が送信されて来たのは、今朝早くのことだったという。

片仮名の氏名だけを頼りに実在する人間を捜し出す――。広大な浜辺から一粒の砂を拾い上げるに等しい行為だ。気の遠くなるような作業に思えるけれど、蛇《じゃ》の道は蛇《へび》。プロにはそれなりの手づるがあるのだろうか？

ともあれ、報告内容は驚くべきものだった。百合枝と嗣弘が実の母子《おやこ》であること。嗣弘は駿一と同じ日に同じ戸田市内で生まれていること。そして、その嗣弘は稲見が失踪《しっそう》した翌日に死亡していること。

これらの事実はすべて一直線でつながっていると考えられる。実地調査と訊《き》き込みを兼ね、新城がただちに吹上の現地に赴いたのは当然だった。

さすがに下町だけあって、人間関係にも濃密なものがある。近所の人たちはよく見ていたようだ。

だいたい東京に生まれ育ち、その後もずっと墨田区の実家で暮らしていた百合枝が、埼玉県戸田市で出産をしたのはなぜなのか？　最初の疑問はそこだったけれど、近隣の住人の証言によれば、百合枝は当時、ダンスパーティで知り合った山本《やまもと》という男と同棲《どうせい》していたのだという。

その山本は、某市議会議員の秘書だとも経営コンサルタントだとも自称していたらしいけれど、実際のところは分からない。要するに素性の知れない人物で、本当に独身だったのかも怪しいものだ。

色男で頭脳明晰《めいせき》なのはいいとして、倫理観や責任感はゼロ。嗣弘という息子が生まれても、結婚する気はまるでなかったようだ。

そんなふうだから――女の側にも問題はあったにせよ――破局は早かった。すったもんだの末に百合枝が吹上に戻ったのは、嗣弘が三歳のとき。結局、六十一歳で病死するまでそこで生涯を過ごしている。

では、実家に戻った百合枝は何をしていたのか？　知りたいのはそこだけれど、これがどうにも判然としない。

働いてもいないのに生活に困っていた様子はなく、かといって新しい男が出来たわけでもなさそうだ。それも両親の存命中だけではない。息子とふたりきりになっても、しごくのんきに暮らしていたという。

もとより認知もしない男が養育費を払うはずがない。百合枝も最初から山本をアテにしてはいなかったようだ。もっとも百合枝も百合枝で、子供はほったらかし、日がな一日テレビを見ていたというのが、近所の声だった。

となると、百合枝の収入はもっぱら稲見家からの送金で、志津子と駿一はいわば彼女のカネづるだったのではないか？　そう考えるのが自然というもので、それを裏づけるかのように、駿一から百合枝への振り込みは、百合枝の死と機を同じくして終了している。

この振り込み送金がこんどは息子の嗣弘宛てに再開されたのは、嗣弘が祥子と結婚した二年五ヵ月前のことで、その間には数年間のブランクがある。理由は不明ながら、これもやはり彼ら夫婦の生活費に充てられていたとみていいだろう。

それというのも、この嗣弘もまたどうにも得体の知れない男だからで、直接面識のある隣人たちですら、子供時代はともかく、長じてからのことはほとんど知らないのだという。

その子供時代にしても、母親からもさして愛されていなかっただけに、よくひとりでぽつんと家の外にいたといい、親しい友達もいなかったようだ。

それでも小学校低学年までは勉強がよくできた嗣弘が、だんだんと学校をさぼり始め、ついに不登校になったのは中学に入ってからのことらしい。早くいえば、ぐれたわけである。地元の都立高校に進学したものの、結局は家を飛び出したまま中退で終わっている。

それっきり、どこでどうしているのやら——。百合枝は存外さばさばしていたというけれど、そこは親子のことだ。最低限の音信はあったのだろう。百合枝が脳溢血《のういっけつ》で急死してからは、嗣弘もときおりは姿を見せて空き家の管理をしていたという。

あいかわらずとっつきは悪いものの、さすがに年の功で粗暴な言動はない。そうはいっても、とても堅気とは思えないというのが、近所の一致した見方だった。

そうだとすれば、結婚を機に自宅に戻って来た嗣弘に、周囲の目がかならずしも温かくなかったことは想像がつく。

新城の話を聞き終えて、私は重い息を吐き出した。

無責任な父親に怠惰な母親。これでは嗣弘が道を踏みはずしても責められないというものだ。

「百合枝が強請《ゆすり》で食べていたことが、これではっきりしたわけね」

私は結論を出した。

「だな」

「それにしても、百合枝が死んでいったんは送金が止まったのに、何年かして復活したのはなぜだったのかしら？」

「結婚してカネが入用になった嗣弘が、母親に倣って脅迫を再開したんだろうな」

「さもなければ、家の中を整理したら、強請のネタを記した百合枝のメモが出て来たとかね」

「それもあり得る」

「だけど、それだけ長期間にわたって強請《ゆす》られたということは、稲見家にはよほど致命的な弱みがあったってことよね？」

「まあな」

「となると、志津子と百合枝の接点だけど、そもそもふたりはどこで知り合ったのかな？　まこっちゃんはどう思う？」

私が水を向けると、新城は待ってましたとばかりに鼻をうごめかした。

「そりゃ、稲見さんと嗣弘が同じ日に生まれたからには、ふたりは同じ病院で出産をして、そこで知り合ったと考えるべきだろう」

「だよね」

「そこで志津子は百合枝になんらかの弱みを握られた可能性が高い」

「やっぱり。だとすると、いちばんありそうなのは志津子の不倫じゃないかなぁ？」

それしかすぐには思いつかない。手っ取り早い強請りのネタといえば、まずそんなところだろう。

けれど新城はかならずしも賛同しないらしい。

「不倫ねえ」

わざとらしく首をかしげてみせた。

「だって、もし稲見さんが不倫の子だったと知ったら、稲見の祖父母が黙っているわけがないでしょ？ 生活費は即ストップになるだろうし、将来の相続だってどうなるか分からない。強請りのネタとしては最強よ」

「でもな。いくら志津子が気を許していたとしても、そんな重大な秘密を赤の他人にぺらぺらしゃべるか？ 俺には信じられないね」

「聞き上手の百合枝に乗せられて、うっかり口を滑らせたのかもしれない」

「それにしたって、ちょっとなぁ」

「だけど、人は自分が経験したことを話したがる、っていうじゃないの。ベテラン刑事が被疑者を落とすのと同じ要領ね。相手の虚栄心をじょうずにくすぐるのがコツらしいよ」

私の粘り腰に、新城はあきれ顔だ。

「じゃまぁ、そうだったとしよう」

不承不承ながらも譲歩する姿勢を見せた。

「百合枝に尻尾《しっぽ》を摑《つか》まれた志津子は、口止め料として毎月の生活費を仕送りする羽目になり、志津子の死後は稲見さんがそれを引き継いだ。と、そこまではいい。だけど百合枝が死んで、稲見の祖父母も他界したいまとなってはどんなものかな？　もはや誰にはばかる必要もないのに、どうして稲見さんが嗣弘に強請られなきゃいけない？」

「百合枝は志津子と正式な契約書を取り交わしていて、母親が持っていた権利を息子の嗣弘が相続したんじゃないの？」

「だとしても、もともとが強請りから生じた債権だからな。いうところの〈公序良俗違反により無効〉というヤツだ。仮に裁判になっても、約束どおり脅迫者に口止め料を払え、なんて判決が下るわけがないだろ？」

「ま、それもそうね」

新城に指摘され、そんな法律用語があったことを思い出した。ぐうの音も出ないとはこのことで、あっさりと降参だ。

とはいうものの、これで引き下がるわけにはいかない。私は知恵をめぐらせた。

「じゃあ、自殺したとされている陽介は実は志津子に殺されたというのはどう？」

かなりいい線を衝《つ》いていると思ったけれど、新城はこれも却下する気のようだ。

「『本当は、私が夫を殺したのよ』ってか？　志津子が出産仲間を相手に殺人自慢をしたとでも？」

余裕たっぷりに返して来る。

「そうはいわないけど――。でも百合枝になにか決定的な証拠を握られたことはあり得ると思う」

「そこまでいくと、もはやミステリーの世界だな」

「だけど絶対にないとはいえないわよね？　たとえば、百合枝はたまたま志津子が陽介をビルの屋上から突き落とす現場に居合わせたけれど、その時点では犯人が何者かは分からなかった。ところが産院でばったり志津子と顔を合わせて、あのときの犯人が被害者の妻であることを知った、とか」

むきになる私に、新城はじっとりと唇の端を歪《ゆが》ませた。

新城がこんな顔を見せるのは、ことの展開を楽しんでいるときと決まっている。

「ま、何事にも絶対はないからな。可能性の一つではある」

「でしょう？」

「もっとも当時の法律だと、百合枝が死んだときにはとっくに殺人罪の時効が成立していたけどね」

いやなことをいう。

「たとえ法律上は時効が成立しても、母親が殺人犯だというのは世間的にまずいんじゃないの？　息子の身にすれば、なんとしても隠したい秘密なはずよ」

私は粘った。

「だったら、稲見さんが嗣弘の要求に応じたのも自然な成り行きだったといえるんじゃないの？」

「それはいえる」

一瞬勝ち誇ったものの、そこで大事なことを思い出した。

「でも、まこっちゃん。そういえばあなた、百合枝と嗣弘のふたりともすでに死んでいる、っていわなかったっけ？」

「いった」

新城がうなずく。

「それってどういうこと？」

「去年の十二月十八日未明のことだ。墨田区吹上の木谷嗣弘方から出火して二階建て住宅一棟が全焼。焼け跡から木谷嗣弘の焼死体が発見された」

「十二月十八日の未明って、まさか！」

あんまりびっくりして、続く言葉が出ない。

「そのまさかだ。火事の原因は放火。ちなみに犯人はまだ見つかっていない」

そう告げる新城の顔から、もはやお遊びの色はすっかり消え去っている。

室温が急激に下がった気がした。

2

新城が調べたところでは、木谷嗣弘の自宅が燃えているとの一一九番通報があったのは、十二月十八日午前三時過ぎのことだったらしい。

通報者はたまたま通りかかった近隣の住民で、消防車が到着したときには建物全体が火に包まれ、すでに全焼は避けられない状態だったという。

現場はO駅から徒歩十二分。昔ながらの個人商店と戸建て住宅が混在する住宅街の中ほどに位置し、幅四メートルの公道に面している。ただし交通量はさほど多くない。深夜の時間帯だったこともあるけれど、夜になるとばったり人通りが途絶えるうえに、火の回りが異常に早かったことが発見の遅れにつながったと見られている。

不幸中の幸いは、木谷宅の北側、四メートル道路から向かって右隣は月極《つきぎめ》駐車場になっていたこと。そしてその日は南の風だったおかげで、向かって左隣の住宅が辛くも類焼を免れたことだろう。

幸運はもう一つあって、こういった近隣商業地域では、各建物の玄関が公道に接するよう背中合わせに建っていることが多い。建ぺい率も他の用途地域より高めだから、ひとたび火事が起きれば後ろ隣に燃え移る危険性は大いにある。

ところが木谷宅の並びの建物は、たまたま裏側が高さ約二・五メートルの崖《がけ》になっている。おかげで崖下の隣家は燃え上がる炎になめられることなく、被害は最小限にくい止められたのである。

亡くなった嗣弘夫婦にはまことに気の毒ながら、近隣の住民が巻き添えにならずにすんだのはせめてもの慰めと思うしかない。

出火当時は人通りが途絶えていたとはいえ、火事にやじ馬は付き物だ。消火活動が始まった頃には、未明の時間帯にもかかわらず続々と人が集まり、ふだんは静かな住宅街が騒然とした空気に包まれたことは想像にかたくない。

一刻も早く火を消すことは当然として、消防隊のみならず、やじ馬にとっても最大の関心事は火中にいる人間の救出である。現場の喧騒《けんそう》は、建物内に突入したレスキュー隊が玄関土間で倒れていたこの家の主婦・祥子を救出するにおよんで、ボルテージも最高になった。

おそらく二階で眠っていたところで目を覚まし、なんとか玄関までたどり着いたものの、そこで力尽きたのだろう。全身にやけどを負い意識不明の重体で、病院での手当てもむなしく二日後に死亡している。

もっともレスキュー隊員はひと息つくどころではない。家の中にはまだ夫がいるはずで、そちらも早く救出しないと手遅れになる。

気ははやるばかりながら、玄関脇の座敷にも板敷きの台所にも、さらには二畳ほどの風呂場《ふろば》と便所にも人影はない。夫は二階だと考えるしかないけれど、なにしろすさまじい火勢である。炎の中を二階まで駆け上がるのは危険が大き過ぎる。といって、二階の窓を割って外から突入しようにも、へたをしたら二階の床もろとも崩れ落ちかねない。それに加えて、この家の主《あるじ》は留守が多いという近隣住人の証言もある。二階に本当に人がいるかどうかも不明な状況でリスクを冒すことは、いくらなんでもためらわれた。これは結局、焼け跡から黒焦げの遺体が出現したためにミスリードだったことが判明したけれど、だからといって消防を責めるのは酷というものだろう。あまりにも悲惨なその結末に、さしものやじ馬たちも声を失ったらしい。

焼死――。正直いって、それは数ある事故死の中でもいちばん悲惨な死に方の一つだ。

「焼死体はね、とても親族には見せられませんよ」

法医学の専門家という人がテレビで話していたのを聞いた覚えがある。

たとえ嗣弘が問題ある人物だとしても、だからといってひどい目に遭ってもいいわけではない。想像しただけで胸が痛くなる。

「だけど祥子は自力で一階に下りたのに、嗣弘はどうして逃げ遅れたのかな？　隣で夫が寝ているのに、声もかけないのは変だと思わない？」

私が呈した疑問に、新城は小首をかしげた。

「さぁ、それはどうかな。起こそうとはしたものの、酔い潰《つぶ》れて目を覚まさなかったのかもしれない。火の回りが早くて、自分が逃げるだけでやっとだったんじゃないか？」

ま、そういう可能性もある。

「で、放火だったことは確かなの？」

「それは間違いない。警察が断定している。木造家屋なんていってみれば薪《まき》みたいなもんだからな。そこにガソリンが加わっていっきに燃え広がったんだろう」

「ということは、犯人には明確な殺意があったってわけね？」

私は結論を述べた。

犯人――。それが誰を指すかは暗黙の了解事項だ。

当然異論はないはずなのに、新城はうっすらと顔を曇らせた。

「それが、そうともいえないんだな。というか、俺が聞きおよんだかぎりでは、これは単発の事件ではなくて連続放火魔の犯行だと目されているらしい」

私は純粋に驚いた。

「連続放火魔？」

「うん。一件目はこの事件の一ヵ月ほど前のことでね。木谷の家から約一キロ離れたラーメン屋が被害に遭っている。時刻はやはり真夜中の午前三時前後。ガソリンをぶっかけて火をつける手口も同じなんだが、幸いこの店は休業中でね。近々解体して建て替えることが決まっていた」

「そうなの」

「だから人的被害はゼロだったけど、建物は見事に焼け落ちたというからな。放火魔としては大成功だったと思われる」

「だけど、それじゃ犯人はなんのために放火したわけ？　店舗なら火災保険に入ってるだろうし、建て替えが決まってたんなら、被害者は困るどころか大喜びじゃないの？」

「そりゃ、放火の動機がいやがらせならばね。被害者はぼろ家を壊す手間がはぶけるうえに、保険金が手に入る。焼け太りとはいわなくてもダメージは少ない」

「よね？」

「ところが、世で放火魔と呼ばれる連中の大部分は、実は被害者に対する恨みなんかこれっぽっちもないんだな。連中の狙いはただ一つ。火事が起きれば、現場には真っ赤な火の手が上がり、サイレン音を轟《とどろ》かせた消防車が何台も集結する。その騒ぎに生理的快感を覚えるんだ」

「ほんとに？」

「ああ、そうだ。だから、やつらはかならずどこかで火事を見物しているといわれている。放火犯人が往々にしてやじ馬の中に紛れ込んでいるのは、そういう心理の現れらしい」

「なにそれ？　頭おかしいんじゃないの？」

思わず言葉が出た。

周囲からは変わり者扱いされている私でも、そんな心理は理解のほかだ。

「なにも放火犯にかぎらない。怨恨《えんこん》やカネ目当てといった、誰にでも分かる動機がないのに犯行を重ねるやつは、たいがいが一種の異常人格者だよ。まともな判断力を欠いていることは疑いがない」

「だけど、そんな人たちに殺された日には、被害者はたまったものじゃないよね？　どうせ責任能力がないという理由で無罪になるんでしょ？」

これは以前から、この種の事件が報道されるたびに腹立たしく思っていることだ。私は考えてしまったけれど、新城は構わず進めていく。

「で、二件目だけど、こちらはその一週間後、木谷の家から反対方向に一・五キロ離れた材木屋が狙われている。燃やされたのは本体の建物から十二、三メートル離れた倉庫で、建築資材が保管されていたらしい」

「倉庫ということは、やっぱり無人なわけね？」

「そういうことだ。しかもそこは比較的人通りが多いこともあって、ぼやのうちに発見されたからな。大きな被害は受けずにすんだ。だから一部には、この放火犯は火事は好きでも人は殺さないという見方もあったようだ。ところがまるまる三週間が経っても事件が起きず、なんとなく警戒心が薄れたところで、こんどは人が住んでいるふつうの住宅が被害にあったわけだ」

「だとしたら、犯人はたまたま放火しやすい物件を選んだだけで、それが空き家だろうが人が住んでいようが、気に留めていなかったんじゃない？」

私の指摘に、

「それはあり得る」

新城は大きくうなずいた。

「だけどもう一つ考えられるのはね。木谷の家があんまり古ぼけていたんで、犯人が空き家だと勘違いしたってことだ。現に警察の中でもそういう見解があるらしい」

「嗣弘の家ってそんなにぼろ家だったの？」

「みたいだね。もっとも俺だって実物を見たわけじゃないからな。今日現地に行ったら、焼け跡はきれいに片づけられて更地になっていた」

「そうなの？」

「おまけにこの事件を最後に墨田区内で放火事件が起きていないことも、この説をあと押ししているようだ。快楽犯のつもりが死人まで出てしまい、さすがに犯人がビビったんじゃないか、とね」

「なるほど」

「だから、それはそれで筋は通るんだけどさ。好美はどう思う？　犯人は、建物は燃やしても人殺しはしない良心的連続放火魔だった。それで納得できるかい？」

いいながら、私の目を覗《のぞ》き込む。

「そういう自分はどうなのよ？」

私は切り返した。

「ま、きみと同じだといっておこう。一件目と二件目は、連続放火魔による犯行に見せかけるためのカムフラージュで、犯人の狙いは最初から木谷嗣弘の殺害にあった――」

「例の有名なトリック」

思わずつぶやきが出た。

新城がにやりとする。

「稲見さんがミステリーファンかどうかは知らない。というか、俺の見立てではそんなものは読んでいない可能性が高いね。だがまぁ、古典的名作を相手にいうのもなんだけど、その程度の小細工なら彼が自分で思いついたとしてもふしぎはない」

「まあね」

「稲見さんは毎晩自宅で寝るとは決まっていない。仕事場のマンションに泊まり込むこともしょっちゅうらしいからな」

「つまり犯行のチャンスはいくらでもあったわけね」

「そのとおり」

「でも、だとしたら――」

期せずして顔を見合わせた。

稲見駿一が犯人。もしそれが事実なら、我々はいま何をすべきで、何をすべきでないのか？　私には見当もつかない。

「今後どういう展開になったとしても、俺は稲見さんを告発する気はない」

私の内心を見透かしたかのように、新城が宣告する。

「だけど好美には好美の考えがある。きみの行動を規制するつもりはないよ」

私はあらためて新城を見つめ直した。

「私だって、警察に密告しようなんて思っていない。でも、一つだけ教えてほしいんだけど、あなたが稲見さんを庇《かば》う理由は、殺された嗣弘が稲見さんを強請《ゆす》っていたからなの？　それとも日奈子さんがあなたの依頼人だからなの？」

強請りは卑劣極まりない犯罪だ。その強請りで食べていこうという人間は、新城が最も嫌悪する存在のはずだ。

そして日奈子。素人探偵といえども、新城にとって彼女は依頼人だ。その依頼人の信頼を裏切る行為はできれば避けたいに決まっている。

新城は太い息を吐き出した。

「たとえ嗣弘がろくでもない男だったとしても、殺人が正当化されるわけがない。しかもこの火災で死んだのは嗣弘だけじゃない。妻の祥子も犠牲になっている。近隣の家が類焼を免れたのだって、消防隊の到着が早かったとか、当日の風向きとか、たまたま幸運が重なったに過ぎないともいえるからね。どんな事情があろうと、俺は放火という行為は容認できない」

「それはそうよね」

「だけど、じゃあ俺が稲見さんを告発するかといえば、それはまた別の話になる。なぜかというと、この放火事件に関していま我々が持っている知識は、基本的には俺が集めたものではあるけどさ。それが可能だったのは日奈子さんが情報を提供してくれたからだ」

「もしこんな結果になると分かっていたら、彼女は決して俺に打ち明け話などしなかっただろう。その前提を無視して、稲見さんを警察に突き出す気にはなれない」

「要するに、守秘義務があるということ？」

「いや、それともちょっと違うな」

新城は首を横に振った。

「確かに俺は日奈子さんから稲見さん捜索の依頼を受けたけどね。プロの探偵としてではなく、知人として相談されただけだから、そもそも守秘義務違反には該当しないんだな。それに実際のところ、稲見さんが本当に犯人なのかどうかだって証拠があるわけじゃない。すべては憶測の域を出ないといわれたらそれまでだ」

新城にも当然迷いがあるのだろう。私に話しかけながらも、じっと自分の手を見つめている。

彼の気持ちもよく分かる。それでも私は追い討ちをかけた。

「それじゃ訊《き》くけど、将来、逃走中の稲見さんがまた別な事件を起こしたとしても、あなたは見て見ぬふりをするつもり？」

すでに一度ルビコン川を渡った人間なら、今後も何をしでかすか分からない。

「さあな。そのときになってみないと分からないな」

新城は顔を上げると天井を仰いだ。

「ただし、これだけはいっておくけど、俺は目の前の真実から目を逸《そ》らすことができない性分でね。日奈子さんからの依頼は依頼として、嗣弘という男についてもあの放火事件についても、自分としてももっと調査する必要があると思っている」

決然たる口ぶりだ。

「そんなことといったって、嗣弘も祥子も死んじゃったのよ。これ以上、どうやって調べるというの？」

「戸籍の記載によると、嗣弘には妻の祥子のほかには相続人となる親きょうだいも甥《おい》・姪《めい》もいない。ということは、彼は結婚するまでは天涯孤独だったわけだ。おまけに近所にも親しい人間はいないから、嗣弘の交友関係から攻めていくことはむずかしい」

「そうね」

「だけど、祥子は嗣弘が死亡した時点でまだ生きていたからね。嗣弘の遺産はとりあえず妻の祥子が相続した。そして、その祥子には離婚歴があってこれが二度目の結婚だったんだが、前夫との間に子供はいない」

「ふーん、そうだったの」

「近い身内としては姉がひとりいて、それが唯一の相続人ということになる。さっき、俺が現地に行ってみたら、すでに焼け跡は更地になっていたといっただろ？　それというのも、木谷家の土地建物は最終的にはその姉が相続したからで、そうじゃなきゃ、火事のあとこんなに早く事後処理はできなかったはずだ」

「なるほどね」

「だから小島旬子《こじまじゅんこ》というその女性に会ってみれば、そのあたりのいきさつがはっきりするだろう。嗣弘夫婦についても、なにか有意義な話が聞けるかもしれないしな」

「うーん、そうなんだ」

法律の専門家でもないのに、短時間でこれだけの結論を出す。新城の手腕に、私はすなおにシャッポを脱いだ。

「稲見さんと嗣弘の間で何があったのか、俺は本当のところを知りたい。あの稲見さんが放火殺人までしたとすれば、そこにはよほどの確執があったとしか思えないからな。仮にそうでないとしても、あの放火事件と稲見さんの失踪《しっそう》が無関係だとは考えにくい。だったら、放火事件を解明することによって稲見さんの行方が摑《つか》めることもあると思う」

新城は続ける。

彼にとって、謎への挑戦は義務ではなく天命なのだ。その意気込みはよしとしても、そう簡単に解明出来るのだろうか？　嗣弘が嗣弘なら稲見も稲見で、この事件の登場人物は謎が多過ぎる。そして日奈子——。

「俺という人間は、相手が何かを隠しているとなると、がぜん闘争心をそそられる性分でね。逆にやる気が出るんだな」

私たちが初めて依頼人に会った日、新城が私に語った言葉を思い出す。

と、ふと別なフレーズが頭に浮かんだ。

地獄に堕《お》ちろ

彼女を殺したのはおまえだ

忘れもしない、何者かが稲見に向けて発したあの脅迫文言。そして同時に突拍子もない考えが脳裡《のうり》をよぎる。

いや突拍子もないというのは早計で、これは意外といい線を行っているかもしれない。

私は思い直した。


新城のいうように、稲見と嗣弘の間に確執があったとすれば、いつしかそれが激しいバトルに発展していたことは大いに考えられる。そうであれば、脅迫者の正体が嗣弘だったとしてもふしぎはないだろう。


いうだけなら損はない。私は新城の意見を求めることにした。

「ねえ。いま思ったんだけど、この間日奈子さんが見せてくれた脅迫文句入りの写真ね。もしかしてあれは嗣弘の仕業だったってことはないかな？」

ダメ元の発言だったけれど、

「ふん、嗣弘の仕業ねぇ」

あんがい真剣な声が返って来る。

「なるほどね。ただその場合、稲見さんが殺したという〈彼女〉とは誰のことなのかな？　問題はそこだ」

「そりゃ、木谷百合枝に決まってるでしょ？」

反射的に言葉が出たけれど、もちろん確たる根拠があったわけではない。

それを見透かしたように、新城は大げさに首をかしげてみせた。

「百合枝の死因は脳溢血《のういっけつ》だったらしいけどな」

「えっ、そうだったっけ？」

うかつにも忘れていた。

「だいいち、殺されたのが百合枝なら、〈彼女〉なんてもったいぶらずに、〈母親を殺したのはおまえだ〉とストレートに書くんじゃないか？」

うーん。いわれてみればそんな気もする。

頭の中いっぱいに膨らんだ風船が見る見るうちにしぼんでいく。

「だが、それはそうと」

新城がここで口調を改めた。

「日奈子さんに連絡しないとな」

そうだった。私は思い出した。

興奮するあまりすっかり忘れていたけれど、本来ならこれは真っ先に依頼人に報告すべき事項ではないか。

とはいえ、

「あなたの夫は、命の危険があるどころか放火殺人犯で現在逃走中です」

いまのところは仮説に過ぎないにしても、日奈子はそれをどう受け止めるだろうか？

ちょうど食事が終わったタイミングでもある。

「いまから電話したら？」

「うん、そうだな」

新城は苺《いちご》を摘まむ手を休めると、おしぼり代わりのウェットティッシュで手を拭《ふ》き、ジャケットのポケットからスマホを取り出した。

3

依頼人に電話で報告を入れる。たったそれだけのことなのに、すっかりライターの顔になっている。やっぱり新城は何よりも仕事なのだ。実感するのはこういうときだ。

すると向こうも連絡を待っていたらしい。

「はい、稲見でございますが」

即座に応答があった。

新城がスピーカーにしてくれたので、私も傍聴できる。

しだいに剝がされる夫のベール。妻なら気になって当然だ。それにしても、何も聞かないうちから声が硬い。

「新城です。あれから現地で調査を進めた結果、いろいろなことが分かってきました。とりあえずはご報告です」

あいかわらず手短な前振りだったけれど、返事は予想外のものだった。

「ありがとうございます。ですが、実は私も木谷さんの家まで行って来たところでして。いま帰ったばかりなんです」

なんと日奈子も現地を訪れたらしい。

「奥さんもあそこに行かれたんですか？」

新城が驚くのももっともだ。

「はい。今朝はああ申しましたけれど、やっぱり気になったものですから」

「そうだったんですか。でも、それならもうご存じでしょう？　木谷家は去年の十二月に火災に遭って全焼しています」

「そのようですね。向かいの喫茶店で聞きました」

「焼け跡から嗣弘の遺体が見つかりましてね。嗣弘の妻も大やけどを負い、結局彼ら夫婦はその火事で亡くなっています」

「ひどい話ですね。喫茶店のマスターの話では放火の疑いがあるそうですけど」

本当は夫の関与を疑っているのかいないのか、感情を見せない口吻《こうふん》だ。

「仰《おっしゃ》るとおり、警察は放火事件と見て捜査を始めたようです」

「それで捜査はどこまで進んでいるんですか？」

「さぁ、どうかなぁ？　そこまで聞いてはいませんが」

「ということは、まだ犯人逮捕の目途は立っていないのでしょうか？」

「いや、それも分かりませんね」

「そうなんですか……」

あからさまな落胆が感じ取れる。

「ですが、少なくとも稲見さんがマークされていることはなさそうです。奥さんのお気持ちは分かりますが、ご心配にはおよばないと思いますよ」

なだめすかす新城に、私は共鳴したけれど、

「もしかすると、あなたは放火したのは主人だと思っていらっしゃるんですね？」

日奈子は一転、難詰する姿勢になった。

抑えた表現ながら、そこには隠しきれない憤怒がある。

「ですけど、それは絶対にあり得ないんです。私は今日、現場に行って確信を持ちましたから」

「ほう、現場で確信をされたと──。それはどういうことでしょうか？」

きっぱりした物言いに新城も気圧《けお》されたようだ。

その空気が電話線に乗って伝わったのだろう。日奈子はがぜん饒舌《じょうぜつ》になった。

「最近、私は主人の写真を持ち歩いているんです。いつどこで主人を見かけた人に会うか分かりませんから。それで、今日も喫茶店のマスターに顔写真を見てもらったんですけど、この顔にはまるで見覚えがないといわれました」

「なるほど」

「ああいう商売の人は記憶力抜群で、一度でも店に来たお客は絶対に忘れないといいますよね？　髪型や眼鏡が変わっても間違えることはないそうです」

「確かにそういう話は聞きますね」

「主人はとても慎重な人です。たとえ数行でも特定の場所を描写するなら、かならずそこに足を運ぶべきだというのが持論ですから。そんな人が、仮にも放火殺人をしようというのに、下見もしないことがあるでしょうか？」

「ま、ないでしょうね」

「主人は大のコーヒー好きです。もし主人が現場に行ったら、あの喫茶店で一服しないわけがありません。にもかかわらずマスターが主人の顔に見覚えがないということは、主人があの場所に足を踏み入れていない何よりの証拠ではないでしょうか？」

日奈子は力説するけれど、

「うーん」

私は呻《うめ》いた。

彼女の言い分には一理あるけれど、少々強引だともいえる。現場の下見は喫茶店の営業中にするとはかぎらない。早朝でも真夜中でも、その気になればいつでもできる。

それよりなにより、稲見はいまさら下見をするまでもなく、とっくに現況を把握していたのではないか？

一方、新城はといえば、あえて強硬に出ない方針らしい。

「奥さんの仰ることはよく分かります。ですが客観的に見れば、稲見さんが疑われるのも無理はないといわざるを得ないでしょう。なんといっても犯行の動機と機会、そのどちらも備えているわけですからね」

やんわりと忠告したあとは、

「ところで、私の方からのご報告ですが、こちらもいろいろと興味深い事実が分かってきましてね。けっこうな収穫がありました。稲見さんの現況に直接関係があるかどうかは別として、一応お耳に入れておきます」

有無をいわさずに話題を変えると、あとは淡々と調査結果を報じていく。

その内容は、当然ながらさっき私が聞いた話と寸分違《たが》わない。

「今日のところはこれだけですが、もちろんこれで終わりではありません。今後とも調べを続けるつもりですが、それでよろしいでしょうか？」

「それは構いませんけれども……。で、私はどうしたらいいんでしょうか？」

調査結果がかならずしも意に沿ったわけではなさそうだ。日奈子はすがるような声を出した。

「いまは何もする必要はありません。また進展がありしだい報告を入れますから、それまでお待ちください」

「了解しました。どうかよろしくお願いいたします」

明確な抗議こそなかったけれど、最後まで本心は秘匿したままだ。相手には丸裸を要求しながら、自分はぶ厚い防護服で身を固めた依頼人に脱力せずにはいられない。

一方の新城は長い電話が終わってもすぐには口を開かなかった。両腕を組み、屹立《きつりつ》する毘沙門天《びしゃもんてん》のごとく一点を睨《にら》んでいる。

が、やがて顔を上げると、

「悪いけど、ちょっときみのパソコンを使わせてもらえるかな？」

こちらを向いた。

「いいわよ。でもどうして？」

「ちょっとグーグルマップを見ようと思ってね」

「だけど、スマホじゃダメなの？」

私は尋ねた。

たとえ夫婦や同棲《どうせい》中のカップルでも、互いに尊重すべきプライバシーはある。パソコンを覗《のぞ》かれてもべつに困ることはないものの、こんなことをいわれたのは初めてだ。実際、ほとんどのことはスマホで事足りる。

なぜいまここでパソコンを？　純粋に疑問が生じた。

「ダメじゃないけどな。できればパソコンの方がいい。でも、嫌ならいいよ」

新城も固執する気はなさそうだ。

昨日今日の間柄ではないのに、私のテリトリー内では決して我が物顔の行動をとらない。彼のそういうところを、私は気に入っている。

「嫌じゃないから。遠慮なく使って」

私のノートパソコンは、ダイニングテーブル脇のライティングデスクの上にある。家で仕事をするとき以外は、鎮座しているだけのことも多い。

「ありがたい」

さっそく移動してパソコンを立ち上げた新城は、真剣な眼差《まなざ》しで画面に見入っている。テーブルを片づけながら肩越しに覗くと、どうやらストリートビューを見たかったようだ。目的は吹上の木谷家周辺らしい。

レトロな街並みが映し出される画面を凝視していた新城が、そこで、

「ん？」

小さく声を上げた。

4

会社や人によるけれど、編集者の仕事は勤務時間があってないようなものだ。追い込

みに入れば、連日のように半徹夜状態が続くし、作家を始め関係者との打ち合わせや各種会合など、社外での用事は夜や週末にかかることが多い。さらに自宅でも仕事をするとなると、オンとオフの区別もあいまいだ。

これは一見ブラックな職場のようで、かならずしもそうではない。逆にいえば、平日の昼間に私的な行動をすることもあるわけで、編集者も生きている。忙しいからといって、食事や買い出しやクリーニング店への出入りをしないではすまされない。

カレーディナーで盛り上がった三日後、私は勤務時間中に問題の木谷家跡地を訪ねることになった。

「これから吹上の焼け跡を見にいくけど、一緒にどう？」

出勤前、さりげなくメールを寄こした新城に私はすぐさま電話をした。

「いいけど、肝心の建物はもうないんでしょ。ただの更地を見ても意味がなくない？」

一応いってみる。

「そのとおりだ。だけど一度現地を見ておくのも悪くないからな。ついでに、この間けっこう美味《うま》い蕎麦屋《そばや》を見つけたからさ。そこで昼飯を食わないか？」

そういう話なら異存はない。ちょうどおいしい蕎麦を食べたいと思っていたところだ。

会社には午後から出ればいい。

地下鉄O駅の改札口で落ち合い、徒歩で現場に向かった。

墨田区でもこの辺りにはあまり来たことがない。それでもなんとなく郷愁を覚えるのは、この町のそこここに——時代の波は容赦なく押し寄せているとはいえ——昔ながらの東京の風情が色濃く残っているからだろう。

駅前の繁華街こそいまふうのビルが建ち並んでいるものの、駅から離れるにつれて道幅が狭くなり、二階建てや三階建ての住宅兼店舗が軒を連ねる商店街に入って行く。

一定の年齢以上の日本人なら誰もが心に秘めている原風景——。レストランではなく食堂、雑貨屋ではなく荒物屋、そして靴屋ではなくサンダル屋。そんな呼称がぴったりはまる昔ながらの街並みだ。

そんなことを考えながら歩を進めると、道幅はさらに狭まって昔懐かしい木造住宅が肩を寄せ合う住宅街が現れる。

これぞ昭和そのもの。こうなるともう車道と歩道の区別もない。もっとも車の往来も激しくはないようだ。

申し合わせたようにひっそりと沈み込んだ人家の合間には、弁当屋に餅菓子《もちがし》屋、漢方薬局といった個人商店が店を開いている。いずれも間口が狭く、お世辞にも活気があるとはいいがたい。

そのまま黒澤明《くろさわあきら》や小津安二郎《おづやすじろう》の映画に出て来ても違和感がなさそうだ。すっかり観光客気分でキョロキョロしながら歩いていると、いつの間にか現場に到着したらしい。

「ほら、ここがそうだ」

ふいに立ち止まった新城が、右手を上げて木谷家の跡地を指し示した。

見れば、それはざっと百平方メートルほどの月極《つきぎめ》駐車場と木造の二階家に挟まれた細長い空き地で、面積にして三十平方メートルあるかどうか。こんな狭い場所に家が建っていたなんて、とても信じられない。

本当にここが問題の火事現場なのか？

むろん焼野原が広がっているとは思っていなかったけれど、抱いていたイメージとの落差に言葉が出ない。

「よく隣の家に燃え移らなかったものね」

ようやく口にすると、

「風向きが幸いしたらしいけどな。本当に運がよかった」

新城も賛同の意を表する。

「こんな狭い場所で放火をするなんて、無差別殺人と同じよね」

「そのとおり。最悪の場合、十棟か二十棟が全焼することもあり得るね」

「周りの人たちは怒り心頭でしょうね」

「あたりまえだ。ただ、俺はこの隣の家の夫婦からも話を聞いたけどね。一つ間違えば自分たちも危なかったのに、ふたりとも亡くなった祥子にはずいぶんと同情的だった」

意外なことをいう。

「それはまたどうして？」

「嗣弘はともかく、嫁の祥子は気さくな性格で、ゴミ出しや回覧板の取り扱いもきちんとしていたそうだ。警察と同様、放火犯人は空き家と間違えたのではないかといっていた」

「だけど嗣弘は近所付き合いもしなくて、得体が知れなかったんじゃないの？」

「といっても、近隣住民との間でトラブルはなかったそうだし、彼ら夫婦を恨んでいる者には心当たりがないようだ」

嗣弘が強請《ゆす》りで食べていたことを知らなければ、そう思うのも無理はないだろう。

誰だって町内の嫌われ者になりたくはない。嗣弘もここでは行動を自制していたことは充分に考えられる。と、

「ところで、あそこを見てごらん」

新城がくるりと向きを変え、四メートルの公道を隔てた反対側を指さした。

目を向けると、木谷宅の跡地のちょうど真向かいが、幅五メートル、奥行き二十メートルほどの空き地になっている。

そしてそこからさらに四メートルの公道を隔てた先には、これまたえらくレトロな店舗が見えている。

木造の二階建てで、おそらく一階が店舗で二階が住居なのだろう。昔はよくあった形態だけれど、その年季の入りようたるや、剝《は》げかかった看板がどうにか〈ミルクホール　小林《こばやし》商店〉と読めるありさまだ。

その古風な板格子のガラスの引き戸の手前には、〈ミルクコーヒー〉や〈クリームソ

ーダ〉、そして〈ライスカレー〉や〈焼きうどん〉といったのぼり旗が立てられ、いっそ小気味よいほどに郷愁を誘っている。

　ほかに飲食店が見当たらないところを見ると、この間日奈子がいっていた喫茶店とはこの店のことなのだろう。

　そういえば、昔は〈カフェー〉といえばもっぱら風俗営業の店を指し、喫茶と軽食が主体でアルコールを出さない飲食店は、〈ミルクホール〉などの名称で親しまれていたらしい。

「あら、ここも焼けちゃったの？」

　目の前の空き地にびっくりして声を上げると、新城は笑って頭《かぶり》を振った。

「違うよ。俺も最初はそう思ったんだけどさ。そこは売地で、更地になったのは最近のことらしい。といっても、二ヵ月よりは前だけどね」

「なのにまだ売れないの？」

「ああ。こんな場所で店を開いても儲《もう》けは知れてるのに、都心だから地価は高い。到底ペイしないんで買い手がつかないそうだ」

「そうなんだ」

「結局、こうやって少しずつ空き地が増えていって、そのうちビルやマンションに化けるんだろうな」

「でも、せっかくの下町情緒がどんどん壊れていくのは残念よね」

これは私の本心だ。出来ればこういう街並みは残したい。

けれど新城は小さく肩をすくめている。

「ここは自然公園じゃないからな。そこに人が住んでいる以上、街並みもいつまでも同じじゃいられない。変化するのは当然だ」

「それにしたって、条例で規制するとか方法はあるんじゃないの？」

「建築物を制限することはできても、人間は制御できない。町や地域を現状のまま保存したがるのは、もはや生活を変える必要がない年寄りか、自分はそこに住んでいない連中だけだ。これからこの地で生きていこうと思うなら、誰だって景観やノスタルジアのために生活を犠牲にしたくはないからね」

「うーん」

私は口ごもった。

新城が吐く正論はそのまま彼の本音であることを、私は知っている。

「なにも下町情緒や歴史地区にかぎらない。地球に優しくとか自然保護とか理想をいうのは簡単だけどね。行動が伴わなければなんの意味もない」

「それはそうね」

「早い話が、俺がいまここにこうして存在しているだけで、地球にはたっぷり迷惑をかけている。なにしろ現在の東京のかなりの部分が、昔は海だったり緑豊かな湾岸地域だったんだからな。大規模な自然破壊が行われたことは明白だ。それでも俺はこの東京に住んでいたいからここにいる。自分は電気も水もガスも使い放題。毎日山海の幸を堪能《たんのう》し、車の運転もすれば飛行機にも乗り、いざ病気になれば最新機器を備えた病院で先端医療の世話になる。そんな人間が高層ビルのオフィスから自然保護の必要性を訴えても、俺はすなおに賞賛する気にはならないね」

それがモットーの男に向かって、マンション住まいの女が古き良き下町への郷愁を唱えても滑稽《こっけい》なだけだろう。

それでも私への気遣いだろうか？

「でもまぁ、昔はいちど消えたらそれっきりだったけど、最近は映像が残る。そういう意味では、これからは自然も街並みも不滅といえば不滅だな」

新城は愛《いと》おしげに周囲を見回した。

その新城が案内してくれた蕎麦屋《そばや》は、駅へ向かう途中に隠れるがごとくひっそりと建っていた。蠟細工《ろうざいく》のサンプルすらない狭い間口に、風化して色褪《いろあ》せた染め抜きの暖簾《のれん》。このまま五十年ときが遡《さかのぼ》ってもしっくりくる佇《たたず》まいだ。

店内に入ると、これまた七十越えは余裕の老女が調理カウンターの前でぽつねんと佇んでいる。

「いらっしゃいませ」

およそ覇気のない営業トーンでお出迎えだ。

席はといえば四人掛けのテーブルが四つだけ。壁に貼られた手書きのお品書きを見て、ふたりともざる蕎麦を注文した。

調理場で仕事をしているのは、このお婆さんとお似合いの小柄なお爺《じい》さんで、一見しただけで昔気質《むかしかたぎ》の職人肌と分かる。

やがて出て来た蕎麦は細打ちながら腰が強く、ていねいに揉《も》みほぐした海苔《のり》がたっぷり載っている。つゆは関東《かんとう》風で色も味もしっかりと濃い。

「おいしいね」

「だろ?」

自然と笑みがこぼれた。

もっとも、だからといって近所で評判ということではないらしい。食べ終わるとそろそろ十二時が近かったけれど、客は私たちのほかには三人だけ。全員が無表情で冷たい蕎麦をすすっている。

この店には間違いなく後継者はいない。私は確信した。

味には満足したけれど、お蕎麦屋ではお茶が出ないのが難点だ。水と蕎麦湯だけだと口が辛いので、とりあえず駅の近くのコーヒーチェーン店に飛び込んだ。この際、味がどうこうとはいっていられない。

「もしかして、まこっちゃん。本当はもう放火事件から手を引きたいんじゃないの?」

注文したブレンドを席に運び、ほっとひと息ついたところで訊《き》いてみる。

「いや、そんなことはない」

新城は小さく声を荒らげた。

「そうはいっても、やっぱり根底では稲見さんが犯人であってほしくないんでしょ？」

「違うな」

迷いのない口ぶりだ。

「俺はやると決めたことはやる。祥子の姉の小島旬子からも出来るだけ早く事情を聴くつもりだ。もし嗣弘夫婦に殺意を抱いている人間がいたとすればそれは誰なのか、彼女が知っているかもしれないからね」

「あんがい、その小島旬子が犯人だったりして」

私の混ぜっ返しに、新城はじっとりと唇の端を歪《ゆが》ませた。

「好美のミステリー脳も、そこまでくると病膏肓《やまいこうこう》に入るだな」

「だけど、あらゆるケースを想定するのは捜査の基本でしょ？」

「もちろんそれも念頭におく必要はある。あの火災によって彼女が経済的利益を得たことは事実だからな」

「だよね」

めずらしくお褒めに与《あずか》ってにんまりとする私をよそに、

「それにな。いまの俺の正直な考えをいうと、木谷の家に火をつけたのは稲見さんではないと思っている」

新城は淡々と続ける。

「それはまたどうして？」

そう思いたい気持ちは私にも分かる。とはいっても、願望と観測をごっちゃにすると は新城らしくもない。

啞然《あぜん》とする私に、新城はあいまいな微笑を浮かべて見せた。まだ話す段階ではない。 なにげなくそういっているかのようだ。たとえ相手が私でも、熟成前の思考過程を口に 出すのは抵抗があるらしい。

「でも——」

いいかけたところで、ふいにとんでもない考えが脳裏に浮かんだ。

木谷の家に火をつけたのは稲見さんではない。もし、新城のその仮説が正しいとした ら？　およそありそうにはないけれど、だからといって絶対にないとはいい切れない。 もしかすると新城も同じことを思いついたのではないか？

「ねぇ。あの火事で焼け死んだのは、嗣弘ではなくて稲見さんだったということはない かな？」

アクロバティックな逆転の発想。はたして新城はぎくりと表情を改めると、私の顔を 覗《のぞ》き込んだ。

「どうしてそう思う？」

怖いほど真剣な眼差《まなざ》しだ。私は勢いづいた。

「だってそう考えれば、稲見さんがあの日を境に姿を消したことが説明できるもの」

「ふん、どんなふうに？」

「理不尽な要求をする嗣弘に業を煮やした稲見さんは、嗣弘宅を訪ねて直談判《じかだんぱん》をした。そこでけんかになったんだと思う。だとしたら、稲見さんを殺してしまった嗣弘が、ぼろ家もろとも死体を焼いてしまおうと考えてもおかしくないでしょ？　焼死体なら真っ黒こげだから、誰だか判別できない。ちょうど連続放火魔による火災が発生していることだし、自分が疑われる危険はないと踏んだんじゃないかな？」

　我ながら論理的な説明だ。

　もっとも、新城はただちに突っ込みを入れてきた。

「だけど、焼け死んだのはひとりだけじゃない。妻の祥子も死んでいる。その点はどう説明する？」

　そこは確かにこの仮説のネックだと認めざるを得ない。でも致命的とまではいえないだろう。

「それは単純な計算違いだったんじゃないかな？　夫婦で寝入っている最中に火事が起きて、たまたま目を覚ました祥子がからくも助かったというシナリオだったところ、火の回りが想定以上に早かったとか」

　私の説法に、

「なるほど、そう来るか」

　新城は皮肉な笑みを浮かべた。

「だけど祥子が共犯だというなら、なにもシナリオがそうだからといって、火の手が上がるまでおとなしく死体の隣で寝ている必要はないだろ？　やっとのことで自分だけ逃げ出しましたと、消防や警察にいえばすむんだからな」

その口ぶりからして、最初から論破する自信満々だったようだ。

いわれてみればそのとおりで、反論のはの字の余地もない。私ってなんとバカなんだろう。自己嫌悪に陥るのみだ。

新城はここでさらにひと息つくと、

「それだけじゃない。真っ黒こげの焼死体なら誰だか判別できないというのもいかがなものかな？　そんなに簡単に警察を騙《だま》せるとは思えないね」

ぎろりと目を光らせた。

「って、どういうこと？」

「だいたい警察官というのはね。柔軟な発想は欠いていても、セオリーどおりに行動するかぎりはきわめて優秀なんだな。手を抜くことはまずないと断言していい。その死体が嗣弘だという確証がない以上、警察は徹底的に身元を調べるに決まっている。たとえ顔は判別不能でも歯型は取れる。嗣弘のかかりつけの歯科医に照会して、焼死体が間違いなく本人であると確認した確率はきわめて高いと考えるべきだね」

「そうかぁ」

またしてもこてんぱんだ。

考えてみれば、火事で焼け死んだ人間がかならずしもその家の住人とはかぎらないけれど昔ならいざ知らず、鑑定技術が格段に進歩したいま、黒焦げ死体でごまかせるほど警察は甘くないのだろう。

そのときはそれで終わったけれど、私が思いつく程度のことは新城はとっくに検討ずみなのだ。がっくり感は半端ない。

反対の方角に行く新城と別れてからも、

「それにな。いまの俺の正直な考えをいうと、木谷の家に火をつけたのは稲見さんではないと思っている」

さっきの新城の言葉が耳にこびりついている。

彼は何を考えているのだろう？

防犯カメラやドローンが発達した今日は、街中を歩いていても、どこから映像を撮られているか分かったものではない。いや映像どころか、人の動きも音声も、すべてが丸ごと他人に把握される時代はもうすぐそこに迫っているのではないか？

何がどこまで許されて何が許されないのか、そのときになってみないと判断はできない。けれど少なくとも犯罪者――とりわけ放火犯――にとっては、それはひどく住みにくい世の中に違いない。

そんな埒《らち》もないことを考えながら、私は改札に向かってゆるゆると歩を進めていた。

5

新城と私がJR大井町《おおいまち》駅近くのファミリーレストランで小島旬子と面談したのは、それから間もなくの土曜日のことだった。

戸籍の記載によれば、旬子は現在三十五歳。二十八歳で亡くなった祥子の七つ違いの姉で、唯一の相続人でもある。

家族はサラリーマンの夫と、七歳を頭に五歳と一歳の三人の息子。専業主婦だというけれど、なにしろ子育ての真っ最中だ。客を迎えるのも家を空けるのも容易でないことは聞かなくても分かる。

事実、目の前に現れた旬子は、服装こそパンツスーツながら化粧までは手が回らないのだろう。薄いファンデーションにルージュもなし。ほとんどすっぴんに近かった。パーマのかかっていない髪を無造作に後ろでまとめている。

ただでさえ忙しかろうに、妹夫婦の焼死事件が勃発《ぼっぱつ》したのである。臨終の看取りに始まり葬式の準備や火事現場の後始末と、その大変さは想像を絶するけれど、本人はそれ以上に放火犯が憎いらしい。新城の調査への協力依頼に二つ返事で応じたという。

午後二時からという時間帯を指定したのは旬子本人で、

「主人には話していないこともありますから」

との言葉どおり、今日は高校時代の友人と会うと嘘を吐き、子供たちを夫に預けてきたのだそうだ。

シミ一つない小麦色の肌にしなやかな身体つき。小作りでくっきりとした目鼻立ちはかなり美人の部類だが、見るからに憔悴《しょうすい》した様子で年齢より老けて見える。

ともあれ強い意志を感じさせるはきはきした物言いに、私は好感を持った。

「刑事さんには何度も問い合わせをしましたけど、あれ以来放火事件は起きていないそうです。やる気がないとはいいませんけど、この調子だとうやむやのまま終わってしまいそうで――。ですから、どんな形でもけっこうです。マスコミに取り上げてもらえれば、警察にプレッシャーをかけられると思うんですけど」

その思いつめた顔を目の当たりにすると、

「あんがい、その小島旬子が犯人だったりして」

新城相手に軽口を叩《たた》いたことが少々後ろめたい。

そんな旬子に、新城は粛々と手順を踏んでいく。元来がなんの助けにもならない慰めや励ましはいわない主義なのだ。

「正直いって、我々にしても犯人の目星がついているわけではありません。ただ電話でもいいましたが、私にはどうしてもこれが連続放火魔の犯行だとは思えないんですよ」

これは彼の本心だ。

「ただし、それはいわばライターとしての勘のようなもので、現実には木谷さん夫婦についてのデータが少な過ぎることが調査の進捗《しんちょく》を阻んでいます。私は実際、近隣の方々に可能なかぎりの取材を試みましたが、嗣弘さんはどんな人だったのか。また祥子さんはどんないきさつで嗣弘さんと結婚したのか、詳細を知っている人はひとりもいませんでした。そこであの放火事件を掘り下げるには、木谷さんご夫婦と最も近い間柄のあなたからお話を伺う必要がある。私はそう考えたしだいです」

新城の言葉に、旬子は目を輝かせた。

「はい、なんでも訊《き》いてください。隠すことなんてありませんから」

間髪を容《い》れないその潔さに気合のほどが見て取れる。もっとも、

「ですけど、祥子のことなら自信をもってお話し出来ますけど、嗣弘さんについては正直、私もそれほどよく知ってはいないんです」

すぐにつけ加えたところをみると、やはり嗣弘という男にはどこか胡散臭《うさんくさ》いものがあるのだろう。

「というのも、嗣弘さんはあまりしゃべらない人でしたから。その証拠に、祥子だって夫がどこでどんなことをしているのか、詳しいことは聞いてなかったんですよ。いま思えば、後ろ暗い仕事をしていたので話すに話せなかったのかもしれませんけど。ですからお役に立つかどうか分かりませんけど、それでもよろしいでしょうか？」

予防線を張る旬子に、

「いや、いまの話だけでも大いに役に立ちますよ」

新城はおおらかな笑みで答える。

「嗣弘さんがあまりしゃべらない人だった事実。そして嗣弘さんの仕事について妻の祥子さんも詳しいことは知らなかった事実。それら自体がすでにりっぱな情報ですからね。ということで、さっそくですが、まずは祥子さんについて、あなたがご存じのことを詳しく話していただけませんか？　結婚前、いやもっと遡《さかのぼ》って子供の頃の話でもけっこうです。一見ささいなことでも、どこで今回の事件とつながっていないともかぎりません」

どんな小さなエピソードでもゆるがせにしない。それがルポルタージュ、ひいては新城の事情聴取の基本らしい。

「そうですね」

旬子は遠くを見る目になった。

「祥子は私のたったひとりの妹ですけど、あの子は私にとって、実の娘以上の存在だったといっても過言ではないんです。それというのも、祥子と私は七つも歳が離れているんですね。おまけに母が虚弱体質で、祥子を産んでからはずっと病気がちでしたから」

「へぇ、そうだったんですか」

「母が寝込んでしまうと、私がおむつを替えたりミルクを飲ませるのは毎度のことでした。そうでなくても買い物は私の役目で、掃除や洗濯も私がしていました。母がすることといったら炊事くらいでしょうか。いってみれば私が主婦をしていたようなものです。

あの子が九歳のときにその母も亡くなったもので、それからは完全に私が母親代わりだったんですね」

「というと、お父さんはどうされていたんですか？」

「父はもう亡くなりましたけど、商社マンでした。営業だったので、母が存命中から仕事で忙しくて。あまり家にいることはありませんでした」

「再婚はなさらなかったのでしょうか？」

「いえ、母が死んだ翌年に結婚しています。相手は親戚《しんせき》の知り合いの娘さんで、父とは再婚同士でした。母が亡くなるや否や、その親戚がふたりを一緒にさせたんです」

「なるほど」

「でも、その後妻には五歳になる連れ子がいたんですね。父にとっては血のつながらない子供ですけど、男の子だったし、父なりに後妻に気を遣っていたんでしょう。私や妹よりその子を可愛がっていました」

「うーん、そうですか」

「みんな善意だったんだとは思います。ですけど、父の再婚によって私たちが家庭というものを失《な》くしたことは事実です。父はミニキッチンとトイレがついたプレハブ小屋を増築して、私と祥子はそこで暮らすようになりました。もちろん渡り廊下でつながってはいましたけど、それからは晩御飯とお風呂《ふろ》以外には母屋に行くこともなくなって」

「そうかぁ」

「必要なものは服でも学用品でもちゃんと買ってもらえたし、父からも後妻からも虐待されたことはありません。それでも、親に捨てられたという意識はいまだに引きずっていますね。『私たちは、お母さんが死んだときにお父さんも亡くしたんだね』って、よく話したものです。ですから祥子のことは母親以上に理解しているつもりですけど、あの子はとてもすなおな子なんです。少なくとも中学を出るまでは、学校でも学校外でもトラブルらしいトラブルはありませんでした」

聞いているだけで胸が痛んだ。

ネグレクトではないけれど、ある意味ネグレクト以上に残酷な形で放置された子供たち――。なまじまともな親であるだけに、目に見える虐待にも増して心の傷は深いのだろう。

それはそうとして、

「少なくとも中学を出るまでは、学校でも学校外でもトラブルらしいトラブルはありませんでした」

さりげなく漏らした言葉が引っかかる。

「それが高校に行ってから変わったと？」

新城の誘導に、

「そうなんです」

旬子はふたたび空を見つめた。

「高校そのものは問題ありませんでした。ただ、コンビニでアルバイトを始めたのが間違いだったんです」

「ほう」

「親から小遣いはもらってましたけど、祥子はもっと自由に好きなものを買いたかったんですね。私もその頃はもうお勤めをしてましたから、服ぐらいなら買ってやれましたし、アルバイトなんて許さなければよかったとどれくらい悔やんだかしれません。あの子はそこで勝俣《かつまた》と知り合ったんです」

無念そうに唇を噛《か》む。

「その勝俣というのはどういう人ですか?」

新城の質問に、いま思い出しても心外らしい。旬子は声を尖《とが》らせた。

「コンビニのバイト仲間で、祥子にとっては先輩でした。女を食い物にするために生まれてきたような男で、正真正銘のクズとはあの男のことです」

「って、どんなふうに?」

「最初はよかったんです。不慣れな祥子にあれこれ教えてくれたり、ミスを庇《かば》ってくれたり。私もすっかり騙《だま》されましたけど、そうやって相手を手なずけるのが、ああいう男の手口なんですね。知り合って三月もしないうちに同棲《どうせい》を始めたときには、さすがに反対したんですけど、もう手遅れでした。祥子はすっかり向こうのペースに嵌《は》まって、聞く耳を持たなかったですから」

「よくある話ですね」

新城が合いの手を入れる。

「それでも、高校は続けるという約束だったんです。将来は幼稚園の先生になるのが本人の夢でしたから、高校は続けさせたかったんですけどね。だけど、あの男は最初からそんな気はまるでなかった、本当は大学にも行かせたかったんです」

「で、高校は中退になったわけですか？」

初めての男に溺《おぼ》れると、ほかのことはどうでもよくなってしまう。ありがちなことだけれど、

「それどころじゃありません」

旬子はきっと面を上げると、いちだんと声を張り上げた。

「いつの間にか登校しなくなっていたので、それじゃ約束が違うと、さすがに私も怒ったんです。でも祥子がいうには、いずれはふたりで商売をしたいので、いまはコンビニの深夜勤務でおカネを貯めているんだと。

『高校を出たって知れてるでしょ？　だったら、たとえちっぽけでも自分の店を持った方がずっといいと思わない？』

あの子は胸を張っていましたけど、そんなのは嘘っぱちでした。本当はなんとピンクサロンで働かされていたんです」

それはひどい。聞いているこっちまで腹が立つ。

「なんでそんなことになったのか問い質《ただ》したら、実は勝俣が暴力金融からおカネを借りて、それが雪だるま式に増えたというんです。だからって、どうして祥子が勝俣の借金を返さなきゃならないんですか？　開いた口がふさがりませんよね？」

そのとおりだ。

「『バカじゃないの？』って、私いったんです。そんなの自業自得じゃないですか。ほとんど取っ組み合いのけんかになりました。でも、あの子は根っからまじめなんです。恋人が困っているのに、自分が助けてあげなきゃ誰が助けるのか、って」

「うーん」

「だいたい、祥子は当時まだ十八になってませんでした。なのにどうして風俗店で働けるのかふしぎだったんですけど、そんなものはどうにでもなるんだそうですね。結局そのまままずるずると時間が経って、高校も中退になりました」

「それで勝俣はなんといっていたんですか？」

「もちろん私は談判しましたよ。その一点張りなんです」

自分のせいじゃない。これはどういうことなんだと。でもあの男ときたら、

「自分のせいじゃない、ねぇ」

「そうです。借金をした件も、ちょっとしたいざこざでヤクザ者に絡まれたんだそうです。自分はカネを払うくらいなら殺された方がマシだと思ったけど、祥子がそれだけは嫌だといって承知しない。商売女になったのも本人が決めたことだといい張るんです」

「うーん、ねぇ」

「いまはまだ未成年だけど、祥子が成人したら入籍するともいっていました。まぁ、そこだけは本当でしたけど、それだって、要は女を囲い込む手口なんですね。祥子はますますがんじがらめにされてしまったんです」

こんな妹を持ったらたまったものではない。私はため息を吐いた。

が、それにしても分からないのは祥子の心境だ。商売女になったのも本人が決めたことだ——。ぬけぬけとほざく男のどこがいいのか、理解不能というしかない。

私のその気持ちが伝わったらしい。旬子は身体の向きを変えると、こちらに向かって訴えかけた。

「私は知らなかったんですけど、あとから聞いたところでは、ピンクサロンはそれでもまだマシだったんです。いかがわしいサービスはするにしても個室ではないし、いわゆる本番もしないそうで。ですけどその分収入も少ないので。勝俣はそれが不満だったんでしょう。結局、手っ取り早く大金が入るソープランドに移らされたんです」

「それはひどい」

思わず声が出たけれど、旬子は続ける。

「勝俣には『おまえもいつまでも若くないんだから、稼げるうちに稼いでおけ』といわれたそうですけど。でも、さすがにあの子はそれが耐えられなかったんですね。それまでは私に説教されるのが嫌だったんでしょう。何があっても愚痴をいったりはしなかったのに、夫婦間のこともポツポツと話すようになりました」

「具体的にいうと、どんなことですか？」

「いろいろありますけど、最大の問題は暴力ですね。勝俣はかっとなるとすぐに手が出るんだそうです。それも最初のうちは、手近にある物を投げつけたりする程度だったのが、だんだんエスカレートしたといっていました」

「原因はなんなんでしょう？」

「きっかけはごく些細《ささい》なことみたいです。でも、あの手の男はいったんキレると歯止めがかからないんですね。ひどいときは床に張り倒されたうえに、馬乗りで首を絞められたこともあったそうです。お医者様に診断書を書いてもらったのも一度や二度ではないといいますから」

自分のことではないのに、あたかも痛みがぶり返したかのように顔を歪《ゆが》める。

「祥子さんはなぜお姉さんに助けを求めなかったのかしら？」

つい疑問が口を衝いた。

曲がりなりにも実家があり、絶対的な味方の実姉もいる。ヒモまがいの夫とはいえ、きちんと手続きを踏めば離婚は可能なはずだ。

「それが……」

旬子はうつむいた。

彼女だってそんなことは重々承知だったに決まっている。それでも妹を救えなかった無念さが声にも顔にもにじみ出ている。

「勝俣は、祥子が逃げ出してもどこまでも追いかけてやる、しかもそのときは私や両親にも危害を加えると脅していたというんです。あの人なら本当にやりかねないと、祥子は怯《おび》えていました。警察に相談することも考えたけれど、すぐに動いてくれる保証はない。怖くて身動きが取れなかったという話でした。それに……」

ここで口ごもる。

「祥子自身、口では勝俣を恐れているといいながらも、じゃあ彼が心底嫌なのかというと、どうもそうではないんですね。そりゃ夫婦ですから、好きか嫌いかそう単純に割り切れないことは事実ですけど、私は、知らず知らずのうちにあの子がマインドコントロールを受けていた気がするんです」

それは大いにあり得るだろう。私は納得した。

本当に嫌いなら――そして本当に身の危険を感じたら――誰にいわれなくても自分から逃げ出しているはずだ。いくら脅されたにしても、何年も一緒に暮らしていられるわけがない。

「もっといえば、あの子は勝俣の母親にでもなった心境だったんですね。その証拠に、それまではいろいろ泣き言を並べていても、私がそんな男とはさっさと離婚しろというと、とたんに夫を庇い出すんです。勝俣はお姉ちゃんが考えているような人ではない。愛情表現の方法を知らないだけだ。私がいないと、あの人はもっとダメになってしまうって」

なにバカなことを！　私は憤りを感じたけれど、

「それはよくある話ですね」

ここで新城が口を挟んだ。

「長年夫や恋人の暴力に苦しんでいながら、なぜか男から離れられない女性は決してめずらしくありません。もちろん、自分なら絶対に我慢しないという人もいますが、親戚《しんせき》や知人を見渡せば、あんな騒ぎを起こしながらなぜ別れないのかといいたくなる夫婦が、ひと組やふた組はいるのではないでしょうか？」

いかさま私が知っているだけでも、そういうカップルは何組も存在する。

「むろんそこには、子供がまだ小さいとか、男女間の経済格差といった要因があるわけですが、問題はそれだけではないのですね。その根底にあるものは、彼らの結びつきの中核をなす相互依存関係——それはひらたくいえば、当該カップルが精神的・肉体的に相手に過度にもたれかかっている状態を指すのですが——学術用語でいう共依存関係なのだという指摘があります」

「共依存関係——ですか？」

聞きなれない単語に戸惑ったのか、旬子が首をかしげる。

「そうです」

新城はきっぱりとうなずいた。

「支配する者とされる者、甘える者と甘やかす者、暴力を振るう者と振るわれる者。第三者の目には、どちらかが一方的に相手を利用し、虐待しているように見えがちですが、実際にはどちらも相手の存在を必要としていることに変わりはない。それが共依存関係の本質です。相手が自分を必要としていることは——たとえそれが暴力の対象だとしても——自分の存在意義につながっているというわけです」

ここではっしと相手を見据える。

「それは、さっきあなたが仰《おっしゃ》ったように、相手から受けたマインドコントロールのこともあれば、生まれ持った本人の気質によることもあるでしょう。なんらかの原因で愛情に餓えている人間が、どんなにひどい扱いを受けても、自分と正面から向き合ってくれる相手に惹《ひ》かれることは充分に考えられることです」

「なるほど、そういうことなんですね」

心底納得したのだろう。旬子は共鳴の声を上げた。

旬子の共鳴は、同時に私の共鳴でもある。

「その点を理解しないかぎり、根本的な解決は望めません。暴力に耐えかねて一時的に逃げ出しても、結局また元のさやに納まるのは、世間でいうところの健全な生活に戻っても、そこには自分だけを見つめ、自分だけを求めてくれる人間はいないからなのですね。ましてや親きょうだいが無理やり引き離しても、うまくいくわけがありません。祥子さんのケースもその典型的な例ではないでしょうか」

「ほんと、そのとおりなんです」

旬子がくっと顔を上げる。

「勝俣はあれだけ祥子を虐《いじ》めていながら、ほかの女には目もくれなかったらしいですから。なのであの子も、自分にはこの人しかいないと思い込んでしまったんですね。それも、あの男のうまいところは暴力一辺倒ではないということなんです。発作的に暴力を振るったあとは、一転して優しく愛し合う。もう二度とこんなことはしないと、涙ながらに謝ることもしょっちゅうだったようです」

「そうでしょう。それでこそ共依存カップルですね」

新城は満足の態《てい》だけれど、私はだんだんイライラしてきた。

さんざん暴力を振るったあとで一転して優しくなるだって？　冗談じゃない。ふざけるのもいい加減にしろとはこのことだ。

「卑怯者《ひきょうもの》！　どうせ暴力を振るうなら、徹底して横暴な方がまだいいわ」

本気の怒りが飛び出した。

共依存関係。心理学的には興味深いのかもしれないが、共感する余地は一ミリもない。暴力を振るう男にも、それを受け容《い》れる女にも腹が立つ。

「そうはいっても、最終的に彼らは離婚しています。そこに至るまでにはどんな事情があったんでしょうか？」

私の憤りをよそに、新城のインタビューは続く。

「それなんですよね」

ここからが本題なのだろう。

旬子は息を整えると、あらためて新城に向き直った。

6

「祥子が勝俣との泥沼の関係から抜け出せたのは、一にも二にも嗣弘さんのおかげです。嗣弘さんが何をしていた人でも、あの人には感謝しかありません。私、ぜひともそこを分かっていただきたくて、今日ここに来たんです」

震える喉元《のどもと》は、妹夫婦に寄せる旬子の篤《あつ》い心情そのものだ。

「嗣弘さんが放火されるには、されるだけの理由があったに決まっています。勝俣が勝俣なら嗣弘さんも嗣弘さんで、あんな男と関わったばかりに、祥子は死ぬ羽目になったんです」

てっきりそんな恨みつらみを聞かされると思っていた私は、旬子の嗣弘への感謝の念に驚きを隠せなかった。

祥子が勝俣の毒牙《どくが》から逃れられたのは嗣弘の存在があったからだ。それはそのとおりだとしても、だからといって嗣弘の人格を評価できるものでもないだろう。

「それにしたって」

喉《のど》から出かかった言葉をそっと呑《の》み込む。ここは私が口を出す場面ではない。

「祥子さんと嗣弘さんはどこで知り合ったんですか？」

新城が尋ねる。

その言葉に非難のニュアンスはなかったけれど、旬子はふたたび面を伏せた。

「祥子がソープランドで働かされていたことは、さっきお話ししましたよね？　嗣弘さんはその店の常連客だったんです」

「つまり、客と風俗嬢の関係だったと？」

「そういうことですね。ああいうお店には指名制度があって、ふつう常連の客にはなじみの女性がいるという話ですけど、嗣弘さんは特定の誰と決めずにいろんな子を相手にしていたそうです。そういう中で祥子とめぐり合ったんですね」

「なるほど」

「祥子がいうには、最初から特に祥子を好きだったわけではないようです。ただ、勝俣に殴られたお腹の青あざを見つけた嗣弘さんにえらく怒られたらしくて。『顔や手足と違って目にはつかないけど、内臓をやられたら命にかかわる。俺なんかがいうことじゃないけど、こんなことをするヤツとは早く別れた方がいいよ。もっと自分を大切にしなきゃ』そういわれたといっていました」

そうだったのか——。柄にもなく私は心を打たれた。嗣弘にそんな一面があったとは少々意外でもある。

「エスカレートする一方の勝俣の要求に疲れきっていたあの子には、その優しさが身に染みたんですね。年上の嗣弘さんに、実の父親以上の父性を見たのかもしれません」

「それは充分に考えられますね。若い女性が年上の男に惹かれる例はいくらでもあります。ファーザー・コンプレックスという言葉があるくらいですから」

すかさず新城が合いの手を入れる。

「嗣弘さんも、そんな祥子を放っておけないと思ったんじゃないでしょうか。その後も二度、三度と通って来た嗣弘さんと親密になるにつれ、さすがのあの子も勝俣の異常さに気がついたようです。嗣弘さんにぐんぐん惹かれるようになったといっていました」

あたりまえだ。そもそも、それまで勝俣の異常さに気がつかなかった方がおかしい。けれど考えてみれば、勝俣が祥子のそういった変化に気づかないはずがない。そこのところはどうなっていたのだろう？

新城もそう思ったらしい。

「ですが、勝俣のような男は勘が鋭いものです。祥子さんが嗣弘さんにのめり込んでいくのを黙って見ていたとは考えられませんね」

冷静に指摘した。

「そうなんです」

旬子は我が意を得たりとばかりに首を振った。

「あの男は、祥子がソープの客にサービスをするのはなんとも思わないくせに、やたらと嫉妬《しっと》深《ぶか》いんです。しかも相手が男とはかぎりません。私や女友達と会うのさえいい顔をしませんでしたから」

「それもありがちなことです」

祥子の心が自分から離れていくのを感じてからは、さすがに焦ったようです。

『俺にはおまえしかいない』と泣き落としでくるかと思えば、その一方では勤務先を見張るようになったんですね。祥子の新しい男は何者なのか探り出すつもりだったんでしょう」

「やっぱりね」

「ですけど、そこまで来たら夫婦もお終《しま》いですよね？　虚勢を張っているうちはまだしも、恥も外聞もない夫の姿につくづく愛想が尽きたようです。祥子も本気で離婚を考えるようになりましたけど、問題はどうやったら勝俣から逃げられるかということでした。へたをしたら本当に殺されかねませんから」

「なるほど」

「でも、嗣弘さんはそのあたりのこともちゃんと心得ていたんですね。店長を始め従業員に口止めをして、細心の注意を払っていたそうです。それでも、これ以上はもう隠しきれないと判断したんでしょう。最後はこっそりと祥子を都内のウィークリーマンションに避難させてくれたんです」

当時の恐怖が蘇《よみがえ》ったのだろう。旬子はぶるぶると頭《かぶり》を振った。

「当然、勝俣は猛《たけ》り狂ったでしょうね？」

「もちろんです。祥子が家出をすると、勝俣は親戚《しんせき》といわず知人といわず、手当たりしだいに訪ねて回っていました。もっとも、ああ見えてあの男は内弁慶なんですね。祥子には強がりをいっていても、他人を相手に脅したり暴れたりする度胸なんかありゃしないんです。心配していたような騒動はありませんでした」

「それで離婚手続きの方はどうなりましたか？」

「それも嗣弘さんのアドバイスで、弁護士会の法律相談に行きました。そこで紹介していただいた先生が、絶対に祥子の居所は明かさないという約束で、家庭裁判所に離婚調停を起こしてくださったんです」

「いくら弁護士がついていても、勝俣を相手にするのは怖くなかったですか？」

うっかり裁判所の廊下で鉢合わせをしようものなら、刃傷沙汰《にんじょうざた》になりかねない。私は思わず口を出したけれど、旬子はよくぞ訊《き》いてくれたとばかりにうなずいた。

「もちろん不安はありました。ですけど、ふたを開けてみればそれも杞憂《きゆう》でした」

意外なことをいう。

「結局、勝俣は一度も出頭しないまま、裁判で離婚が認められました。その裁判費用から何から、ぜんぶ面倒を見てくれたのが嗣弘さんだったんです」

「うーん、そういうことでしたか」

新城も納得の態《てい》だ。

「嗣弘さんは、それでも恩着せがましいことはひと言もいいませんでした。こんな自分でもよかったら、結婚して一からやり直してほしい。たいしたことはしてやれないけれど、かならず幸せにするというのがプロポーズの言葉だったそうです。祥子はその時点で再婚の決意を固めていましたけど、用心のため一年間ウィークリーマンションに潜んで、ようやく入籍したのがいまから二年半前のことだったんです」

そこまで話してやっと肩の荷が下りたようだ。旬子はほっと息を吐いている。

けれどまぁ、嗣弘がそれほどまでに妻を愛していたとは思わなかった。卑劣な強請《ゆす》り屋の意外な側面には感心するしかない。

そうはいっても、安直な賞賛は禁物だ。私は気を引き締めた。人間は一面だけでは評価できない。嗣弘の人格に疑問があることに変わりはないだろう。

どうやら新城も同じ心境のようで、

「ですが嗣弘さんの場合、それまでどこでどんな暮らしをしていたのか？　お姉さんとして、その点は気になりませんでしたか？」

さっそく突っ込みを入れている。

もっとも、旬子はその質問を予期していたらしい。

「それはもちろん気になっていました」

よどみない答えが返った。

「そもそもがソープで遊んでいた人ですし、どんな過去があってもおかしくないですよね？　せっかく勝俣と縁が切れたのにまた同じことになりはしないかと、それがいちばん心配でした。仕事についても、さる業界人の私設秘書だといいながら名刺もくれなかったですし。その雇い主の家に住み込んでいたことといい、夜にまたがる仕事が多かったことといい、どう考えても堅気の商売とは思えませんでした」

「はーん、そうですか」

「実際、吹上の家で新居をかまえてからも、夜遅くに呼び出しがかかることはしょっちゅうだったようです。本人は海外の取引先との時差の関係だといってましたけど、実態は組事務所だったんじゃないでしょうか？」

「なるほどね」

「ですけど、たとえそうだとしても、祥子だってえらそうなことをいえる立場じゃありませんから。幸い主人も了解してくれたので、最後は私も賛成したんです」

旬子のいうことはいちいちもっともで、異論の余地はない。こんなしっかり者の姉がついていながら、どうして祥子は勝俣のような男に惹《ひ》かれたのか？　姉妹に共通するひたむきな気質が、姉はそのまま強さとなり、妹は逆に脆《もろ》さとなって表れたとしかいいようがない。

「で、結婚した結果はどうでした？」

「祥子の選択は間違っていませんでした。嗣弘さんは本当にいい夫で、祥子をたいせつにしてくれました」

「経済的な面ではどうでしたか？　率直にいって、あの焼けた木谷さんの家はかなり古ぼけていたという声もありますが」

またしても新城の突っ込みが入る。

あえて相手が嫌がる質問をする。それも本音を引きずり出すテクニックではあるけれど、旬子はびくともしない。

「そりゃ、欲をいえばキリがありませんけど」

揺るぎのない目で新城を見返した。

「どんなに古かろうが狭かろうが、都心に一戸建ての持ち家があって、食べるに充分な生活費を渡されていたんです。それで文句をいったらバチが当たりますよ」

「それはそのとおりですね」

「それに、嗣弘さんは毎月の給料を全額そっくり祥子に渡してくれていたんです」

「全額そっくりですか。それは感心だけど、本人の小遣いはどうしてたんですかね？」

「おそらく時間外手当とかの収入があったんじゃないでしょうか。なにしろ、かなりの長時間勤務だったようですから」

「具体的な金額は聞いておられますか？」

「毎月のお給料は手取りで三十万円だったそうですけど。あの子のそれまでの生活と比べたら天国です」

そうだったのか——。私は唸《うな》った。

ここで三十万円。ついに問題の数字が出現したことになる。

「で、その月給三十万円ですがね。祥子さんは給与明細で確認をされたんでしょうか？」

新城の関心も当然そこにあるようだ。旬子に向ける眼差《まなざ》しが鋭さを増している。

どんなにのんきな妻でも、夫の雇い主は誰で給料はいくらなのか、気にならないはずがない。思ったとおり、旬子は一瞬ためらいの表情を見せた。

「給与明細は見ていないそうです。ただ、一度だけ、嗣弘さんの預金通帳を見せてもらったことはあるといっていました。ここに毎月三十万円が振り込まれるということで」

やっぱり、な。新城は私に目配せをした。

「送金者の名前は見なかったですか？」

「いえ、それも……。祥子はあれこれ詮索《せんさく》する女じゃないですから。ですけどいま思えば、あの子は夫のすることに興味がなかったというより、本当のことを知りたくなかったのかもしれません。嗣弘さんの仕事がなんであれ、別れる気は毛頭ないんです。だったら、何も知らない方が楽だったんじゃないでしょうか」

「まあね」

「『君はそばにいてくれればいい』というのが嗣弘さんの口癖だったそうです。『だから私も、嗣弘さんがそばにいてくれればそれでいいの』って——。祥子はそういっていました」

歯の浮くような純愛物語。嗣弘は稲見から強請り取ったカネで妻を養い、本当の給料は全額自分の小遣いにしていたに違いない。

私の中で、反感がふたたびむっくりと頭をもたげた。

けれど新城は顔色ひとつ変えない。

「ところで、ここで根本的な話をしますとね。今回の放火が木谷家を狙ったものだとして、ターゲットは嗣弘さんだったのか、祥子さんだったのか、それとも両方だったのか？　問題はそこに戻るわけです。お姉さんとしてはその点、どう思われますか？」

しれっと矛先を転じる。

「そうですよね」

旬子はぶるりと身体を震わせると、しばし考え込んだ。

がぜん緊張感を増したその面持ちに、彼女の動揺が見て取れる。

「ということは、ターゲットは嗣弘さんではなく祥子の方で、犯人はやっぱり勝俣なんでしょうか？　いえ、それとも……」

ここで口ごもる。

なにやら胸に浮かんだことがあるらしい。しかし、

「思い当たることがありますか？」

新城に問われると、

「べつになんでもありません」

最後は言葉を濁した。

「ところで、勝俣がいまどうしているか、あなたはご存じですか？」

「いいえ、知りません。例の離婚裁判が終わってからもまるきり音沙汰《おとさた》がなかったので、さすがに祥子のことはあきらめたんだろうと——。油断していたのがいけなかったんでしょうか？」

なおも怯《おび》えた様子の旬子に、

「それだったら、そんなに心配はいらないと思いますよ」

新城は落着いた声を返した。

「でもまぁ、用心するに越したことはありません。私もできる範囲で勝俣の動向を探ってみましょう。なんにしても決めつけは禁物です。何かいいにくいことや引っかかることがあったら、私でなくてこの中島でも構いません。いつでもけっこうですから、躊躇《ちゅうちょ》せずに連絡してください」

「承知しました」

すなおにうなずく相手に、

「この人のいうとおりよ。女同士の方が話しやすいこともあるし。さっきお渡しした名刺の携帯の方に電話してくだされば、昼でも夜でもいつでも出ますから」

私も口を添える。

「ところで、最後にもう一つお訊《き》きしますがね。あなたは稲見駿一さんという人をご存じですか？」

とりあえず今日はここまでということだ。事情聴取はいよいよ締めに突入した。

「イナミシュンイチさんですか？　いえ、知りませんけど」

旬子は首をかしげている。

「いや、ご存じなくて当然なんですがね。もしかしてその名前が嗣弘さんの口に上ったことがあるかどうか、確かめたかったものですから」

「それも記憶にないですね」

当惑気味の顔がその言葉に嘘はないことを物語っている。

「いや、それならけっこうです。今日は本当にありがとうございました。お話はたいへん参考になりました。おかげでなんとなく方向が見えてきた気がします」

礼儀正しく頭を下げる新城に、旬子はふたたび力のこもった目を向けた。

「とんでもありません。お礼をいうのは私の方です。祥子の無念を晴らす希望が生まれたことで、どれほど元気づけられたか知れません。ですけど、一つだけ教えていただけますか？　そもそも新城さんはどうしてあの放火事件に興味を持たれたんでしょうか？」

考えてみれば、旬子の疑問はあたりまえだ。

いくらふたりも死者が出たとはいえ、発生からすでに三ヵ月。そろそろ世間の記憶も薄れる時期である。なぜいま頃になってあの事件の調査を？　真っ先に問い質《ただ》されてもおかしくない。

「不審に思われるのは当然ですが、これには事情がありましてね。私の個人的な理由によるとしかお答えしようがありません」

「ということは、この事件を題材に本でも書くおつもりなんですか？」

結局は自分の商売のためではないのか？　かすかに不信感を表した相手に、新城はゆるやかに頭《かぶり》を振った。

「私はフリーのジャーナリストです。でもだからといって、何を調べて何を書こうが勝手だとは考えていません。この件についても、いたずらに関係者の方々の名誉を傷つけることはしないつもりですが、いまの段階では、これは誰に頼まれたのでもない。純粋に自分の興味から動いているとしか申し上げられません」

「そうですか」

本心から納得したのかどうか、旬子はそれ以上追及しなかった。

「ですけど、これだけは約束していただけないでしょうか。もしあの事件の真相が分かったときは、決してうやむやに終わらせないでください。真相がどうであろうと、ふたりも人を殺した犯人がのうのうと暮らしているなんて、私はどうしても許せないんです」

旬子の懇願に、新城は迷いのない首肯を返した。

「もちろん犯人が特定できた暁には、それを公表するしないにかかわらず、なんらかの決着をつけさせたい。私はそう考えています」

「ありがとうございます」

旬子がしっかり頭を下げる。

心底強い女性なのだろう。持って生まれた正義感をゆるぎない信念が支えている。

新城はそんな旬子をじっと見つめていた。

7

収穫の多かった小島旬子の事情聴取に気を良くしたものか、さっそく調査を再開した新城だったけれど、そうそう都合よく事は運ばない。中でも大本命というべき勝俣については思いもしなかった事態が待ち受けていた。

それというのも、なんと勝俣は現在都内の精神科病院――それも一般病棟ではなく閉鎖病棟――に入院中だったからで、症状はかなり重いらしい。ふつうなら面会どころか病院側の取材協力も絶望的だ。

もっとも、そんなことであきらめる新城ではない。可能なかぎりの裏技を駆使し、粘り強く交渉した結果、がっぽり有益な情報を入手したようだ。

本当は私も一緒に動きたかったけれど、あいにく今週は仕事が山積みだった。加えて、当の新城からもなしのつぶてだ。丸々二日おいた今夜になって、ようやく長電話での報告が入った。

それによると、いまからおよそ二年五ヵ月前の二〇××年十一月、勝俣は自宅アパートで大量の睡眠薬を服用し、自殺を図ったのだという。祥子が嗣弘と結婚した翌月のことである。

このときは本人が睡眠中に嘔吐《おうと》を繰り返し、胃の中の睡眠薬の大半を吐き出したらしい。異様な呻《うめ》き声に気づいた隣室の住人が警察に通報してくれたおかげで、幸いにも一命をとりとめたようだ。

もっとも、睡眠薬自殺は第三者が考えるほど確実な死に方ではない。大量の睡眠導入剤を服用しても死に至らないケースは多いし、そんな騒ぎを繰り返していると、アイツは本気で死ぬ気がないんじゃないか？　白い目で見る者も出て来る。

だから勝俣の場合も、狂言自殺を疑う声が一部にはあったものの、両親宛ての遺書が残されていたというから、おそらく世をはかなんでの自殺未遂だったのだろう。

となると、問題は世をはかなんだ理由だけれど、これはもう祥子の再婚にあったとしか考えられない。そしてそれは取りも直さず、祥子と別れたのちも、勝俣の中では祥子への執着心が少しも衰えていなかったことを意味している。

粘着質の勝俣は離婚後も祥子の戸籍謄本を調べていたに違いない。その証拠に、祥子が焼死した二週間後、彼はまたしても自殺を図っている。

それもこんどこそは失敗しまいと決意したのか、成功確率の高い首吊《くびつ》り自殺。場所は同じく自室のアパートである。

これで二度目となる自殺未遂。ただし前回と違ったのは、発見されたときはすでに意識不明の重体だったことで、首吊り自殺はたとえ蘇生《そせい》しても後遺症が残りがちだ。勝俣の場合も重度の身体麻痺《まひ》や言語障害があり、再起が危ぶまれているという。

祥子の死を知っての衝動的な自殺。だとしたら、「俺にはおまえしかいない」という勝俣の言葉に嘘はなかったことになる。

「勝俣は勝俣なりに祥子を愛していたということね」

さすがに私も認めざるを得ない。

「なんだかんだいって、あとを追って死んでくれる男なんてめったにいるわけないもの。どんなに痛めつけられても祥子が勝俣と別れなかったのは、要するにそういうことだったのね」

感慨にふける私に、けれど、

「さあ、それはどんなもんかな?」

新城の反応はシニカルだった。

「そりゃ、ひとりの女に固執するのは愛かもしれないけどさ。だからって勝俣があとを追ったとはかぎらないぞ。短絡的に祥子夫婦を焼き殺した勝俣が、急に怖くなって自殺した可能性だってあるだろ?」

「じゃ、あなたは放火犯人は勝俣だと思っているの?」

私は驚いたけれど、

「いや、そうはいってていない」

新城は冷静に返してくる。

「これはあくまでも蓋然性《がいぜん》の話でね。勝俣が愛に殉じる男だというなら、それと同じくらい、復讐心《ふくしゅうしん》に燃える男であってもおかしくないというだけだ」

よく考えればそのとおりだ。愛と殺意はかならずしも矛盾しない。

「だけどそうなると、祥子の再婚直後ならともかく、勝俣はなぜいま頃になって放火殺人におよんだのか？　次なる疑問はそこよね。その点はどう説明するの？」

私の追及に新城は苦笑した。

「だから、いっただろ？　俺はべつに勝俣が犯人だとは思っていない。数ある選択肢の一つだというだけだ。それにな。そもそも勝俣が祥子を殺す理由が愛情の裏返し、つまり可愛さあまって憎さ百倍の所業だったとしよう。その場合でも、俺が勝俣なら木谷夫婦をふたりいっぺんに殺《や》ったりはしないね」

ついでにおかしなことをいい出す。

「どうして？」

「だってそうだろう。惚《ほ》れた女が相思相愛の男と天国へ昇る姿を、地獄から見上げて楽しいわけがない。それだったら、ふたりを生き地獄で苦しませる方がずっといい」

「へぇ、そういうものなの？」

「ああ、そういうものだ」

異常性格者の心理はなるほど異常だとしかいいようがない。

「それより小島さんにはもう知らせた？」

私は話題を変えた。

彼女は新城からの報告をいまかいまかと待ち構えているはずだ。

「これからだ。じゃ、進展があったらまた連絡する」

新城が電話を切ったあとも、すぐには興奮が治まらない。私は終わったばかりの会話の余韻に浸っていた。

急速に現実味を帯び始めた勝俣犯人説——。最初の自殺未遂からずっと鳴りを潜めていた勝俣が、ここに来て突如木谷夫婦の殺害を実行したとしたら、そこにはどんな事情があったのだろう？

「実は折り入って中島さんとお話ししたいことがあるんですけど。こんどの土曜日、ご都合はいかがでしょうか？」

小島旬子から電話があったのはその翌日のことだった。

8

前回と同じファミリーレストランに、これまた前回と同じ装いで現れた旬子は、けれどその顔に並々ならぬ決意をみなぎらせていた。

開き直り。そんな形容がぴったりだ。

「何かいいにくいことや引っかかることがあったら、私でなくてこの中島でも構いません。いつでもけっこうですから、躊躇《ちゅうちょ》せずに連絡してください」

先日新城が撒《ま》いておいた種が早くも芽を出したことになる。

「お忙しいところをお呼び立てして申しわけありません。あれからずいぶん迷ったんですけど、やはりこのことはお話しするべきだと思ったものですから」

決然たる口調に、たとえ自分にとって不利なことでも隠し立てはしまい、覚悟のほどが感じられる。

「とんでもない、こちらこそありがたいです。どんな些細《ささい》なことでも構いませんから、気を楽にして話してください」

私は意識してさりげない口調を心がけた。

それでも旬子の表情は硬い。

「実は、この間話題になった勝俣のことなんですけど」

ひと言ひと言に余分な力がこもっている。

これではまるでいよいよ自白を始める容疑者だ。

「あの男は祥子と離婚してから二度も自殺未遂をしたんですよね？　精神科病院に入院していると聞いてびっくりしました。重度の身体麻痺や言語障害が残っているそうですね。」

「まぁ、そこまでは分からないけれど」

私は言葉を濁した。

人の生存に関わることを軽々しく断定はできない。

けれどそんな言葉など耳に入らないらしい。旬子は苦しげに顔を歪《ゆが》めた。

「自殺未遂のことを聞かなければ、勝俣が死のうが入院しようが、私は何も悩まなかったと思います。ざまーみろと思うだけで――。ですけど、あの男が首を吊《つ》ったと知って、私は重大な考え違いをしていたことに気づいたんです」

ここで口を閉ざす。

「それって、勝俣は実は放火犯人ではなかったということかしら？」

「ええ、まぁ」

「勝俣は勝俣なりに祥子さんを心から愛していた。あらためてその事実に気づいたわけね？」

無関係の私だってそう思ったのだ。人が自らの命を絶つ重みは絶大なものがある。姉の旬子が感銘を受けるのは当然だろう。

ところが、ちょっと違うらしい。

「まぁ、それもありますけど」

旬子はかっきりと頭《かぶり》を振った。

「私は勝俣を甘く見ていました。こんどのことで、つくづくそれを思い知らされたんです」

抑えた口調に悔恨の念が滲《にじ》み出ている。

「考えてみれば、あれだけ粘着質の男が、離婚が成立したからといって黙って引き下がるでしょうか？　そんなわけがありませんよね？」

「まあね」

「祥子は都内のウィークリーマンションから離婚調停を起こしましたけど、弁護士さんの説明だと、裁判所に『非開示の希望に関する申出書』を出せば、相手方にはこちらの居場所を知られずにすむということでした。けれどいま思えば、それで安心したのが敗因だったんですね。祥子に新しい男が出来たことを察知した勝俣は、がらりと方針を変えて私たちを油断させたんです」

旬子はここでひと息入れたけれど、いま思い出しても腹立たしいのだろう。ぐっと顎《あご》を引いて気合を入れ直すと、ふたたび口を開いた。

「勝俣が不出頭のまま離婚調停が終了したことで、私はあの男もついに観念したと思っていました。嗣弘さんは用心深いので、それでもすぐには入籍しなかったんですけど、勝俣はいずれ祥子が再婚することを見越していたんですね。毎月欠かさず祥子の戸籍や住民票をチェックしていたんでしょう」

「でも、勝俣は祥子さんの再婚を知って自殺を図っていますよね？　それについてはどう考えですか？」

息巻く旬子に、私は注意を喚起した。興奮するあまり、彼女は肝心なことを忘れていやしないだろうか？

けれど旬子はにべもない。

「そんなの狂言に決まってるじゃないですか」

一刀のもとに切り捨てた。

「勝俣は大量の睡眠薬を飲んだあとでわざと吐き出したんですよ。おまけに隣の部屋に聞こえるほどの呻《うめ》き声を上げたとか」

「そういえばそうだけど」

「あの男はいつもそうやってアピールして来たんです。自分は命がけで祥子を愛しているんだとね。まぁ、そんな見え透いた手口に騙《だま》される方も騙される方ですけど」

まるで妹の不幸が乗り移ったかのように顔を歪ませる。

「とはいっても、勝俣は祥子さんが再婚してから二年五ヵ月もの間、おとなしくしていたわけでしょう？」

私の指摘に、

「とんでもありません」

旬子は吐き捨てた。

「勝俣みたいな男が、やっと相手の居所を摑《つか》んだというのに、何もしないで放っておくなんてことがあると思いますか？」

「ってことは、まさか！」

「そうです。勝俣は間違いなく祥子にいい寄ったはずです」

確信しきっている口ぶりだ。

「でも祥子さんは？　彼女は勝俣を撥《は》ねつけなかったというの？」

祥子はいまや既婚者だ。独身時代と同じノリでいい寄られたら、いくらなんでも抵抗しないとおかしい。

つい詰問調になった私に、

「問題はそこなんですね」

いいながら目を伏せたのは、旬子自身少なからぬ葛藤《かっとう》がある証拠だろう。

「私の睨《にら》むところ、祥子は結局勝俣に押しきられたんだと思います」

「それはよりを戻したってこと？」

「そうです」

「だけど、どうして？」

しょせん祥子はそういう女なのだ。そして、そういう女がいても何もふしぎはない。分かってはいても、口に出して訊《き》かずにはいられない。

そんな私に向かって、旬子は遠慮がちに口を開いた。

「この間は私、嗣弘さんは本当にいい夫で、祥子をたいせつにしてくれていたといいましたけど……」

　ここでいいよどむ。

「そうではなかったんですか？」

「いえ、それは本当です。ただ正直なことをいうと、祥子が嗣弘さんと再婚したときから、この結婚もいつかは暗礁に乗り上げるんじゃないか？　私にはそんな予感があったんですね。理屈ではなくて第六感のようなものですけど」

　その声音は一転して打ち沈んでいる。

「それでも私は、祥子は嗣弘さんと出会ったことで勝俣の洗脳から抜け出したと思っていたんです。この子もやっと真っ当な人生を摑んだんだなと。祥子自身も、嗣弘さんを心から愛しているといっていましたから」

「なるほどね」

「ですけど、それはあくまでもあの子が頭で思っていたことで、あの子の身体が感じていたこととはまた別だったんじゃないかと。いまとなっては疑わずにいられないんです」

　ここでまたいいよどむ。

「あの子もやっぱり女ですから」

　私はうなずいた。

「嗣弘さんが申し分のない人なことは事実です。ただ、嗣弘さんと祥子は二十も歳が離れていました。いってみれば大人と子供です。仕事で家を空けることもしょっちゅうで、夫婦そろって遊びに行くこともほとんどなかったんですね」

「まぁ、そうでしょうね」

「格別することがない生活は単調なものです。まだ若い祥子はそれが物足りなかったんでしょう。そこに勝俣が現れた——。つけ入る隙はいくらでもあったはずです」

「うーん」

呻かずにはいられない。

「どれほど優しくてもそばにいない男と、どんなに身勝手でも毎晩抱いてくれる男では、最初から勝負はついていたのかもしれません」

「つまり、祥子さんは嗣弘さんとの結婚を後悔していたということかしら？」

私の質問に、旬子はつらそうに眉《まゆ》を寄せた。

その半ば伏せた目の下で、白い頬がぴくぴくと痙攣《けいれん》している。

「そうかもしれないし、そうではなかったかもしれません。おそらく本人の気持ちも揺れていたんじゃないでしょうか」

まぁ、そうなのだろう。

「嗣弘さんはそれに気づいていたのかな？」

ほとんどつぶやきに近い独り言だったけれど、旬子は聞き逃さなかった。

「たぶん知らなかったと思います。いくら嗣弘さんが寛大でも、男として許せることと許せないことがあるはずですから」

「そりゃそうね」

私も納得しないわけにはいかない。

「ですけど本当をいえば、いま私が疑っているのはそんな次元の話ではないんです」

旬子はここでふたたび顔を上げると、あらためて正面から私を直視した。

見ればその目が据わっている。私は思わず居住まいを正した。

「このさいですからはっきり申し上げますね。あの火事は祥子が図った無理心中だったんじゃないか？　それが私が到達した結論です」

「まさか！」

「いえ、まさかではありません。私が被害者だと思っていた祥子は、実は当の犯人だったのではないか？　私は昨日からそのことばかり考えているんです」

この人は何をいい出すのだろう？　言葉がない私に、けれど旬子はうっすらと笑みを浮かべて見せる。

罪も罰も何もかもを、その微笑みに包み込んだ伎芸天《ぎげいてん》。

「そう考えれば、祥子の心境が手に取るように分かります。頭と身体の板挟みになったあの子は、最後は自分の手でこの三角関係を解消させる道を選んだんですね」

「それにしたって、無理心中とは飛躍のし過ぎじゃなくて？」

正直、私はそう感じたけれど、

「いえ、そうに決まっています」

口に出したことで吹っ切れたのか、もはや旬子の顔に迷いはない。

土曜日とあって、昼間の時間帯ながらテーブルは八割がたが埋まっている。ほとんどが若いカップルか家族連れだ。のんびりと平和なその風景をよそに、ここだけがぴんと張り詰めた静寂の中にある。

私は背筋が凍りつくのを感じた。

「私が最初に引っかかったのは、あの火事で嗣弘さんは二階で焼け死んでいるのに、祥子が自分だけ階下に下りて助かったことでした」

旬子が切り出す。

「でもそれは、祥子さんが目を覚ましたときは、もう部屋中が炎に包まれていたからじゃないかしら？」

「もちろん、そう考えるのがふつうだと思います。現に私も昨日までは、必死に疑念を打ち消してきましたから」

「でしょう？」

「でも冷静に事実をなぞれば、あの子が一階で倒れていたのは、いったん外に出てからまた家の中に戻ったからなんですね。じゃあ、祥子は何のために外に出たのか？　それは家に火を放つこと以外考えられません。あの子は最初から死ぬ覚悟でした。祥子は嗣弘さんと一緒に旅立つことで、精いっぱい夫の誠意に報いたんでしょう」

まるで憑《つ》き物が落ちたかのような確信に満ちた物言いだ。

だとしても疑問は残る。

「でも、それはあくまでもあなたの憶測ですよね？」

「はい」

「真実はどうだったのか、そもそも第三者に分かるわけがないでしょう？」

「それはそうですけど」

「だったら、小島さんさえ口をつぐんでいれば、祥子さんが放火犯人として糾弾される危険は皆無です。それなのに、あなたはどうして私にこの話をする気になられたんでしょうか？」

私が投げかけた疑念に、旬子はこの日初めての微笑みを見せた。

「だって、仮に私がお話ししなくても、新城さんはかならず同じ結論にたどり着くでしょうから」

「まあね」

「だったら、こちらが先回りしてできるだけの配慮をお願いするしかないですよね？これは私にとってぎりぎりの結論だったんです」

そうか、そういうことだったのか。私は考え込んだ。

それにしても、いまになってこんなことをいい出すなら、この間のあの言葉はなんだったのだろう？

これだけは約束していただけないでしょうか。もしあの事件の真相が分かったときは、決してうやむやに終わらせないでください。真相がどうであろうと、ふたりも人を殺した犯人がのうのうと暮らしているなんて、私はどうしても許せないんです。


彼女は高らかに宣言したのである。

犯人は許せないと息巻きながら、それが自分の妹となれば話は別だ。旬子の正義感も姉妹愛も、結局はエゴ以外の何物でもない。

「だいじょうぶ。取材相手が困ることはしないのがあの人のポリシーだから」

私の返事に心底ほっとしたようだ。

「ありがとうございます。そういっていただけると信じていました」

旬子は直立して深々と頭を下げた。

が、すぐにまた腰を下ろして、

「あと、これはこの間、お話しするのを忘れていたんですけど」

続けたところをみると、まだ何かいうことがあるらしい。

「なんでしょう？」

「いえ、べつにお役に立つかどうかは分かりません。ただ、嗣弘さんの仕事についてですけど、以前、たまたま彼が電話をしているところに居合わせたことを思い出したものですから」

いいながらもなんとなく伏し目がちなのは、死んだ義弟を裏切るようで後ろめたいのだろう。

聞けば、旬子の一家は嗣弘夫婦と連れ立って、知人が所有する山荘に遊びに行ったことがあるのだという。ふたりが入籍してまだ間もない頃の話で、結婚式もしなかった祥子のために、旬子が両家の顔合わせ会を企画したらしい。

「幸いなことに、主人の友達に別荘を貸していただけたものですから。ですけど、そこはかなり奥深い山中で携帯が使えないんですね。それで電話をかける場合は、リビングの固定電話をお借りしていたんです」

そうなのか。

「で、二日目の朝のことでした。前の晩は遅くまで飲んでいたもので、朝食は抜きになったんですけど、そろそろブランチの支度をしようとリビングを通りかかったら、当然まだ寝ていると思っていた嗣弘さんが電話中だったんですね」

聞いているだけでも、不穏な予感で胸がざわざわする。

「それも、それまではなにやら熱心に話をしていたのに、私を見たとたん、『それじゃ、また連絡しますから』って急いで受話器を下ろしたんです。そこで、『おはようございます。朝からお仕事ですか？』と声をかけたんですけど、嗣弘さん、ひどく慌てた様子で寝室の方に戻ってしまって。いったい誰と話をしていたのか気になったんです」

「なるほどね」

「それでいけないとは思ったんですけど、〈再ダイヤル〉ボタンを押してみたら、男の人の声で、『はい、〈月刊　明日の日本〉編集部です』と応答がありました。『すみません、間違えました』って、すぐに切りましたけど、べつに怪しい相手ではなかったのですっかり安心しちゃって。それっきり忘れていました」

旬子は淡々と語っているけれど、こちらは衝撃のあまり声も出ない。

嗣弘が〈月刊　明日の日本〉編集部に電話をした——。となると、もしかして相手は粂川か？　いや、それしか考えられない。でも、どうして嗣弘が粂川に電話を？

胸の高鳴りが激し過ぎて呼吸ができない。

私の動揺にも、けれど旬子は気づかないらしい。

「まぁ、ただそれだけのことなんですけど」

申しわけなさそうに口ごもる。

「いいえ、充分参考になりますよ」

全力で心を落着かせると、私はふたたび旬子と向き合った。

9

旬子と別れてからも身体の震えは止まらない。彼女の姿が視界から消えたとたん、膝《ひざ》が崩れそうになった。

旬子が唱えた祥子犯人説だけでも衝撃なのに、まさに真打ちの登場だ。謎の脅迫写真に彩られた稲見の失踪《しっそう》とその直後に発生した嗣弘の焼死事件。どちらも粂川の所業だったとは！　いままで自分は何を見ていたのか、我と我が身の愚かさを呪うばかりである。

一刻も早く新城に知らせないと！　気ばかり焦って、指が思うように動かない。メールはあきらめて電話に切り替えると、こんどは延々と話し中だ。やっとつながったときは、へたへたと身体中の力が抜けた気がした。

「どうした？」

新城は横浜《よこはま》にいた。

とある会社の関係者が集まり、競合企業対策を練っているのだという。そのあとみんなで中華街に繰り出す予定だったらしいけれど、私の興奮は電話越しでもビンビン伝わったようだ。

手早く説明すると、

「分かった。七時にはそっちに行けると思う」

頼もしい声が返って来る。それでこそ新城だ。

その晩は、当然のごとくふたりきりの捜査会議となった。食事はデリバリーの中華。まさかの展開に、会話も食事も大いに盛り上がる。

「こうなってみると、やっぱりあの脅迫状の送り主は粂川だったのね」

遠慮なく大声を出せるとあって、説明にも一段と力が入った。

「粂川なら、あのメールボックスの存在を知っていることはいうまでもないし、日奈子さんが問題の写真を見つけることも充分に予測できたはずだもの」

「ということは、きみの推理では、取材旅行を口実に稲見さんをおびき出した粂川は、まずは稲見さんを殺害して死体を隠した――。そのうえで、あの脅迫写真をメールボックスに入れて何食わぬ顔をしていたわけだな？」

「そのとおりよ」

私は断定した。

「あんな脅迫状が出現すれば、稲見さんが逃げ出すのも無理はないって、誰だって納得するよね？　それがあいつの付け目だったのよ」

「そうかなぁ？」

新城が首を捻《ひね》る。

いつになく血のめぐりが悪い。ここはていねいに解説する必要がありそうだ。

「それに、脅迫状を出しておくメリットはそれだけじゃないわ」

私は続けた。

「仮に将来、どこかで稲見さんの死体が見つかったとするでしょ？　その場合も、稲見さん殺害をそいつの犯行に見せかけることが出来る」

「つまり、『彼女を殺したのはおまえだ』という告発は現実の出来事ではないと」

「ええ、完全なでっち上げね」

「なるほど、そういうことか」

新城もこんどばかりは突っ込みどころがないと見える。めずらしく茶々も入れずにうなずいている。

「だから女の名前は書けなかった。でも見方を変えれば、具体的な記載がないことで該当者の幅も広がるのよね。さすがは粂川で、たいした深慮遠謀というべきね」

実際の話、あれだけのオピニオン誌を牽引《けんいん》する力はだてではない。私は粂川の知能にほとほと感心した。〈敵ながらあっぱれ〉とはこのことだ。

「それにしても、嗣弘と粂川がつながっていたのは盲点だったわね。ふたりの接点はどこにあったのかな？」

そこがどうしても分からない。私は首を捻ったけれど、

「そのふたりに共通するものといったらカネだな」

新城は悠然と青菜の塩炒《しおいた》めを口に運んだ。

「どういうこと？」

「どちらも稲見さんと金銭関係がある。嗣弘は稲見さんから毎月送金を受けていたし、清風出版社の山崎によると、粂川は稲見さんからカネを借りていたらしい。だから彼らの共通項は稲見さんだともいえる」

「だけど、だからってそのふたりがつながる必然性はないでしょ？」

私の指摘に、

「それはどうかな」

新城は不敵な笑みを浮かべた。

「好美は、あのとき山崎がいったことを覚えているか？」

「さぁ、なんだったかしら」

正直、あまり記憶がない。

「山崎によると、そもそも粂川が借金をこしらえたのは、株や先物に手を出したのが原因だ。そしてそのきっかけは、雑誌の取材で、ひと頃勇名を馳《は》せていた相場師の林田直紀を知ったことにある。で、その林田なんだが、本職は実業家だといいながら、ヤクザまがいの言動で知られている一匹狼だという」

そういえばそうだった。私は思い出した。

「それって、まんま嗣弘の雇い主じゃないの」

我知らず大声が出た。

なんでもっと早く気づかなかったのだろう？　確かにその人物像は、旬子が私たちに語った〈さる業界人〉のイメージとぴったり一致する。

仕事についても、さる業界人の私設秘書だといいながら名刺もくれなかったですし。

その雇い主の家に住み込んでいたことといい、夜にまたがる仕事が多かったことといい、どう考えても堅気の商売とは思えませんでした。

目から鱗《うろこ》とはこのことだ。

相場師といっても、ひと昔前の株屋とは様相が異なる。いまやグローバルな活動が求められる時代で、国内市場だけが対象ではない。海外の取引先との連絡も私設秘書の役目だったとすれば、夜にまたがる仕事も多くなる。嗣弘が多忙だったのは当然だ。

「な？」

新城は意味ありげにウィンクをした。

「ってことは、粂川と嗣弘はもろに仕事上の接点があったわけね？」

「可能性の一つではある」

「つまり粂川は株や先物で大損をして、穴埋めのためにさらなる投資をする羽目になった。そこで林田の私設秘書の嗣弘から相場の情報をもらうことにした、と」

「それもあり得る」

「ところが、物事は計算どおりには運ばない。なにしろ林田にしろ嗣弘にしろ、他人に損をさせても屁《へ》とも思わない人間だもの。粂川はガセの情報を摑《つか》まされて、儲《もう》けるどころか逆に傷が広がったんじゃないかな？」

「ふん」

「で、頭にきた粂川は嗣弘に落とし前をつけろと要求した。それでトラブルになったわけね」

「ヤクザ映画そこのけだな」

新城が口元を歪《ゆが》める。

なにやら異論がありそうだけれど、私は無視することにした。

「もしかすると、嗣弘は林田には内緒で粂川に情報を流していたのかもしれない。だとしたら、粂川が嗣弘に、林田にいいつけるぞと脅しをかけたこともあり得るでしょう？」

「それで粂川が嗣弘の家に放火した、ってか？　だけどな。嗣弘が粂川を殺《や》るならともかく、それじゃ立場が逆だろ？」

「違うのよ」

猿も木から落ちる。私は内心にんまりとした。

「林田は実業家を装っているけど、まんまヤクザだと考えるべきよ」

「まあな」

「だったら、その私設秘書の嗣弘もヤクザとつながりがあるに決まってるでしょ？　粂川に脅された嗣弘は、その筋の人間を使って粂川を殺そうとしたんだと思う」

想像は膨らむ一方だったけれど、

「それを事前に察知した粂川が、先手を打って嗣弘夫婦を殺したというの？」

いい出しっぺの新城がここで水を差した。

「ええ、そう。どっかおかしい？」

「おかしいかどうかはさておき、きみのいう粂川犯人説は嗣弘の雇い主が林田直紀であることが大前提だからな。そこが崩れればすべてが崩れる」

「それはそうだけど」

「そもそも嗣弘が祥子や旬子に語った説明が事実かどうかも含めて、もう少し慎重に判断する必要がある。いまの段階では、これも考え得る仮説の一つに過ぎない」

新城は早くも逃げ腰だ。自分で煽《あお》っておきながら、いざこちらがその気になるとこのていたらく。いい加減にしろといいたくもなる。

私の不満が顔に出たのだろう。新城は若干口調を改めた。

「きみがそう思う気持ちは分かる。だけど粂川だってバカじゃない。放火殺人は悪くすると死刑だからな」

「そうね」

「それに粂川が嗣弘を殺ったところで、やつの借金はびた一文減らないんだよ。首が回らない状況に変わりはない。メリットに比べてリスクが大き過ぎるんじゃないか？」

よく考えれば、そのとおりだ。殺人にはメリットもあるけれど、それを上回るデメリットがある。悔しいけれど認めないわけにはいかない。

「それはそうだけど」

早くもトーンダウンした私に、

「それにな」

新城はいつになく真剣な面持ちになった。

「実をいえば、嗣弘夫婦を殺した犯人についてはある程度の目星はついている」

「本当に？」

私は驚きを隠せない。

では、いままでの議論はなんだったというのか？

「それは誰なの？」

勢い込む私に、けれど新城は無言のままだ。身動《みじろ》ぎもせずにじっと前方を睨《にら》んでいる。

空気も固まるほどの重い沈黙。

やがて口を衝《つ》いた言葉は、ほとんど聞き取れないほどに低かった。

「あとは肝心の稲見さんの行方だけどね。それに関しても、俺はこれまでとはまったく別の方向で考えている」

背中がぞわりとするこの感覚――。裸の肩を冷たい手で掴まれた気がした。

第四章　夫の行方

1

夫が行方知れずになったあの日を境に、日奈子の世界は完全にモノトーンと化している。

どうせそのうち帰って来る。のんきに構えていた子供たちも、父親の不在がここまで長引くとさすがに不安になったようだ。

本来は無邪気な悠之も以前のようにはしゃぐことはなく、陽花に至っては、鬱々《うつうつ》としている母親が目障りなのだろう。食事をすますと、テレビも見ずにそそくさと二階に上がり自室にこもっている。

こうなると気のせいか、庭の芝までめっきり色あせて見える。点在する花壇には早咲きのチューリップが咲き誇っているけれど、その深紅の花弁ですら、木谷家を呑《の》み込んだ紅蓮《ぐれん》の炎のようだ。

先日の電話以降、新城からの報告も途絶えている。

だいたいあのときだって、肝心の夫の消息についてはなんの進展もありはしなかった。しょせんあの男は訊《き》き込みをするしか能のないライター崩れだ。うっかり粂川の口車に乗った自分は決定的な過ちを犯したのではないか？　後悔ばかりが募っている。

一刻も早く夫の消息を知りたい焦燥感と、夫はもう生きていないかもしれないという不吉な予感とに苛《さい》まれながらも、日奈子が手をこまねいているのは、ほかにどうする手立てもないからだ。

もっとも、その間まるきり変化がなかったわけではない。

家というものは、しばらく閉めきったままにしておくと、見る見るうちにすさんで黴《かび》臭《くさ》くなる。まるで家にも感情があって、家主の怠慢に当てつけているかのようだ。気がつくといつの間にか蜘蛛《くも》の巣が張っていることもあり、放置は禁物だ。

だから日奈子も気をつけていたけれど、それは空気の入れ替えのため、二日ぶりに駿一の仕事用マンションを訪れたときのことだった。

いつものように建物入口のメールボックスを調べていると、

「稲見さん、しばらく」

声をかけて来る女性がいる。

振り向くと、それはお隣さんの増川《ますかわ》夫人で、このマンションの中では数少ない知り合いのひとりである。

見るからに好奇心旺盛《おうせい》な中年女性で、夫婦で一階の画廊を経営している。だからあまり顔を合わせる機会はないけれど、駿一が作家ということで向こうが一目置いているらしい。会えばかならず親しげに話しかけてくる。

こんなときだからできれば話をしたくなかったけれど、逃げるわけにもいかない。

「あら、どうも」

最低限の会話ですませるつもりが、

「最近、ご主人をお見かけしませんけど、お元気でいらっしゃいます？」

ぐっと顔を近づけてきたからには、最初から摑《つか》まえる気満々だったようだ。これは腹を括《くく》るしかない。

「それがこのところ忙し過ぎたせいか、ちょっと体調が悪くて」

「まぁ、お病気？」

「ええ」

「というと入院されたんですか？」

「いえいえ、そんなたいしたことではないんですけど」

「ならいいけれど、このところずっとお留守でしたでしょ？　もしかしてお加減が悪いんじゃないかって、主人と話していたんですよ」

さも心配そうに口をすぼめる。

素知らぬ顔をしていても、人はよく観察しているものだ。とりわけ事故や病気や事件を見逃さないことは、テレビの近隣住民インタビューを見れば分かる。万が一にも駿一がその手の番組で取り上げられたら、真っ先にしゃしゃり出て来るのはこの女かもしれない。

「ご心配をおかけしてすみません」

頭を下げる日奈子に、

「いえ、そんなことはいいんですけどね」

増川は嫣然《えんぜん》と微笑んだ。が、

「実はちょっと気になることがあったもので、奥さんのお耳にも入れといた方がいいかと思って。それというのも、私、偶然に見ちゃったんですけど、以前、ご主人をつけている変な男がいたんですよね」

すぐに話題を変えたところをみると、どうやらこちらが本題のようだ。コンタクト越しにぎらりと光る瞳《ひとみ》を見ただけでも、内面の興奮が窺《うかが》い知れる。

「変な男といいますと？」

こうなったらいやでも尋ねないわけにはいかない。

増川はさっそく日奈子の正面に向き直り、体勢を整えた。

「いえ、変といっても、一見したところはふつうなんですけどね」

「若いんですか？」

「若いというか、中年だわね」

「それはいつ頃のことでした？」

「そうねぇ、もう三、四ヵ月前になるかしら？」

大仰な仕草で思案する。

「夕方の五時頃、駅からここに向かっていると、たまたま十メートルくらい先に稲見さんが歩いていらしたんです」

「主人がひとりで、ですか？」

「ええ、そう。ただ、それにしては妙だなと思ったのは、稲見さんのぴったり後ろをその中年男が歩いていたことで」

「つまり主人を尾行していたと？」

「まぁ、尾行にしては露骨過ぎる気もするけれど――。とにかくその男、歩きながら一心に稲見さんを見ていたわね」

「そうですか……」

何か気の利いた返事をしようにも、適当な言葉が見つからない。そんな日奈子に苛立《いらだ》ったのか、増川のトーンはひときわ高くなった。

「で、私がこれは完全におかしいと思ったのはね。信号待ちで稲見さんが立ち止まったとき、その男も歩調を合わせたんですけどね。やおらポケットからスマホを取り出すと、稲見さんの後ろ姿を写し始めたからなんですよ。それって、どう考えてもふつうじゃないでしょう？」

どうだ、これでもまだ驚かないか！　じろりとねめつける目は、犯人に動かぬ証拠を突き付ける刑事ばりの自信に満ちている。

むろんふつうではないけれど、これでは反応の強要だ。

「それでどうなりました？」

あえて怯《おび》えた声を出すと、それに満足したらしい。相手は得意げに唇を突き出した。

「稲見さんが建物に入る寸前まであとをつけていたわね。さすがに住居侵入をする度胸はないらしかったから、私は知らん顔をして通り過ぎたけれど」

「そうだったんですか」

「でも、なんだか気味が悪くてね」

「そうですよね」

「よっぽど稲見さんにお伝えしようかと思ったんだけど、暴力を振るうタイプではなさそうだし。つい話しそびれてしまったんですよ」

心底残念そうだ。

「その男、どんな人だったか顔を見ました？」

ダメ元で訊いてみる。

と、そのタイミングを計っていたらしい。

「もちろん見ましたけどね」

増川は待ってましたとばかりにポケットからスマホを取り出した。

「もしなんかあったらたいへんでしょ？　大急ぎでうちに戻って窓から覗《のぞ》いたら、まだそこに突っ立っていたので画像に残しておきました」

いいながら手早く操作をして、

「ほら」

日奈子の鼻先に突きつける。

なんたる手際のよさ。これでこそやり手で評判の画廊のオーナーだ。

「ありがとうございます」

「これでりっぱな証拠になりますよ」

「おかげさまで安心です」

とはいっても、まさかそこに見知った男が登場するとは思わない。

どちらかといえば好奇心から画面に目を向けた日奈子は、そこに映る男の顔を認めて息を呑《の》んだ。

2

新城が助手の中島を伴って稲見邸に姿を現したのは、東京の桜が満開となった四月初めのことだった。

「主人の行方が分かったんですか？」

前日に電話をして来た新城は、しかし朗報をもたらすつもりはなかったらしい。日奈

子の問いかけには答えず、

「いえ、その前に少々お話しすることがあります」

あくまでも面談を求める。

「どんなことでしょうか？」

「いや、電話ではちょっと」

「と仰《おっしゃ》られても」

「よろしければ、明日にでもそちらに伺いたいのですが」

慇懃《いんぎん》ながらも妥協を拒否する気が満々だ。

「では、午前十一時ではいかがでしょうか？」

「けっこうです。それでは明朝十一時に」

依頼人はこっちなのに、いつだって向こうのペースに嵌《は》められる。いまさらながら日奈子は唇を嚙《か》んだ。

そんな内心の不満に、面の皮が厚い男もさすがに感じるものがあったのだろう。翌朝、約束の時間ジャストにインターホンを鳴らした新城は、いつになく神妙な顔で門前に直立していた。

前回は嬉々《きき》として庭めぐりに興じていたけれど、今日はそれどころではないらしい。門を開けるや否やまっすぐ玄関に向かい、粛々と靴を脱ぐ。

その新城に影のごとく従う中島も表情は険しい。およそ洒落《しゃれ》っけからほど遠いこの女は、今日もなんの変哲もない黒の上下に身を包み、ただでさえ無味乾燥な肢体に硬質のオーラをまとっている。

新城はこの女のどこがいいのだろう？　いわずもがなの台詞《せりふ》をぐいっと押し込める。

内心の声は口に出さずとも色に出るものだ。なんであれ、あたかも敵陣に踏み入るがごときふたりの形相を見れば、これから始まる会談の雲行きは明らかだ。それならこっちから先手を打つ方がいい。

「主人の身に何かあったんですね？」

応接室のソファに腰を下ろすや口火を切った日奈子に、けれど新城はゆるやかに頭《かぶり》を振った。あくまでも自分のペースで進める気のようだ。

もう我慢も限界だ。

「新城さん。このさいはっきり申し上げますけど、私があなたにお願いしたことは主人の捜索です」

自然と声が上ずった。

「主人がいつどこで生まれようが、誰にいくら送金しようが、そんなことは枝葉末節じゃありませんか。なのにあなたときたら、主人の居所を調べるどころか、嗣弘夫婦がどうだとかこうだとか、どうでもいい話ばかり。いい加減にしていただけませんか」

日奈子にしては強いもの言いだったけれど、新城はびくともしなかった。

「お気持ちは分かりますがね。最初にご依頼を受けたときと比べて、現在の状況は一変していますす。それというのも、ほかでもありません。嗣弘と祥子夫婦が焼死したあの放火事件は、事件の構造に大きな亀裂《きれつ》をもたらさずにはいなかったからです」

　ここで焦《じ》らすかのように間を空ける。

「奥さんもよくご存じのように、それまでの嗣弘は稲見さんを強請《ゆす》る脅迫者とみなされていました。つまり加害者ですね。他方、稲見さんはもっぱら強請られる側の被害者で、その身の安全を憂慮される立場だったわけです。ところが今回嗣弘が焼死したことにより、もしかすると嗣弘は稲見さんに殺されたのではないか？　にわかに稲見さん加害者説が浮上することになりました。つまり、ふたりの立場が完全に逆転したことになります」

「まぁ、そうともいえますわね」

　とりあえず肯定しておく。

「もちろん、現段階で警察が稲見さんを疑っているわけではありません。警察は依然として連続放火魔犯人説をとっています。とはいえ、いつなんどき彼らが稲見さんと嗣弘との関係に気づくか予断は許しません。そうなれば、稲見さんが容疑者リストに載ることは時間の問題だといってもいいでしょう」

「ひどい話だこと」

「そのとおりですが、現実を受け容《い》れるしかありません。となれば、いまや我々の最大の目標は、放火犯人が誰であれそれは稲見さんではあり得ないこと。すなわち稲見さんの無実を証明することなのですが、それはそんなに簡単ではありません」

「どうしてでしょうか？」

「といいますのも、ある人があることをした事実を証明するのは比較的容易なのですが、その逆となると至難の業なのですね。とりわけ、その行為をした人物が所在不明の場合は最悪です。特定の人間の無実を証明するには、いわゆるアリバイの主張に勝るものはないのですが、そもそも行方不明の人間にはアリバイなどあるはずがありませんから」

「なるほどね」

「ましてや疑いをかけられた当の本人が不在なのに、周りの人間が勝手に無実を訴えるのもこれまたおかしな話でしょう？」

「いわれてみれば、そのとおりですね」

「要するに、いくら我々が稲見さんの無実を信じていても、現実には、稲見さんがあの日あの放火事件を起こせなかったことを証明する手立てはないわけです。となると、彼を擁護するために、我々はどう行動すべきなのでしょうか？　答えは決まっています。結局は真稲見さん犯人説を打ち砕くには、稲見さんに代わる容疑者を挙げるしかない。結局は真犯人の存在が不可欠だということです」

ここでまたもったいぶって間を空ける。

なんとも思わせぶりないやらしい間合いだ。ふつふつと嫌悪感が噴き上がるものの、こういった場面は感情的になった方が負けだ。

「で、その結果どういうことになったのでしょうか？」

日奈子は努めて冷静に先を促した。

「では真犯人はいったい誰なのか？　いうまでもなく焦点はそこに絞られますが、これがまたなかなか難問でしてね。調べれば調べるほど、容疑者が絞られるどころか、むしろ広がったといっても過言ではありません」

「と、仰いますと？」

「ひと口でいえば、嗣弘はひと筋縄ではいかない人物だということですね。私は亡くなった祥子の姉の小島旬子からも事情を聴きましたが、それによると、嗣弘は妻の祥子にすら本当の姿を見せてはいなかったようです」

「そうなんですか」

「彼は、自分はさる業界人の私設秘書だと称していたそうですが、その業界人の氏名はおろか、どんな仕事を任されていたのか、具体的な説明はいっさいなかったようです。それどころか自分の勤務場所すら明かさないありさまで、おそらく彼の雇い主は金融商品などを扱う経済ヤクザだろうというのが、周囲の一致した見方でした」

「はぁ」

「だとすれば、今回の事件は彼の仕事関係のトラブルだとも考えられるわけで、そう思って見れば、放火殺人という荒っぽいやり口は反社会的組織らしいといえなくもありません」

「なるほど、そういうことですか」

せいぜい感心してみせる。

「そしてその祥子なのですが、彼女は嗣弘と結婚するまでに、前夫との間でひともんちゃくあったことも分かっています」

「そうなんですね」

「ちなみに勝俣というその男は、祥子が再婚した時点で睡眠薬による自殺未遂騒ぎを起こしているのですが、木谷夫婦が火事で亡くなったあと、こんどは首吊《くびつ》り自殺を図りましてね。幸い一命は取り留めたものの、重篤な後遺症が残ったらしく、再起可能かどうか定かではありません」

「ということは、その勝俣が放火犯人である可能性もあるわけですか？」

「一応はそうなりますね」

新城は淡々としているけれど、それはまたそれですごい話だ。

日奈子は息を呑《の》んだけれど、話はそれだけでは終わらなかった。

「そしてここが大事なところなのですが、嗣弘は稲見さんから毎月送金を受けていただけではありません。彼はなんと明日の日本社とも関係があるらしいのですね」

さらなるに衝撃をぶつけてくる。

「明日の日本社って、あの粂川さんの明日の日本社ですか？」

嗣弘と粂川。思ってもみなかった組み合わせに、すぐには話が呑み込めない。

「そのとおりです」

新城はそんな日奈子にしっかりと視線を向けた。

「にわかには信じられないでしょうが、実は、嗣弘が〈月刊　明日の日本〉の編集室と電話で話をしている現場に、たまたま居合わせた人がいましてね。その人物から判断するに、これはかなり信ぴょう性が高い情報だと考えられます」

「ほんとですか？」

「本当です。そこで次なる疑問ですが、仮に嗣弘と粂川氏が知り合いだとしたら、そこにはどんなつながりがあり得るでしょうか？」

「さぁ」

「想像を広げれば、嗣弘の雇い主と粂川氏は株や先物取引を通じて以前から交流があったという見方もできますが、真偽は不明です。また噂によれば、粂川氏は投機の失敗による損失を補塡《ほてん》するために、稲見さんから借金をしていたという話もあるのですが、奥さんはご存じでしたか？」

「いいえ、ぜんぜん」

思わず大声になった。

「借用証もありませんか？」

「もちろんです」

仮にそんなことがあったとしても、夫が自分にいうわけがない。それはともかく、粂川があの嗣弘と以前から交流があったとは！　日奈子は軽いめまいを覚えた。

新城にとって、けれどこれも想定の範囲内だったようだ。

「なるほどね。やはり奥さんはご存じなかったですか。けれどまぁ、これも現段階では真偽不明といわざるを得ません。要するに、嗣弘殺害の動機を持つ人間は稲見さんだけではない。ほかにも複数存在しているということです」

憎たらしいことに、その口吻《こうふん》はますます余裕を増している。逆にこちらはめまいがひどくなる一方だ。

で、この男は結局誰を犯人に仕立てるつもりなのだろう？　ぐらつく頭を首で支え、日奈子は必死に立て直しを図った。

「つまり犯人はいま挙がったうちの誰かということですね？」

高まる好奇心と忍び寄る不安——。けれど新城の反応は日奈子の想像を超えていた。

「いや、そうとはかぎりませんね」

かすかに唇を歪《ゆが》ませた新城の眼差《まなざ》しは、その無造作な口ぶりとは裏腹にぴたりと日奈子に向けられている。

「考え得る犯人像はほかにも存在します。夫婦は一心同体だ。私はそんなことをいうつもりはありませんが、夫婦というものが一種の運命共同体であることは事実でしょう」

「まぁ、そうですわね」

「であれば、行方不明の夫に代わって妻が行動を起こすことは、ある意味とても自然なことだといえます。と、ここまでいえばお分かりですね？」

「………」

「木谷嗣弘を殺害する動機があり、しかもそれを実行し得た人物。そして稲見さんが無実であることを確実に知っている人物。それは稲見夫人を措《お》いて存在しません」

「だからといって、まさか！」

呆然《ぼうぜん》とする日奈子の耳に、

「ご承知のように、これは決してまさかではありません。木谷家に火を放った犯人は、稲見日奈子さん、あなたですね？」

新城の冷徹な声が響く。

「でも何を証拠に？」

声がかすれた。

ふと脇を見やると、どこまで新城と通じているものか、あたかも歴史の証人であるかのように辺りを睥睨《へいげい》する中島と目が合う。

「いい加減なことを仰《おっしゃ》らないでください」

抗議の声を上げた日奈子に、

「まだお気づきではありませんか？」

かすかに憐憫《れんびん》の情を浮かべた新城がおもむろに語り始めた。

「私があなたを犯人だと指摘する根拠は、あなたの犯行を決定づける証拠物が手に入ったからでも、たまたま現場に居合わせた目撃証人が見つかったからでもありません。決め手となったものは、ずばりグーグルマップのストリートビューでした」

新城が告げる。

3

「ストリートビューですって？」

「そのとおりです」

「でも、それがどうして？」

戸惑いを隠さない日奈子に、新城は緩やかな笑みを見せた。

「なぜ私がストリートビューに着目したのかといえば、原因は日奈子さん、あなたにあったんですよ」

低いが揺るぎのない声だ。

腹部に突き刺さった短刀がゆっくりとめり込んで来るように、じわじわと日奈子の肉体を侵食する。

「あなたはご記憶でしょうか？　私が初めて吹上の現場を訪れたとき——それは百合枝と嗣弘親子の死亡が判明した日でもあったわけですが——いうまでもなくその時点では、

私は木谷宅がすでに焼失していること、そして嗣弘夫婦がその火事で亡くなったことを知りませんでした」

そうだった。日奈子は思い出した。

「そこで私はあなたと一緒に現場を見に行こうと考えたのですが、意外にもあなたの反応はつれないものでした。

了解いたしました。ただ、あいにくこのところ用事が立て込んでおりますので、今日は新城さんおひとりで行っていただけないでしょうか。その代わり、近いうちにかならず私も現場にまいります。

それがあなたの返事だったわけです。そこでひとりで現場に赴いた私は、放火事件の顚末《てんまつ》を始め有益な情報を得たのですが、幸運はむしろそのあとにありました。その夜、報告の電話を入れた私は、実はあなたもその日の夕方に吹上の現場を訪れたことを知り、はたと考えることになったわけです」

新城は得々と語っているけれど、だからなんだというのだ。

「それのどこが問題なのですか？」

つい詰問調になった。

あのときの新城との会話を思い起こしてみる。

はい。今朝はああ申しましたけれど、やっぱり気になったものですから。

そう述べた私に、新城は特段の反応を示さなかった。

そうだったんですか。でも、それならもうご存じでしょう？　木谷家は去年の十二月に火災に遭って全焼しています。焼け跡から嗣弘の遺体が見つかりましてね。……彼ら夫婦はその火事で亡くなっています。

どう考えても、べつだん問題のある会話ではなかったはずだ。

そんな日奈子を新城は微動だにせずに見下ろしている。さながら身がすくんで動けないゴキブリをいたぶる狡猾《こうかつ》な猫——。怖気《おじけ》づくなというのは無理な注文だ。

もの問いたげな日奈子を無視して新城が続ける。

「朝電話をしたときには現場行きに消極的だったあなたが急に気を変えたこと。それ自体にも違和感がありましたが、私が特に不審に思ったのは、あなたが向かいの喫茶店でマスターから話を聞いたと仰ったことでした」

それがどうしたというのだろう？

「それというのも、あの日私がそこで見た景色とあなたのお話との間には、致命的といえるずれがあったのですね。なぜならば、私が行ったときには木谷宅跡地の真向かいは完全な更地だったからで、〈向かいの喫茶店〉という表現は、どう解釈しても実態と乖《かい》離《り》していたからです。となれば結論はおのずと導かれます。あなたはあの日あの現場に行ってはいないのです。私はそう確信するに至りましたが、同時に、だとするとあなたはなんのためにそんな嘘を吐いたのか？　次なる疑問に直面したわけです」

新城はここで語りを止めたけれど、もはや反応する気力もない。身《み》動《じろ》ぎもせずに新城を見つめる中島とは対照的に、いつしか日奈子の身体は瘧《おこり》のごとき細かな痙攣《けいれん》を繰り返している。

あそこが更地になっているなんて、そんなバカな！

打ちのめされて声も出ない依頼人相手に、しかし手を緩める気はまったくないようだ。新城はふたたび口を開いた。

「あなたとの電話を終えたあと、私がストリートビューで現況を確認した理由はいうまでもありません。本当はあなたはあの日より前にあそこを訪れていたのではないか？　そして木谷家の向かいの喫茶店で一服した人物とはあなた自身だったのではないか？　その疑問に対する明確な答えが欲しかったからです。

結果は劇的でした。木谷宅跡地の真向かいにあったのは一軒の喫茶店で、店名は〈純喫茶エレジー〉。そのネーミングが示すとおり、それは店の造りといい佇《たたず》まいといい、ノスタルジックな〈喫茶店〉そのものでした。ぶ厚い木製のドアには店名を記した陶製プレートが掲げられ、大きく切られたガラスの窓越しに、木製のテーブルと合成皮革張りのソファを見ることができます。それは逆にいえば、店内からも通りを眺められるということで、確かにこの店なら木谷宅を偵察するのに理想的だといえるでしょう」

言葉は聞こえるものの、ショックが大き過ぎて頭に入らない。

「そこで忘れてはならないのは、この喫茶店はもはや存在しないということです。けれどストリートビューでは——木谷宅はすでに焼け落ちているにもかかわらず——その真向かいの純喫茶エレジーはばっちり映っている。それはなぜでしょうか？」

新城がここでにっと歯をむき出す。吐き気を催した。

「ご存じだと思いますが、グーグルマップのストリートビューは、三六〇度撮影されたパノラマ写真を使った地図サービスです。目的地周辺の景色や建物の状態を全国どこからでも把握できるとても便利なものですが、ここで注意すべきは、それらのデータは事前に自動車や自転車、場合によっては徒歩で撮影されているので、映像と現実の間にどうしても時間差が生じることなのですね。日奈子さんが吹上の現場を訪れたと称する日のストリートビューは、当日の現況をリアルタイムで映し出してはいませんでした」

そうだったのか。不覚ですますにはことが重大過ぎる。

「それではそのデータはいつ取得されたのか？　これは今年の二月だったことが分かっています。といいますのも、ストリートビューはスマートフォンでも閲覧可能ですが、それだと撮影日を確認できないのに対し、パソコン版のグーグルマップなら画面左上に撮影日が表示されるからなのですね。つまりあなたが現場を訪れたとき、純喫茶エレジーはまだ実在していたために、あなたはその後それが取り壊されたとは夢にも思わず、いまもそこにあると思い込んでしまったわけです」

新城の告発は続いているけれど、いつの間にか日奈子の身体はバランスを失っている。うっかりするとソファからずり落ちかねない。その危うい姿に、

「だいじょうぶですか？」

さすがに中島が声をかけてきた。

それでも新城が頓着《とんちゃく》する気配はない。執拗《しつよう》なまでに詳細な説明を加えていく。

「と、ここまでいえば、あとは指摘するまでもないでしょう。あの日、あなたが私と一緒に吹上に行くことを拒んだのは用事があったからではありません。純喫茶エレジーで下見をしたあなたは、喫茶店の店主は一度でも来店した客の顔を忘れないことを知っていました。あなたはマスターが自分の顔を覚えていること、そしてそれゆえにあなたが放火犯人であることが発覚することを恐れたのです」

新城の物言いは歯切れがよく、いっそ小気味いいほどだ。

ぐったりとソファに身を預けた日奈子の代わりに、

「私だって現場を見ていたのに――。同じ状況で同じものを見ても違いが出るのは、やっぱり知力の差かしら」

中島がぽつりとつぶやく。

敗北感は否定しようもないけれど、自分は中島とは違う。新城ごときに負けはしない。日奈子は抜け目なく計算をした。

この男は警察官ではない。しょせん手にした情報をカネに換える売文屋だ。だったらジタバタせずに彼の仕事を丸ごと買い取ればいい。事実を認めたうえで取引に持ち込む。そこが勝負どころになる。

「すべては主人のためでした」

残る気力を振り絞り、日奈子は語り始めた。

4

「主人が百合枝と嗣弘の親子に強請《ゆす》られていたことは仰るとおりです。それもいまに始まったことではありません。義母の志津子の代からの根深い話で、主人の努力ではどうにもならないことでした」

ひとたび話し始めれば言葉はよどみなく出て来る。

その声が湿っているのは心が痛んでいるからで、自分だってあんなことはしたくなかった。それが嘘偽りのない本心だ。

「主人はかわいそうな人です。才能には恵まれていましたけど、天はあの人に対して苛《か》酷《こく》でした。それも、生まれたとたんにとんでもない事件に遭遇しただけではありません。

主人はその後もずっと運命に翻弄《ほんろう》され続けてきたんです」

「それは初めて聞く話ですが、そのとんでもない事件とは具体的にはどういうことでしょうか？」

ここで新城が口を挟んだ。

この男、本当に知らないのか、それとも空とぼけているだけなのか——。いずれにしても嘘を吐くのは得策ではない。日奈子はとりあえず頭を下げた。

「申しわけありません。これまで黙っていたことはお詫《わ》びします。でもいままでその話をしなかったのは、決して悪気があったからではないんです。主人の秘密を知られたくない一心で——。留守を守る妻としてはこうするしかありませんでした」

いっているそばから涙がこぼれ出す。

「それは稲見さんの出生に関する話ですね？」

新城が念を押す。

やはりこの男は知らんぷりをして何もかも調べ上げたのではないか？　暗い疑念がごぼごぼと湧き上がった。

「そのとおりです」

日奈子はうなずいた。

「義母はどこの病院で出産をしたのか、新城さんはお尋ねになりましたよね？　あのときは知らないと答えましたけど、それはとっさに吐いた嘘でした。主人は戸田市内の久住産婦人科医院で生まれております。そして、それこそが主人の悲劇の始まりだったといっても過言ではありません」

「やはりそうでしたか」

新城が相槌《あいづち》を打つ。

「その同じ久住産婦人科医院で、主人とまったく同じ日に木谷嗣弘が生まれたことも、新城さんが想像されたとおりです。その意味で、主人と嗣弘は誕生した瞬間から運命の糸で結ばれていたといったらいいでしょうか」

「うーん、運命の糸ねえ」

大仰にうなずいた新城に、日奈子は寂しげに微笑んでみせた。

「けれど問題は、義母の志津子が産んだ子供が主人ではなかったこと。そして木谷百合枝が産んだ子供も嗣弘ではなかったことなんですね。本当は、世間で稲見駿一だとされていた人物が百合枝の息子の木谷嗣弘で、嗣弘だとされていた人物が本物の稲見駿一だったわけです」

衝撃の告白だ。

日奈子はここでいったん間をおいたけれど、

「ってことは、もしかして赤ん坊の取り違え？」

素《す》っ頓狂《とんきょう》な叫び声を上げたのは新城ではない。その横に侍《はべ》る中島で、当の新城はといえば無言のままじっとりと眉《まゆ》を寄せている。

「そういうことですね」

「で、双方の親もそれに気づいていたと？」

「はい」

「なのに子供の交換はしなかった？」

「はい」

「だけど、どうして？　どうしてそんな大事なことを放置していたの？」

中島が首を振る。

まともな感覚なら理解できなくて当然だ。

「その方がおカネになる。百合枝がそう判断したということかしら？」

中島の自問自答に、

「だと思います」

日奈子はここぞとばかり呼応した。

「ふつうなら、赤ん坊の取り違えに気づいた時点で、何はともあれ産院に連絡しますよね？　医者側のミスなことは明らかなんですから」

「そうですね」

「でも、百合枝はそこで考えたんですよ。なにしろ当時の久住産婦人科医院は病床数も少なくて、いつつぶれてもおかしくない状態でした。そんな産院にクレームをつけても、おカネにならないことは分かりきっています」

「ま、そうでしょうね」

「それに引き換え、稲見家は裕福な家柄です。おまけに相手方の志津子は夫に死なれて弱い立場にありました。だったらここで子供を交換するより、稲見家をカネづるとして利用する方が利口というものです」

仰《おっしゃ》るとおりだ。

「計算高い百合枝は、志津子に恩を売る見返りに、彼女から毎月の生活費を巻き上げる道を選んだのではないでしょうか」

日奈子の説明に、

「なるほどねぇ」

中島が同意する。

「それだけではありません。百合枝にすれば、偽の息子に代わって自分の本当の息子が資産家の跡取りになるのです。文句のあろうはずがありません。一石二鳥とはこのことでしょう」

「そういうことだわね」

簡単に納得した助手を傍らに、けれど新城はさっきから左手であごを支えたまま、何事かじっと考えている。見た目によらず慎重な性格らしい。ようやく口を開いたときには、たっぷり三十秒が経過していた。

「久住産婦人科医院が赤ん坊の取り違えをやらかした。あなたはその話を誰からお聞き

る。

言葉遣いこそ丁重だが、そこには嘘やごまかしを許さない強固な意思がみなぎってい

「べつに誰からも聞いてはおりません」

とりあえず返事をする。

「だとすると、あなたがそう思われた根拠はなんだったんですかね？」

「それは、そう考えれば何もかもが腑《ふ》に落ちたからです」

これは事実そのとおりだとはいえ、問いに対する答えにはなっていない。

はたして新城はぎろりとこちらに目を向けた。

「腑に落ちた。それだけですか？」

「はい。正直いって、義母と主人は決して仲睦《なかむつ》まじい親子ではありませんでした。その証拠に、ふたりが楽しそうにしゃべっているところは一度も見たことがないですから」

「ふん、なるほど」

「でも、だからといって仲が悪かったわけでもないんですね。そういう意味では、他人行儀といったらいいでしょうか。お互い気を遣いながらも、最後までどこかよそよそしい感じは拭《ぬぐ》えませんでした」

「うーん、そうですか」

「ですけど、それはあくまでも私が受けた印象です。そんなことはないといわれれば、

そうですかというしかありません。ただ、義母が主人の本当の母親ではないと確信したのは決して当てずっぽうではないんです。といいますのも、血液型からして、主人は絶対に義母の子ではあり得ないからなんですね」

ここでおもむろに取り出した隠し玉に、

「ほう、血液型ですか」

新城が声を上げる。

「はい。義母はO型でしたけど、主人はAB型だったんです」

およそこれ以上インパクトのある事実もないだろう。

日奈子の声が一段と力を増したのは気のせいではなさそうだ。さすがの新城も突っ込みようがないらしく、腕を組んだまま微動だにしない。

日奈子が続ける。

「そもそも私がふしぎだったのは、主人も義母も、なぜか自分たちの血液型をいいたがらないことでした。尋ねてもはぐらかすばかりで、いっこうに要領を得ないんですね。ですから、もし私が血液型に無頓着《むとんちゃく》な性質《たち》でしたら、きっといつまでも知らずじまいだったと思います」

「で、あなたはどうやって彼らの血液型を知ったんですかね?」

「それはすでに知っていました。さらに私が内緒で久住産婦人科医院を訪ねました」

「というと、ご主人にも内緒だったんですか」

「ええ、もちろん」

「久住産婦人科医院で何を調べられたのでしょうか？」

「それはもうたくさんあります。おかげで、これまで私が漠然と感じていた疑問についていろいろなことが明らかになりました」

「それで、あなたは赤ん坊の取り違えがあったことを確信したと？」

「はい」

「しかし、ご主人に問い質《ただ》すことはしなかったんですね？」

「そのとおりです。なにしろ嗣弘の存在も、その嗣弘に毎月送金をしていることも、主人はおくびにも出しません。あの人にとっては、妻に真実を知られるより、嗣弘に強請《ゆす》られる方がまだよかったんでしょう」

「ということは、あなたは嗣弘さんの脅迫からご主人を守るために放火殺人に踏みきったわけですね？」

言葉こそきついものの、その眼差《まなざ》しには若干の憐憫《れんびん》が混ざっている。

放火は許されざる犯罪だ。だとしても、卑劣な強請り屋を撃退するのにほかにどんな方法があるというのか？　新城もその機微は理解しているらしい。

がぜん意を強くした日奈子は、

「そのとおりです」

迷いのない声で肯定した。

「それでも毎月の生活費だけならどうということはありません。その程度の出費は痛くもかゆくもないからです。けれど、もし嗣弘がそれで満足しなかったらどうなるか？　嗣弘が祥子と結婚していたことに、私は焦らずにはいられませんでした。もし祥子が妊娠したら、その子に稲見の家を継がせたいと思うのは人情です。そうなったら主人に勝ち目はありません。主人がやらないなら、私がやる。私にはそれ以外に道がなかったんです」

長い独白を終えても、すぐには反応がない。日奈子の話を反芻《はんすう》しているのか、ふたりとも無言で目を落としたままだ。息詰まる緊張が続いたあと、

「となると」

ようやく新城が顔を上げた。

その視線はふたたびぴたりと自分に向けられている。

「あなたはいっときの激情からではなく、計画的に放火殺人をしたことになりますが、そこで思い出されるのは、本件火災の前にも近隣でボヤ騒ぎがあった事実ですね。その二件の放火事件もあなたの仕業と考えていいのでしょうか？」

この男はあいかわらず周辺事情にこだわりがあるようだ。

ここまで来たら、一件でも三件でも同じことだ。

「そのとおりです」

日奈子は否定しなかった。

「それは警察をかく乱するためですね？」

「はい」

「だから人のいない建物を選んだと？」

「そういうことです」

「ですが、そのためには事前の検分が欠かせません。ましてや夜間に外出するのは簡単ではないはずですが」

「仰るとおりです」

すなおにうなずく。

「でも、主人は仕事用マンションに泊まることも多かったですから。子供たちが寝静まってから家を抜け出すことに、さほど支障はありませんでした」

「なるほど。ところで本番の決行日ですが、これはどうやって決めたのでしょうか？」

質問はしだいに核心に迫ってくる。

「それは主人が取材旅行に出ることになったからです。旅行中なら鉄壁のアリバイがあります。間違っても主人が疑われない状況が嗣弘殺害の絶対条件でした。この日を逃したら二度とチャンスはないと決意したんです」

これは本当のことだ。すべては夫のため――。日奈子はさりげなく胸を張った。

けれどその心意気も新城には響かないようだ。

「ですがね」

意味ありげに顔を覗《のぞ》き込んでくる。

「放火殺人はあなたの独断だったとしても、ときを同じくして稲見さんが失踪《しっそう》していますす。はたしてこれは偶然でしょうか？　彼は最初から取材旅行などする気はなかったのではないか？　それどころか、本当はあの晩、問題の火災現場にいたのではないか？　その疑いを払拭《ふっしょく》することはできません。この点について、あなたはどうお考えになりますか？」

質問の形を取っていながら、答えを知っているかのような口ぶりだ。

やはりこの男は侮れない。日奈子は嘆息した。

夫が消えて以来、日奈子がひそかに畏《おそ》れてきたこと。むしろ畏れるあまり考えることを拒絶してきたその仮説に、新城も到達したのかもしれない。夫が自分の前から姿を消した本当の理由――。

日奈子は腹を括《くく》ることにした。

「もしかしたら私が嗣弘の家に火を放ったとき、主人も現場に居合わせたのかもしれません。あくまでもいまになって思えば、の話ですけれど」

その声は自分でもびっくりするほど震えている。

「私はそれまで、主人には嗣弘と対決する勇気がないのだと思っていました。あの人は頭でっかちのインテリで、だから強請りに遭っても怯《おび》えるばかりだと。でもそれは私の勝手な決めつけでした。突然旅行に行くといい出したときですら、それがフェイクであることなど想像もしなかったのですから」

「ということは、あなたのお考えでは、稲見さんは稲見さんで独自に嗣弘殺害を企てていたわけですか？」

「それは何ともいえません」

日奈子はくらくらと首を横に振った。

「ですけど、ちょうどそのとき、あの界隈《かいわい》では連続放火事件が起きていました。もちろんそれも私の仕業なのですが、主人はそんなこととはつゆ知りません。いまなら放火騒ぎに便乗できると考えたのではないでしょうか？」

「つまりあなた方ご夫婦は、偶然にもまったく同じ機会に同じ動機で同じ行動を起こしたということですね？」

「はい」

口では首肯しながらも、それは偶然でもなんでもない。内心の反発が顔に出ている。音なしの構えの駿一に業を煮やした日奈子が連続放火事件を仕込み、結果的にそれが駿一の殺意を誘発し、信越方面への偽装取材旅行が仕組まれた。すべては起きるべくして起きたといっていい。

けれど新城はそこにこだわる気はないらしい。

「それでは、質問を変えますがね。当日の晩、あなたはどんな恰好《かっこう》で現場に行かれたのですか？」

粛々と話を進めていく。

眼光は鋭いものの、口調はいつもと寸分変わらない。この男はすでに駿一の生死に関わる情報を掌握しているのではないか？　日奈子はふとそんな疑念に捉《とら》われた。

「グレーのパンツスーツの上に黒のロングコートを羽織りました。かつらを被《かぶ》ったうえに薄いサングラスをしましたから、ちょっと見ただけでは私と分からなかったはずです」

「交通手段は何を？」

「家から一キロ以上先の大通りでタクシーに乗りました」

「なかなかタクシーが捕まらなかったわけですね？」

「いえ、そうではなくて。家の近くは避けた方がいいと思ったんです」

「ほう、慎重ですね。それじゃ当然、タクシーを降りた場所も？」

「O駅から百メートル近く離れた深夜営業のスーパーの前で、それも吹上とは反対の方角で降りました」

「放火用のガソリンもそのときに持って行かれたんですね？」

「そうです」

「で、容器は何を？」

「牛乳パック四本に詰めてナップサックに入れました」

「それはまた用心深いことだ。さすがですね」

「恐れ入ります」

日奈子が頭を下げる。

「ですが、そこまで徹底して変装したとなると、あなたを現場で見かけたとして、ご主人はすぐに奥さんだと分かったでしょうかね？」

新城がここで初めて疑義を呈した。

疑問に思うのはもっともだけれど、それは早計というものだ。

「分かったと思います」

日奈子は明瞭《めいりょう》に肯定した。

「実をいうと、私の歩き方には独特の癖があるらしいんですね。どんな遠くからでもすぐ分かると、いつもいっていました」

「さすがご夫婦というわけですね。では、お訊《き》きしますが、もし稲見さんがあの放火現場に居合わせたのだとしたら、彼はどうして奥さんに声をかけなかったんでしょうね？」

新城の突っ込みに日奈子は深々と息を吸い込んだ。

これこそが問題で、それは取りも直さず駿一が失踪した理由でもあるはずだ。

「おそらくは……」

ここで言葉が詰まる。

「私への絶望ではないでしょうか？」

「あなたへの絶望？」

日奈子はうなずいた。

「はい」

「主人は火を放っている私を見て、私が主人の出生の秘密を知っていること、そして私の意図するものを瞬時に察したのだと思います。あの人はプライドの塊りです。そんな屈辱を許容できるはずがありません」

いつしかその目から滂沱《ぼうだ》の涙があふれ出ている。

日奈子はまっすぐ新城に顔を向けた。

「そしてもう一つは、自分自身への絶望ですね。主人は妻の私に対してさえ――というより私が彼の妻だからこそ――赤ん坊の取り違えをひた隠しにしていました。自分は稲見家の跡取り息子ではなく、百合枝が産んだ子供だった。それだけでもたいがいなのに、その秘密を私に知られたとしたら？　主人がそんな恥辱に耐えられるとお思いですか？　あの人にできたのはこっそりその場から逃げ出すことだけでした」

「ではあなたは、いま稲見さんはどこでどうしているとお考えなのですか？」

涙で曇った目に、新城の顔がぼんやりと揺らいでいる。

「それは残酷な質問ですね」

日奈子は面を伏せた。

「何よりも体面を重んじる人のことです。おめおめと生き永らえるくらいなら、いっそ死を選んだ虞《おそれ》がないとはいえないでしょう。むしろここで死ぬことこそが主人らしい生き方かもしれません。それでも私は稲見駿一の妻です。どこかで生きていると信じたい気持ちに変わりはありませんけど」

あたかも自分自身にいい含めているかのようだ。

対する新城は、けれど静かに頭《かぶり》を振った。

「お言葉ではありますが、そのご意見には賛同しかねますね。はっきりいって、稲見さんはもう生きてはいない。私はそう考えています」

そして日奈子に語りかける。

「なぜなら、稲見さんを殺したのは日奈子さん、あなただからです」

5

駿一はもう生きてはいない？　そして、私が駿一を殺した？

告発の意味も意図も分からない。

「あなたはなぜそんなことを？」

目顔で問いかけた日奈子に、

「まだお分かりにならないようですね」

新城は冷めた眼差《まなざ》しを浴びせてくる。

「分かるわけがないじゃないですか」

もはや憤りより理由を知りたい気持ちの方が大きい。

そんな日奈子を、新城は顔色一つ変えずに正視した。

「この数日間、私は同じことを考え続けていました。なぜ稲見さんはあのタイミングで姿を消したのか？　根底にあるのはその疑問です。放火殺人はあなたの独断だったとしても、ときを同じくして稲見さんの姿が消えたこと。これは偶然というにはタイミングが合い過ぎています。そうであれば、あの放火事件で焼死したのは嗣弘ではなく稲見さんではなかったのか？　疑念が浮かぶのはあながち邪推でもないでしょう」

とりあえず反論はない。

「きっかけは祥子の姉の小島旬子に出会ったことでした。彼女から数々の証言を得るうちに、私は木谷嗣弘という人物の極端な二面性に違和感を抱くようになったのです。むろん人は誰でも複数の顔を持っています。家族や友人には愛情深くても、赤の他人に冷淡な人は山のようにいます。逆に外では愛想がいいのに、家では仏頂面の人もめずらしくありません。けれど考えてみれば、それらはうちと外での行動における二面性なのですね。その人間の根幹をなす気質となると、相手が変わったからといって、そう簡単に使い分けられるものではありません」

「仰るとおりですね」

「その観点でいうと、我々が認識している卑劣な脅迫者としての嗣弘と、祥子や旬子が認識していた心優しい嗣弘との間には、ほとんど二重人格といえるほどのギャップがあると思えてなりません。これはいったい何を意味しているのでしょうか？　そこで注目されるのは、稲見さんが最近、解離性同一性障害――俗にいう多重人格に関する研究を出版されたことでした。タイトルは『解離性同一性障害の真実』。そのタイトルに込められた作者の真意を探ることは無駄ではないと思われます。そして決め手は、稲見さんについて語った粂川さんの言葉ですね。

女性関係にしても、以前はその手の店に誘われたこともありましたけどね。歳のせいか、めっきり品行方正になりましたからね。

稲見さんの失踪《しっそう》についてあれこれ話をしていたとき、彼は私にこういったのです。これらの事実からすれば、ソープランドの常連客でありながら特定の女性を指名せず、ドメスティックバイオレンスの被害者・祥子に並々ならぬ関心を示し、ついには彼女と結婚した木谷嗣弘こそが、ノンフィクション作家の正体を隠した稲見さんだったのではないか？　これまでとは根底から異なる仮説が生まれるのは必然だというべきでしょう」

「なるほどね」

「これは実際、稲見さんが助手兼愛人だった玖珂さんと別れた事実、そして稲見さんから嗣弘への毎月三十万円の送金が始まった事実ともぴったり符合するのですね。初めはたんなる取材対象だった祥子に、しだいに心を惹《ひ》かれ始めた稲見さんは、最後は本気で愛するようになったのでしょう。とはいっても、日奈子さんと離婚する気は毛頭ありません。ふたりの女性のどちらも失いたくなかった稲見さんは、最終的に事実上の重婚を選択したことになります」

「じゃ、本物の嗣弘はどうなったんですか？」

新城の長口上は続いているけれど、もう黙ってはいられない。日奈子は求愛中の雉《きじ》まがいの叫び声を上げた。

「たわごとは止めてください。まさか主人が嗣弘を殺して、その後嗣弘になりすましたとでもいうおつもり？」

日奈子の抗議は、けれど新城の落着き払った声にさえぎられた。

「いえ、違うんですよ」

小憎らしいほどの余裕綽綽《よゆうしやくしやく》ぶりだ。

「稲見さんは嗣弘を殺してなどいません。それは疑いのないことです」

「じゃあ、どうして？」

「そもそも稲見さんは嗣弘から強請《ゆす》られてもいなければ、ましてや赤ん坊取り違えの被害者でもなかった。それがこの事件の真相です」

「なんですって？」

さっきからこの男は何をいっているのだろう？　わけが分からない。

それ以上言葉が続かない日奈子に、新城はゆるやかに首を振った。

「あなたの夫である稲見駿一さんは、同時に木谷百合枝の息子である木谷嗣弘でもあったということです。ふたりいるかに見えた人物は、実はひとりの人間でした。彼は生まれたときからずっと、ふたりの自分を生きてきたんですよ」

6

「ウォッホッホッホッホッホ！　バカバカしいったらありゃしない」

衝撃の宣告は、けれど一瞬のうちに耳をつんざく高笑いに遮られた。

「もったいぶって何をいうかと思えば、とんだお笑い種《ぐさ》だこと。私は生前の嗣弘を知ってますけどね。同一人物どころか、顔といい姿といい、主人とは似ても似つかないとはあの男のことです」

さすがの新城も想定外の反応に戸惑いを隠せないらしい。

「本当ですか？」

呆気《あっけ》にとられた顔をさらしている。

「本当ですとも。そんな嘘をいって何になるとお思い？」

シンと静まり返った応接室に甲高い声が響く。

切り口上の日奈子に、それでも全面降伏する気はないのだろう。

「ですが、あなたはいつ生前の嗣弘に会われたのでしょうか？」

新城は食い下がった。

「会ったというより、見たといった方が近いかしら」

反対に日奈子はぐっと余裕を取り戻している。

「去年の十一月の末だったわね。朝早く木谷の家を見張っていたら、ちょうど玄関から嗣弘が出て来たんです。もちろん向こうは気づいてませんけどね。私はしっかりと見ましたよ」

「その男はどんなふうでしたか？」

「どんなふう、っていわれても」

「たとえば外見はどうでしょう？」

「中肉中背でこれという特徴はないけれど、主人と別人なことは一目瞭然《りょうぜん》でしたね」

「なるほど。ですが、あの脅迫写真をメールボックスに入れたのがそいつであることは確かですか？」

「それは疑いがありません。あの男は駅からマンションまでずっと主人のあとをつけて来たんです。主人の後ろ姿をスマホで撮っているところを、たまたま居合わせたお隣の奥さんが目撃しています」

「それはすごいな」

「その奥さんはよく気が回る方で、男の様子になんとなく不穏なものを感じたんですね。

その姿をこっそりスマホの画像に収めてくれたんですけど、そこには紛れもなくあの嗣弘が映っておりました」

「うーん、そうですか」

さすがにそれ以上突っ込む余地はないようだ。

押し黙ったまま考え込んだ新城に、

「そればかりじゃありません」

日奈子はすっくと胸を張った。

「さっきもお話ししたとおり、義母と主人が本当の親子ではあり得ないことを知って、私は久住産婦人科医院に当時のカルテを調べてもらったんです。もし主人と同じ日かその前後に男の子が生まれていたら、赤ん坊の取り違えがあったのではないかと――。結果はどんぴしゃりでした。駿一と同じ日に同じ産院で嗣弘が生まれていたことが、正式に証明されたんです」

力説する日奈子に、新城は無言のままだ。

「駿一にも嗣弘にもそれぞれ出生時のカルテが残っています。何をどう強弁しようと、そのふたりが同じ赤ん坊だなんてことがあるわけないですよね？」

日奈子は続けたけれど、勝ち誇るその姿に闘争心を掻《か》き立てられたらしい。新城はおもむろに面を上げた。

「カルテがあるからといって、それが真実とはかぎりません」

意外にもその声は落着いている。

「ですけど、人の出生を証明するものはカルテだけじゃありませんでしょ？　個人がいくら不正をしたくても、勝手に戸籍は作れないんじゃないですか？」

あまりにもあたりまえで、反論の余地などあろうはずもない。理路整然とした説明に、けれど新城はまだ粘り腰を見せた。

「それこそ戸籍に記載があるからといって、それが真実とはかぎりません。役所というところは万事が書類で決まります。医師か助産師の出生証明書があればそれでＯＫ。本当に子供が生まれたかどうか、役人が家まで見に来るわけじゃありません」

「それじゃあなたは、久住産婦人科医院が生まれてもいない赤ん坊の出生証明書を発行したと仰《おつしや》るんですか？」

たとえ仮定の話にしても、久住産婦人科医院は実在する医療機関なのだ。いっていいことと悪いことがある。日奈子は唖然《あぜん》としたけれど、この男にとっては、そんなことは問題ではないらしい。

「そう考えればすべてのことが説明できる、というより、そう考えざるを得ないというのが私の結論です」

得々と自説を展開した。

「私が調べたところでは、当時の久住産婦人科医院は病院というより助産院に近かったようですね。院長の久住明夫氏は医師ではありましたが、釣りやパチンコに現《うつつ》を抜かしており、頑張っているのは妻の茂乃さんだというのがもっぱらの評判でした。実際経営は厳しかったらしく、駿一さんが生まれて間もなく、彼らは医院を閉めています」

「そのようですね」

「明夫氏の子息の利夫氏が医院を再開したのは、それからしばらく経ってからのことですから、旧久住産婦人科医院は事実上つぶれたといってもいいでしょう。もっとも当時は大病院に押され、いわゆる町医者が消えていく時代でもありました。なので、それ自体はめずらしい話ではないのですが、私が引っかかったのは、志津子さんがどうしてそんな小さな産院で出産をしたのかという疑問でした」

新城はここでわざとらしくひと息入れたけれど、

「それはふしぎでもなんでもありません」

日奈子はふたたび元気を取り戻した。

「久住産婦人科医院は義母の実家のすぐ近くですし、奥尻家と久住家は昔から親しい間柄だったそうです。そもそも義母を取り上げてくれた産婆さんが茂乃さんで、そんな縁故から、義母と利夫さんは幼馴染《おさななじ》みなんですね」

懇切丁寧に説明するものの、その道理も新城には通じないようだ。

「ま、それはそうなんでしょう」

あっさり認めたあとは、

「ですが、志津子さんは稲見家の嫁ですからね。義父母としては、もっと設備の整った病院での出産を望むのではありませんか？」

反撃を加えてくる。

「そうかもしれませんけど」

「そしてもう一つ、私が気になったのはほかでもありません。それからほどなく隠居生活に入った久住夫妻が、なんと2LDKの新築マンションをポンとキャッシュで購入したことなのですね」

「そうなんですか」

「都心ほどではないとしても、新築のマンションとなればそれなりの価格になります」

「まぁ、そうですね」

「となりますと、経営不振で引退したはずの彼らは、どこからそんなカネを捻《ひね》り出したのでしょうか？」

「それは、なんだかんだいっても明夫さんはお医者様ですから。茂乃さんはしっかり者で評判だったそうですし、その程度の蓄えはあったんじゃないですか？」

いつの間にか、あの茂乃に肩入れしている自分がいる。日奈子は自分が放った言葉に愕然《がくぜん》とした。

それでも新城はびくともしない。

「ま、そういうこともあるでしょう。世の中には、カネがないカネがないといいながら、がっちりため込んでいる人もいますからね。ですが、ほかの可能性もなくはありません。

たとえばの話、志津子さんが流産をしていたとしたらどうでしょうか？」

「流産、ですか？」

「はい。突然の夫の死とそれをめぐる風評の数々。志津子さんのストレスは少なくなかったはずです」

「それはそうだと思いますけど」

「当時の志津子さんにとって、お腹の子供は唯一の拠《よ》りどころでした。その子が無事誕生しなければ、相続権のない嫁は無一文でおっぽり出されかねません」

「まぁ、そうですね」

「だとしたら、志津子さんは何が何でも流産の事実を秘匿しなければならず、そのためにはどうしても医療関係者を抱き込むことが必要になります。そしてその場合、志津子さんから茂乃さんに相当額の金銭が供与されたことは考えられないでしょうか？」

またしても自信たっぷりにい放つ。

「じゃあ、義母は茂乃さんと結託して周囲を騙《だま》したと仰るんですか？」

ここはいやでも色をなす場面だろう。

対する新城はあくまでも慎重を装うつもりのようだ。

「もちろん断定は出来ません。ですがそう解すると、すべてのピースがぴたりと嵌《は》まるのですね」

しかつめらしく反撃に出る。

「私が思うに、この計画の発案者はたぶん志津子さん本人ではないでしょう。流産によって頼みの子供を失った彼女は、絶望の底に沈んだに違いありません。けれど、そこで流産の後始末にあたったのが奥尻家と馴染みの深い茂乃さんだったことが、志津子さんの運命を大きく変えることになりました」

その可能性は充分にある。否定は出来ない。

「もし茂乃が嘘の出生証明書を書いてくれるとしたら？　そして、もし茂乃が赤ん坊をレンタルしてくれる妊婦を探してくれるとしたら？　とりあえず危機を回避することは出来ます」

「…………」

「信頼する助産師からこんな妙案を持ちかけられたら、心が動いても無理はありません。子供を貸し出す親も、借り受ける親も、それをあっせんした産院も、誰ひとり損はしないのです。そしてそれは、誰もがカネと利得の前には理性をかなぐり捨てるということでもあったわけです」

無言の日奈子に、新城はさらに追い討ちをかけた。

「私がその仮説に真実味を感じた理由の一つは、かつて稲見さんの助手を務めた玖珂佐登子さんの話の中に、稲見さんが自分の母親についてあからさまな嫌悪感を示したエピソードがあったからでした。

僕の母親は、僕という息子を産んだことで一生食べていた人間だ。息子を人質にとって、ときどき顔見せをしてはレンタル料をせしめていたんだからな。僕はそれがたまらなく嫌だった。

めったに自分語りをしない稲見さんがあるときふと漏らしたというこの言葉を、私は最初、志津子さんについて述べたものだと思い込んでいました。でも、もしこれが百合枝について語った言葉だとしたら、その意味合いはまったく違ってきます。茂乃から偽装出産計画への協力を求められた百合枝は、しめしめとほくそ笑んだに相違ありません。なにしろ今後の生活費が保証されるばかりか、いずれは自分の息子が稲見家を継ぐのです。子供をレンタルすることくらい、お安い御用だったのではないでしょうか？」

「主人はそんな母親のために、物心ついたときからひとり二役を演じていた。あなたはそう仰りたいんですね？」

新城の理詰めの解説にも、日奈子は相手を睨《にら》みつけたままだ。

好きなだけ詭弁《きべん》を弄《ろう》するがいい。けれど百の理屈も一つの真実には敵《かな》わない。

やがてうっすらと冷笑を浮かべると、

「ですけど、さっきもいいましたでしょ？　私は、嗣弘と主人がまったくの別人なことをこの目で見ているんです。あなたのご高説のどこが誤りなのか、私の頭では説明できません。でも真実は一つしかないことはバカでも分かります」

整然と詰め寄っていく。

この論争もいよいよ大詰めだ。けれど新城を論破することが目的ではない。肝要なのはこの男を味方に引き入れることだ。日奈子はぐっと気を引き締めた。

新城との勝負に、自分はかならず勝ってみせる。

それでもまだ敵はあきらめる気がないらしい。むしろ動揺を隠せないのは中島で、さっきから固唾《かたず》を呑《の》んでふたりのやり取りを見守っている。

「分かりました。それではあなたがその目で見たという人物について、私なりの意見を申し上げるとしましょう」

案の定、新城は余裕たっぷりに口を開いた。

「稲見さんと嗣弘は完全に別人である。なぜならあなたは生前の嗣弘を見たことがあるからだ。それは非常に興味深い情報でした。その話を聞けただけでも、今日ここに来た甲斐《かい》があったというものです。ですがもっといわせていただけるなら、いまから述べる結論に私を導いてくれたのも、日奈子さん、あなたの先ほどの証言なんですよ」

新城はすっかりいつもの調子に戻っている。

日奈子の全身に冷たいものが走った。

7

「嗣弘の妻・祥子の再婚にあたり、元夫との間でひと騒動あったことはさっきお話ししましたね。それにしても男女の仲とは複雑なものです。嗣弘夫婦は円満ではあったものの、祥子は結婚生活に百パーセント満足してはいませんでした。年齢差からくる性的不満に、留守がちな夫への精神的不満。元夫がつけ入る隙はいくらでもありました。結果、勝俣とよりを戻した祥子はひそかに逢瀬《おうせ》を重ね、姉の旬子が、あの火事は夫と愛人の板挟みになった祥子による無理心中ではなかったか？　そう疑うほどに事態は緊迫することになります。そんな状況であれば、嗣弘が仕事で呼び出された晩、勝俣がこっそり訪ねて来ることがあってもおかしくありません」

新城の声が応接室に沁《し》みていく。

「つまり私があの朝見かけた嗣弘は、本当は勝俣だったと仰《おつしや》りたいんですね？」

その声にもはやさっきまでの力はない。

「そのとおりです」

「ですけど、勝俣が主人の仕事用マンションにやって来たことは紛れもない事実です。勝俣はどうやってあの場所を突き止めたのでしょうか？」

「それは彼が嗣弘、というか稲見さんのあとをつけて来たからですね。夫はどこで何をしているのか、妻の自分にも教えてくれない。祥子の訴えを聞いた勝俣は、嗣弘の正体を摑《つか》むべく自ら乗り出したわけです」

「ではあの脅迫写真、あれは何だったのでしょうか？　主人があの火事で死んだのなら、祥子だけでなく主人も被害者です。それなのになぜ勝俣はあんな脅迫文言を吐いたのか、まるで意味が分かりません」

日奈子が首を振る。

地獄に堕《お》ちろ

彼女を殺したのはおまえだ

その文言からは、脅迫者の憤りがひとり駿一に向けられていることが明白だ。

けれど新城にはなんのたじろぎも見られない。

「嗣弘の正体が稲見さんであることを知りながら、勝俣がその稲見さんに復讐《ふくしゅう》するとしたら、それは確かにおかしな話です。ですが、よく考えてください。勝俣は稲見さんを殺すとはいっていません。彼の望みは死んだ稲見さんを地獄に突き落とすことであって、これは一種の呪文《じゅもん》なのではありませんか？」

「じゃあ、『彼女を殺したのはおまえだ』あれはどういう意味なんですか？」

「それですがね。私はその点も説明できると考えています。なぜなら姉の旬子ですら放火事件の犯人は祥子だと思っているのです。勝俣が、祥子は夫への義理立てから無理心中に走ったと考えても無理はありません。つまり勝俣の中では、稲見さんこそが祥子を死に追いやった元凶だったわけです」

新城はここで口をつぐんだけれど、いまやため息すら出ない。

呆然《ぼうぜん》と空を見つめる日奈子に、新城は語りかける。

「これで、あなたが嗣弘だと思っていた人物が実は勝俣だったこと。そして祥子や勝俣が嗣弘だと思っていた人物が稲見さんその人だったことは、ご理解いただけたと思います」

不承不承でも認めないわけにはいかない。

「それでは、物心ついた頃からひとり二役を演じなければならなかった稲見さんの話に戻るとしましょうか」

新城はにったりと口元を緩めた。

「あなたもご存じのように、稲見さんは頭のいい人です。そして、子供というものは大人が考えるよりはるかに適応力があるものです。そこであらためて稲見さんの子供時代を見ると、ふたりの母親のもとで、彼がみごとなまでに二重人格を生きていたことが分かります。小学校の同級生だった塩田歯科医の話によると、彼は小児喘息《ぜんそく》のために学校にはほとんど来ず、もっぱら家で療養していたそうです。たまに登校してもひとりでぽつんとしていることが多かったといいますから、これも作戦のうちだったと考えていいでしょう。その一方で、吹上の家では百合枝がほったらかしでした。よくひとりで家の外にいた姿が目撃されていたといいます」

「ひどい母親——」

「それでも小学校低学年までは成績もよかったそうですから、持って生まれた資質は隠しようがなかったわけです。そんな彼が中学進学にあたり、本来の自分である木谷嗣弘ではなく稲見駿一として生きる道を選んだのは、当然の結論だったといえるでしょう。駿一が都内の名門校に進学するのと符合して、嗣弘は不登校になっています。そして最後は高校を中退して家を出るのですが、これも計算の末の行動だった可能性は排除出来ません。その証拠に、稲見さんは百合枝が亡くなるまで生活費の送金を続けていますからね」

「ではお訊《き》きしますけど、せっかく木谷嗣弘としての人生から解放されたのに、なんで主人は、ここに来てもう一度昔の二重生活に戻ったのでしょうか？」

日奈子がどうにも納得できないのはそこだ。

「それはやはり、祥子さんと結婚するため以外には考えられません」

案の定、新城は日奈子がいちばん聞きたくない事実を指摘した。

「ですけど主人がその気になれば、べつに結婚しなくても、愛人として小ぎれいなマンションに囲うことは造作なかったはずです」

「確かにそれも一つの方法でしょう。ただ、奥さんとしてはご不満でしょうが、おそらく稲見さんは祥子さんをそんなふうに扱いたくなかったのだと思いますね」

「要するに、あなたは主人があの女を愛していたと仰るんですね？」

それが愛でないなら、何が愛だというのだろう？

挑戦的な口調にたじたじとなったのか、新城は一瞬口ごもる素振りを見せた。が、すぐにまた立ち直る。

「それは愛というより、作家としての使命感ではないでしょうか？　ドメスティックバイオレンスや貧困といった女性問題を調査していた稲見さんは、こと仕事に関しては愚直なまでに真摯《しんし》な研究者でした。その生き証人である祥子さんとの関りも、元はといえば純粋な探求心だったと思われます。ところがしだいに祥子さんに惹《ひ》かれ始めた稲見さんは、なんとしても彼女と結婚したい、いつしかそう願うようになったのでしょう。もっともそうだとしても、ふつうならそこで行き詰らざるを得ません。重婚は日本では認められないからです。ですが幸か不幸か稲見さんには、本来の自分はそのままにもう一つの人格を生きる必殺技がありました。そっとフェードアウトさせる予定だった木谷嗣弘としての人生――。そのチャンスを利用しない手はあり得ませんでした」

噛んで含めるような言葉に応接室内はまたもや静まりかえったものの、その静寂もつかの間のことだった。

ふたたび噴き上がった哄笑《こうしょう》。それはほとんどヒステリックな色調を帯びている。

「さすがライターを名乗るだけあって、すばらしい想像力ですこと。小説にしたら、主人の本より売れることは確実でしょう。でも、問題はすべて空想とこじつけだということですね。登場人物はあらかた死んでいるか再起不能。それではルポライターの名が泣くんじゃありませんか？」

その激しい口吻《こうふん》は、日奈子の中でこの台詞《せりふ》がいま突然に浮かんだものではないことを如実に示している。

対する新城はべつだん焦るふうもない。

「私は稲見さんについて本を書く気は毛頭ありません。とはいっても、なかなか面白い作品になりそうですがね」

静かにいい放つ。

「そうですか。確かにそれは一つの見識ですわね」

日奈子は悠然とうなずいた。

これからが本当の勝負になる。

「でも、ここでご相談ですけど、もし私がその未発表原稿をまるごと買い取りたいと申し出たらどうなさいます？　あなたにとって、それは決して悪い取引ではないはずです。原稿料はご提示に任せます。だったらあなたも私もハッピーで、しかも誰ひとり傷つかないんじゃありませんか？」

ふつうならこんな好条件を断る理由はどこにもない。それに新城には稲見を貶《おとし》める気はみじんもないことを、日奈子は知っている。

けれど、新城という男はふつうではないらしい。

「もし断るといったら？」

予想外の挑発に、日奈子は試すような目を向けた。

「私を告発するおつもり？」

しかし新城は首を横に振る。

「私はあなたを告発するつもりもなければ、自首を勧めるつもりもありません。ただ自分の中で、あったことをなかったことにはしないだけです」

「そうですか。では、私もその言葉を信じることにいたしますわ。主人と違って新城さんは嘘を吐かない方ですから。それにあなただって、ご自分の主張の弱点は重々ご承知でしょう？　稲見駿一と木谷嗣弘が同一人物だという仮説――。小説としては魅力的だとしても、それが事実だという証拠はどこにもありませんものね」

証拠などあるはずがない。

確信を持って敵に対峙《たいじ》する日奈子の耳に、けれど考えもしなかった言葉が返って来る。

「心配は無用です。証拠はあります」

その瞬間、ぐらりと足元が揺らいで、日奈子はそのまま意識を失った。

第五章　決　断

1

新城が立ち上がるのと日奈子がソファから崩れ落ちるのとがほぼ同時だった。どうやら一時的に気を失ったようだ。

強がってはいたものの、少なくとも敵ではないはずの新城から放火殺人を指摘されたのである。動揺して当然だ。幸い三十分ほどで回復したけれど、彼女がふたりの人間を焼死させた事実は変わらない。本当の受難が始まるのはこれからだ。

本人が自白したとはいえ、体調不良の人間に無理強いはできない。そのまま退散するしかなかったけれど、そうでなくても新城には日奈子に自首を勧める気はないらしい。あくまでも本人の決断に任せる。それが真相を究明した人間の意向である以上、傍観者の私が口を出す幕はない。

木谷の家を焼き尽くした放火事件と駿一の失踪《しっそう》騒ぎ。その真相をめぐって新城が開陳した仮説はまさに青天の霹靂《へきれき》だった。

新城が私に助手役を任せている理由は承知している。彼が期待しているものは私の行動力ではない。見聞きしたことを記録する映写機としての役割だ。

彼にとって推理とは、たぶん頭の中でまっさらのキャンバスを少しずつ埋めていく作業なのだろう。全体の構図が決まり、細部の図柄を描き、その結果明確な絵柄が浮き出て来るまで、他人に見せたくないのは道理なのかもしれない。

事実、今日も新城は、日奈子と対決する瞬間まで謎解きの全貌《ぜんぼう》を開示せず終《じま》いだった。

そんなわけで相当にフラストレーションがたまっている。稲見邸の門を出るや否や、私はそれまで控えていた言葉を吐き出した。

「ねえ、日奈子さんのことだけど。あのままにしておいてだいじょうぶかな？」

私は心配でたまらない。けれど新城は違うようだ。

「だいじょうぶって、何が？」

どんよりとした声が返って来る。

「稲見さんじゃないけど、それこそ失踪するかもしれないでしょ？」

「だとしたら、何が問題になる？」

「決まってるじゃない。たとえば自殺する危険は充分にあると思うけど、あなたはそれでも放っておくの？」

少々挑発的に出ても、

「うーん、自殺ねぇ」

いいながら立ち止まると、こちらを凝視する。

「彼女がこれからもまだ誰かを傷つける危険があるなら、もちろん話は別だ。これ以上犠牲者を増やしちゃいけないからな。だけど、死にたくなっても無理はない状況で、自分の死にどきを自分で決めるのはそんなにいけないことなのかな？　俺はかならずしも他人が邪魔すべきだとは思わないね」

新城はときどきこういう極端な意見を吐く。逆張りとはいわないまでも、広く賛同を得にくいことは確かだろう。

そういえば、放火犯人は稲見駿一なのではないか？　以前ふたりで話し合ったとき、

「今後どういう展開になったとしても、俺は稲見さんを告発する気はない」

新城が宣言したことを思い出した。

「私だって、警察に密告しようなんて思っていない。でも、一つだけ教えてほしいんだけど、あなたが稲見さんを庇《かば》う理由は、殺された嗣弘が稲見さんを強請《ゆす》っていたからなの？　それとも日奈子さんがあなたの依頼人だからなの？」

問い質《ただ》した私に、

「どんな事情があろうと、俺は放火という行為は容認できない。だけど、じゃあ俺が稲見さんを告発するかといえば、それはまた別の話になる。なぜかというと、この放火事件に関していま我々が持っている知識は、基本的には俺が集めたものではあるけどさ。それが可能だったのは日奈子さんが情報を提供してくれたからだ」

彼はそう答えたものだ。

「もしこんな結果になると分かっていたら、彼女は決して俺に打ち明け話などしなかっただろう。その前提を無視して、稲見さんを警察に突き出す気にはなれない」

たとえその言い分に一理あるとしても、私は諾々と受け容《い》れる気にはならない。

「自分の死にどきを自分で決めるっていうけどね。病に冒されている場合ならそうかもしれない。でも彼女は殺人犯なのよ。殺された人のためにも、刑罰という形でしっかり責任をとらせることは必要じゃないかしら？」

いつになく食い下がる私に、新城はやや戸惑った表情を見せた。

「それが必要か必要でないかを判断するのも個人の自由だからな。その証拠に刑法では、誰が犯人か知っていても、積極的にかくまったり逃走の手助けをしなければ犯人蔵匿罪や犯人隠避罪は成立しない。警察に出頭せずに逃走することも、犯人の意向しだいだ。要は、国家もその判断を個々の人間に委《ゆだ》ねているわけだ」

「私は彼女を告発すべきだとはいわない。だけどこの場合、日奈子さんに自首するよう勧めるのは、そんなにおかしなことかしら？」

「べつにおかしくはない。ただ、俺はしないというだけだ」

「それじゃ、日奈子さんがこのあと、自首も自殺もしないままぬくぬくと一生を終えても、あなたは疑問を感じないの？　せめて、彼女の罪を許せないと思っている人間もいることをしっかり認識させるべきじゃなくて？」

私の追及に、

「まぁ、そう考える方がふつうだろうな」

新城は初めて妥協するそぶりを見せた。

「なんどもいうけれど、好美には好美の考えがあっていい。きみの行動に口を出すつもりはない」

それでも思うことがあるのだろう。

「だけど、人間は自分のためだけに生きているわけじゃないからな」

ぼそりとつぶやく。

「日奈子さんが放火をしたのも、たとえ客観的には誤解に基づいていたとしても、危険な脅迫者から夫と子供たちを守るためだった。実際、稲見さんは強請られてこそいなかったけれど、深刻な秘密を抱えていたことは事実だ。それなのに彼女が自首をして、いっさいがっさいが明るみに出たらどうなると思う？　彼女の子供たちには稲見家の血は一滴も流れていないこと。それどころか、彼らの父親である稲見駿一なる人物は、そもそもこの世に生まれてもいなければ存在もしていなかったこと。つまりは架空の人間だった事実が公になることは避けられない」

「そうかぁ」

私にはそれしか言葉がない。

「そうなったら、彼女はなんのためにあの放火事件を犯したのか？　これまでの行動はすべて無意味だったことになる。その結果、子供たちは家も財産も名前もすべて失うかもしれないんだよ」

そうなのかもしれない。けれど、だからこのままでいいというのも違うのではないか？

「でも稲見家の名前も財産も、その子たちはもともと引き継ぐ権利がなかったんだもの。それは仕方がないんじゃないの？　代わりに、本来なら正統な後継者だったはずの誰かがその権利を失った可能性もあるんだし」

私が捻《ひね》り出した理屈に、けれど新城は取り合う気はなさそうだ。

「正論だ。反論の余地は一ミリもないね。けどさ。正直いって、家名や財産を引き継ぐ権利ってそんなに絶対的なものなのかな？　俺は常々疑問に思っている」

「それはそうだけど」

「人間は誰もがなんの説明もなく裸で生まれて来る。不倫の子だろうが、拾われた子だろうが、取り違えられた子だろうが、当の赤ん坊は与《あずか》り知らないことだ。子供は自分に与えられた場所で生きていくしかないんだよ」

それだけいうと、前を向いてさっさと歩き出す。

私は慌てて追いかけた。

もう一つ、どうしても訊《き》いておくべきことがある。

「ねえ、まこっちゃん、さっきの話だけど。日奈子さんが、稲見さんと嗣弘が同一人物だという証拠はどこにもないと指摘したとき、あなたは証拠はあると答えたわよね？あれは彼女を陥落させるためのフェイクだったの？」

あえて嫌なことを口にした私に、新城はこんどは一転してあきれた顔を見せた。

「証拠はある」

「って、どんな？」

「好美はまだ分からない？」

信じられないという口ぶりだ。

「うん、ぜんぜん」

「それでよくワトソン役が務まるな。というか、それでこそワトソンの面目躍如かな？ここで証拠といえば、飛びっきりの生き証人、我らが粂川先生に決まってるじゃないか」

「粂川先生って、あの粂川さんが？」

ぽかんとする私に、素人探偵は顔いっぱいの笑みを広げる。

「嗣弘は祥子と結婚して間もなくのころ、〈月刊　明日の日本〉の編集室に電話している現場を義姉の旬子に目撃されている。それは好美も知ってるよな？」

「ええ、もちろん」

「だったら、粂川を尋問するだけのことだ。そのときヤツが話していた相手が、作家の稲見駿一だったのか、それとも某業界人の私設秘書の木谷嗣弘だったのか、一発で分かる。もっとも俺は、粂川は嗣弘なんて男の顔も名前も知らない方に百万ドル賭《か》けるけどな」

私の完敗だ。

私は黙って下を向いた。

2

粂川から稲見日奈子の行方が不明だとの知らせがあったのは、それから五日後のことだった。子供たちが学校から帰ると母親が不在で、どこへ行ったものやらそれっきり手がかりが摑《つか》めないのだという。携帯もつながらず、むろん書置きもない。

いずれにしても軽装で出て行ったことは確かで、スーツケースやトランクもそのまま。貴重品や重要書類の類《たぐい》もそっくり残されている。

一家の主婦が黙って家を空けるはずがない。すぐに大騒ぎになったというけれど、その後も事件とも事故とも、はたまた自ら失踪《しっそう》したとも判然としないまま、行方の知れない状態が続いているらしい。

「まったく稲見さんといい奥さんといい、どうしちゃったんでしょうね」

情報通の粂川も首を捻るばかりだ。

もっとも、稲見から借金をしているという噂があるだけに、こちらも粂川を見る目が変化している。心配そうな顔をしてはいるものの、本音はほっとしている部分もあるのではないか？　つい邪推をしたくもなる。

新城の見立てどおり、粂川は木谷嗣弘なる人物はまるきり知らなかったようだ。祥子とも面識はなく、ましてや、稲見が二重結婚をしていたとは夢にも思っていないに違いない。

なにかと問題はあるにしても、粂川が有能な編集者なことは実績が証明している。彼が経済的な苦境を脱する日が遠くないことを、陰ながら祈るしかない。

それから十日あまり。

この日も、新城と私は差し向かいで夕食のテーブルを挟んでいた。

「結局、粂川に始まり粂川に終わったわけだ」

鉄火巻きを口に放り込んだ新城が感慨深げにつぶやく。

最近はすっかり自宅ディナーづいている。メインは近所の寿司屋《すし》のテイクアウトで、飲み物は辛口の冷酒。ここの鉄火巻きは、赤身のマグロの周りをほんの一列並びのシャリが取り囲んでいるので、酒の肴《さかな》には持って来いなのである。

粂川の証言を聞くまでもない。日奈子が黙って姿を消したということは、彼女が自分の罪を受け入れた何よりの証拠だろう。そんな気がしてならない。

そして勘の鋭い彼女は、ある意味、私よりずっと深く新城という人間を摑んでいたのではないか？

人間は誰もがなんの説明もなく裸で生まれて来る。不倫の子だろうが、拾われた子だろうが、取り違えられた子だろうが、当の赤ん坊は与り知らないことだ。子供は自分に与えられた場所で生きていくしかないんだよ。

新城が私に語った言葉を思い出す。

彼女は何もいわずに夫のあとを追うことで、新城に子供たちの将来を託したのだ。

「日奈子さん、もう生きてはいないと思う」

胸のうちではずっと思っていても、実際に声に出すと、それが言霊《ことだま》というものか、日奈子の死ががぜん現実味を帯びてくる。

「まあな」

新城の返事も簡潔だ。

小ぶりのウィスキーグラスから飲み干す日本酒が舌に冷たい。今夜はふたりきりの通夜振る舞いになりそうだ。

私は二つのグラスにそっと冷酒を注ぎ足した。

本書は書き下ろしです。

闇《やみ》に消《き》えた男《おとこ》

フリーライター・新城誠《しんじようまこと》の事件簿《じけんぼ》

深木章子《みきあきこ》

令和6年 11月25日　初版発行

発行者●山下直久

発行●株式会社KADOKAWA
〒102-8177　東京都千代田区富士見2-13-3
電話　0570-002-301(ナビダイヤル)

角川文庫 24398

印刷所●株式会社暁印刷
製本所●本間製本株式会社

表紙画●和田三造

ISBN 978-4-04-114929-4　C0193

◇◇◇

角川文庫発刊に際して

角川源義

第二次世界大戦の敗北は、軍事力の敗北であった以上に、私たちの若い文化力の敗退であった。私たちの文化が戦争に対して如何に無力であり、単なるあだ花に過ぎなかったかを、私たちは身を以て体験し痛感した。西洋近代文化の摂取にとって、明治以後八十年の歳月は決して短かすぎたとは言えない。にもかかわらず、近代文化の伝統を確立し、自由な批判と柔軟な良識に富む文化層として自らを形成することに私たちは失敗して来た。そしてこれは、各層への文化の普及滲透を任務とする出版人の責任でもあった。

一九四五年以来、私たちは再び振出しに戻り、第一歩から踏み出すことを余儀なくされた。これは大きな不幸ではあるが、反面、これまでの混沌・未熟・歪曲の中にあった我が国の文化に秩序と確たる基礎を齎らすためには絶好の機会でもある。角川書店は、このような祖国の文化的危機にあたり、微力をも顧みず再建の礎石たるべき抱負と決意とをもって出発したが、ここに創立以来の念願を果すべく角川文庫を発刊する。これまで刊行されたあらゆる全集叢書文庫類の長所と短所とを検討し、古今東西の不朽の典籍を、良心的編集のもとに、廉価に、そして書架にふさわしい美本として、多くのひとびとに提供しようとする。しかし私たちは徒らに百科全書的な知識のジレッタントを作ることを目的とせず、あくまで祖国の文化に秩序と再建への道を示し、この文庫を角川書店の栄ある事業として、今後永久に継続発展せしめ、学芸と教養との殿堂として大成せんことを期したい。多くの読書子の愛情ある忠言と支持とによって、この希望と抱負とを完遂せしめられんことを願う。

一九四九年五月三日

角川文庫ベストセラー

敗者の告白　深木章子

とある山荘で、妻子の転落死事件が発生。容疑者となった夫の供述、妻が遺した手記、子供が書いた救援メール。証言は食い違い、事件は思いも寄らない顔を見せはじめる。〝告白〟だけで構成された大逆転ミステリ！

ミネルヴァの報復　深木章子

猪突猛進の戦の女神ミネルヴァを思わせる弁護士・横手皐月。サポートするのは、冷静沈着な法の女神テミスとしての弁護士・睦木怜。細部まで丁寧に張り巡らされた伏線。第69回日本推理作家協会賞候補作！

猫には推理がよく似合う　深木章子

しゃべる猫と妄想を膨らます花織（1人と1匹）だったが、なぜか事件が本当に起きてしまい――。現実の事件と謎解きに興じる〝しゃべる猫〟の真実は？　ミステリ界注目の気鋭による、猫愛あふれる本格ミステリ。

罠　深木章子

悪事の手助けをするという「便利屋」からのDMが届くとそれは事件の始まり。悪党ばかりが棲みつく怪しい街で起こる騙し合いの数々。『極上の罠をあなたに』に、新たに4篇を書き下ろし文庫化！　真相が明らかに！

欺瞞の殺意　深木章子

昭和41年の夏、地方の資産家の家で起こった毒殺事件。服役した男はある事件関係者に手紙を送る。「僕は無実です。あなたも本当はそれをご存じのはずです」。二転三転する展開、事件の背後にあるものとは――。

角川文庫ベストセラー

ダリの繭《まゆ》　有栖川有栖

サルバドール・ダリの心酔者の宝石チェーン社長が殺された。現代の繭とも言うべきフロートカプセルに隠された難解なダイイング・メッセージに挑むは推理作家・有栖川有栖と臨床犯罪学者・火村英生！

海のある奈良に死す　有栖川有栖

半年がかりの長編の見本を見るために珀友社へ出向いた推理作家・有栖川有栖は同業者の赤星と出会い、話に花を咲かせる。だが彼は〈海のある奈良へ〉と言い残し、福井の古都・小浜で死体で発見され……。

赤い月、廃駅の上に　有栖川有栖

廃線跡、捨てられた駅舎。赤い月の夜、異形のモノたちが動き出す――。鉄道は、私たちを目的地に運ぶだけでなく、異界を垣間見せ、連れ去っていく。震えるほど恐ろしく、時にじんわり心に沁みる著者初の怪談集！

こうして誰もいなくなった　有栖川有栖

孤島に招かれた10人の男女、死刑宣告から始まる連続殺人――。有栖川有栖があの名作『そして誰もいなくなった』を再解釈し、大胆かつ驚きに満ちたミステリにしあげた表題作を始め、名作揃いの贅沢な作品集！

濱地健三郎の幽《かくれ》たる事件簿　有栖川有栖

南新宿にある「濱地探偵事務所」には、今日も不可思議な現象に悩む依頼人や警視庁の刑事が訪れる。年齢不詳の探偵・濱地健三郎は、助手のユリエとともに、幽霊を視る能力と類まれな推理力で事件を解き明かす。

角川文庫ベストセラー

覆面作家の愛の歌　新装版　北村　薫

ミステリ界にデビューした新人作家の正体は大富豪の美貌のご令嬢。しかも彼女は現実の事件の謎までも鮮やかに解き明かす。3つの季節の事件に挑むお嬢様探偵の名推理、高野文子の挿絵を完全収録して登場！

覆面作家の夢の家　新装版　北村　薫

12分の1のドールハウスで行われた小さな殺人。そこに秘められたメッセージの意味とは？　美貌のご令嬢にして覆面作家、しかも名探偵の千秋さんと若手編集者・岡部良介の名コンビによる推理劇、完結巻！

氷菓　米澤穂信

「何事にも積極的に関わらない」がモットーの折木奉太郎だったが、古典部の仲間に依頼され、日常に潜む不思議な謎を次々と解き明かしていくことに。角川学園小説大賞出身、期待の俊英、清冽なデビュー作！

愚者のエンドロール　米澤穂信

先輩に呼び出され、奉太郎は文化祭に出展する自主制作映画を見せられる。廃屋で起きたショッキングな殺人シーンで途切れたその映像に隠された真意とは!?　大人気青春ミステリ、〈古典部〉シリーズ第2弾！

いまさら翼といわれても　米澤穂信

奉太郎が省エネ主義になったきっかけ、摩耶花が漫画研究会を辞める決心をした事件、えるが合唱祭前に行方不明になったわけ……〈古典部〉メンバーの過去と未来が垣間見える、瑞々しくもビターな全6編！